Un confrère pour amant

*

Un baiser royal

W0412340

SUE MACKAY

Un confrère pour amant

Traduction française de
GABY GRENAT

BLANCHE

HARLEQUIN

Collection : Blanche

Titre original :
PARAMEDIC'S FLING TO FOREVER

© 2024, Sue MacKay.
© 2025, HarperCollins France pour la traduction française.

Ce livre est publié avec l'autorisation de HARLEQUIN BOOKS S.A.

Tous droits réservés, y compris le droit de reproduction de tout ou partie de l'ouvrage, sous quelque forme que ce soit.
Toute représentation ou reproduction, par quelque procédé que ce soit, constituerait une contrefaçon sanctionnée par les articles 425 et suivants du Code pénal.

Si vous achetez ce livre privé de tout ou partie de sa couverture, nous vous signalons qu'il est en vente irrégulière. Il est considéré comme « invendu » et l'éditeur comme l'auteur n'ont reçu aucun paiement pour ce livre « détérioré ».

Cette œuvre est une œuvre de fiction. Les noms propres, les personnages, les lieux, les intrigues sont soit le fruit de l'imagination de l'auteur, soit utilisés dans le cadre d'une œuvre de fiction. Toute ressemblance avec des personnes réelles, vivantes ou décédées, des entreprises, des événements ou des lieux serait une pure coïncidence.

HARPERCOLLINS FRANCE
83-85, boulevard Vincent-Auriol, 75646 PARIS CEDEX 13
Service Clients — https://www.harlequin.fr/contenu/contactez-nous
ISBN 978-2-2805-1602-0 — ISSN 0223-5056

Édité par HarperCollins France.
Composition et mise en pages Nord Compo.
Imprimé en avril 2025 par CPI Black Print (Barcelone)
en utilisant 100% d'électricité renouvelable.
Dépôt légal : mai 2025.

FSC
www.fsc.org
MIXTE
Papier issu de sources responsables
FSC® C159065

Pour limiter l'empreinte environnementale de ses livres, HarperCollins France s'engage à n'utiliser que du papier fabriqué à partir de bois provenant de forêts gérées durablement et de manière responsable.

Prologue

— Ça ne vous ennuie pas si je m'assieds ici ?

Leesa Bennett leva les yeux sur l'homme qui se tenait debout devant elle, une bière à la main.

— Pas du tout !

Pour quelle raison aurait-elle refusé ? Lui aussi participait à la fête donnée dans le parc voisin de l'immeuble où elle vivait. Où en fait, il ne lui restait plus qu'une semaine à passer avant son retour à Cairns, dans le nord de l'Australie, tout heureuse d'y retrouver sa famille et l'univers qui lui manquait depuis qu'elle s'était exilée à Brisbane avec son ex-mari. À coup sûr, jamais elle n'aurait fait sa valise ni déménagé dans le Sud si elle avait su ce qui l'attendait dans la capitale !

— Merci, répondit le nouveau venu d'une voix un peu rauque parfaitement ensorcelante.

Avec la barbe sombre qui lui mangeait le bas du visage et ses yeux clairs couleur de lagon, son interlocuteur avait une allure diablement séduisante…

Sexy ?

Sexy ! Sans aucun doute.

Allons… Leesa n'avait pas l'habitude de se troubler face à un bel homme. Et encore moins en ce moment où le dernier en date venait une fois de plus de lui faire vivre l'enfer. Pas question de prendre le risque que le premier venu, aussi irrésistible soit-il, la fasse replonger dans cette horreur.

Pour se donner une contenance, elle porta son verre de gin à ses lèvres, en prit une grande gorgée, avala de travers, et se mit à tousser.

— Doucement ! conseilla la voix enchanteresse tandis qu'une main ferme lui tapotait le dos.

— Euh… merci…

Précautionneusement cette fois, elle reprit une petite gorgée et se redressa, histoire de montrer que tout allait bien et qu'elle n'avait pas besoin de secours.

Cet homme était pour elle un parfait inconnu. Rien d'étonnant à cela puisqu'elle était loin d'avoir rencontré toutes les personnes qui vivaient dans ce quartier de la ville. Elle ne l'avait pas aperçu tout à l'heure prêter main-forte pour la grillade autour de laquelle plusieurs hommes s'étaient affairés, mais il est vrai que la place manquait pour y accueillir toutes les bonnes volontés.

Soucieuse de lui montrer qu'elle maîtrisait la situation, elle fit un signe de tête en direction du barbecue.

— Vous êtes allé chercher quelque chose à manger ?

— Non.

L'homme n'était pas bavard.

Tant mieux…

Avec son moral en berne ces derniers temps, ne pas être obligée de soutenir une conversation vide de sens avec un étranger, fût-il un parangon de séduction, convenait très bien à Leesa.

D'ailleurs, pourquoi revenir là-dessus ? Oui, le nouveau venu était sexy, et alors ? Est-ce parce qu'elle n'avait pas pris de bon temps depuis des mois qu'elle y était aussi sensible ? Elle allait se ressaisir, vite fait, bien fait.

C'était le moment ou jamais puisqu'elle s'apprêtait à quitter Brisbane pour tourner une page de sa vie. Un chapitre dur, plein de souffrance, qu'elle avait hâte d'oublier. Pour autant, elle n'avait pas le cœur léger. Tous les rêves qu'elle avait faits d'un mariage heureux, d'une vie nouvelle dans une ville excitante, avaient tourné au cauchemar.

Il lui avait fallu beaucoup de temps pour admettre que jamais son mari ne cesserait de la brutaliser quand elle lui tenait tête. Ce triste constat effectué, que lui restait-il à faire ? Le quitter, point final. C'était la seule solution. Connor ne changerait jamais. Au contraire, son caractère ne ferait qu'empirer avec le temps. Il avait tenté de lui refuser le divorce en lui assurant qu'ils avaient trop à y perdre tous les deux et qu'il l'aimait, l'adorait, ne vivait que pour elle. Vraiment ? Alors pourquoi était-elle obligée chaque matin de faire le lit au carré comme sa mère le faisait pour lui autrefois, pourquoi réclamait-il un rôti d'agneau tous les mardis soir ? Pourquoi exigeait-il qu'elle lave la voiture tous les samedis matin, même si elle devait ensuite partir travailler ? La liste aurait pu indéfiniment s'allonger. En quittant Connor, elle avait mis un point final à cette tyrannie domestique. Ouf.

Sauf que. Le hasard l'avait envoyée exercer son métier d'infirmière dans l'équipe d'un autre macho persuadé qu'il avait tout pouvoir sur les membres féminins du service d'ambulances qu'il dirigeait. Il choisissait leurs interventions et leurs emplois du temps sans tenir compte de leurs souhaits ni de leurs contraintes personnelles. Par contre, le traitement était tout à fait différent pour les collègues hommes. Eux, ils avaient le droit de rester tranquilles pendant que les femmes nettoyaient les ambulances et faisaient l'inventaire du matériel et des médicaments.

Ce despote avéré ne s'attendait pas à ce qu'elle lui tienne tête. Sous prétexte qu'elle lui avait adressé des remarques désobligeantes sur la façon dont il organisait le travail de l'équipe, il l'avait licenciée. Purement et simplement. Mais Leesa ne s'était pas laissé faire. Elle avait porté son affaire devant la direction qui lui avait donné raison car la réputation de ce tyran était déjà arrivée en haut lieu. À la suite de cette victoire, elle avait systématiquement soutenu les femmes qu'il brimait. Tant et si bien que c'est lui qui était parti, vexé et humilié. Bien fait pour lui !

Que ce soit sur le plan personnel ou sur le plan professionnel, les deux années passées à Brisbane n'avaient donc pas été de tout repos pour Leesa. Pourtant, elle regrettait de quitter cette ville vivante qu'elle n'avait pas eu le loisir de découvrir vraiment. C'est le poste passionnant qu'on lui proposait dans le Service Aérien de Secours à Cairns qui l'avait décidée à partir. Cette offre avait fonctionné comme un déclic auquel s'étaient rajoutés d'autres éléments d'ordre familial. Un début de maladie de Parkinson diagnostiqué chez sa mère avait donné envie à Leesa de se rapprocher d'elle. D'autre part, sa grand-mère désormais retirée dans une maison de santé refusait pour l'instant de vendre sa maison qu'elle avait mise à la disposition de sa petite-fille. Ce concours de circonstances avait incité Leesa à franchir le pas et à quitter Brisbane.

Avec toutes ces pensées en tête, elle avait oublié la présence du séduisant inconnu assis à côté d'elle. Ce fut lui qui renoua la conversation :

— Vous vivez dans cet immeuble ?

— Oui. J'y occupe un petit appartement de deux pièces.

Elle s'interrompit pour regarder d'un œil envieux les couples qui s'étaient mis à danser.

— Mais je déménage dans quelques jours, reprit-elle. Je retourne à Cairns d'où je suis originaire. C'est là que se trouve toute ma famille.

Son interlocuteur se mit à rire.

— Alors nous effectuons un chassé-croisé puisque moi, je viens justement m'installer ici !

— Ah... vous n'êtes pas un touriste de passage ?

Sans envie réelle de poursuivre la conversation, Leesa estimait toutefois que c'était le meilleur moyen d'écarter de son esprit les pensées dérangeantes qui l'avaient envahie.

Il secoua la tête.

— Non. Je passe quelques jours chez un ami en attendant d'avoir trouvé ici un logement permanent.

Il vida son verre de bière.

— Je prends mon nouveau poste dans deux semaines.

— Ah bon... quel genre de poste ?

— Je suis médecin. Je vais travailler aux urgences.

— Intéressant !

C'était peu dire. Leesa préféra ne pas mentionner le fait qu'elle-même avait arrêté la veille de travailler dans cette branche.

Elle se leva.

— J'ai déjà bu pas mal de gin... je vais être raisonnable et me chercher un verre de limonade. Je vous ramène quelque chose ?

L'homme se mit debout lui aussi.

— Non, merci, je vous accompagne.

Cette réponse conforta Leesa dans l'idée que l'inconnu était venu s'asseoir près d'elle parce qu'il ne connaissait personne et n'avait pas envie de rester seul. C'était tout à fait compréhensible mais ses diverses mésaventures l'avaient rendue méfiante. C'était au moins une leçon qu'elle avait retenue de ses expériences malheureuses. Jusque-là, elle avait eu trop tendance à faire confiance aux gens. Par exemple, dans sa relation avec Connor, elle n'avait pas su reconnaître à temps les signes qui auraient dû l'alerter si elle s'était montrée plus vigilante. Désormais, elle préférait rester sur ses gardes, quitte à paraître parfois un peu sauvage.

Une fois arrivés près du bar, ils prirent chacun une canette d'eau gazeuse.

— Vous ne voulez pas manger quelque chose ? suggéra-t-elle en désignant du menton le buffet bien garni.

— Non, merci.

— Vous n'aimez pas les barbecues ?

Aux yeux de Leesa, c'était presque un scandale ! Tout le monde aime les barbecues, non ?

— J'ai pris un énorme déjeuner.

Bon, très bien. Elle n'allait pas insister. Tout au moins sur ce sujet.

Pendant qu'ils retournaient vers leur table, elle poursuivit :

— Comment s'appelle l'ami chez qui vous logez ? Juste au cas où…

— Logan Brand. Nous nous connaissons depuis nos années d'études en médecine.

Ce nom n'évoqua rien chez Leesa mais une idée lui traversa l'esprit.

— Au fait, je ne pense pas que mon appartement ait déjà été reloué. Vous seriez peut-être intéressé ? Il est très agréable et se trouve au dixième étage, avec une vue splendide sur la ville.

— On ne sait jamais. Je vais y réfléchir.

Leesa continuait à regarder les danseurs. L'envie de les rejoindre ne l'avait pas quittée. Au diable le protocole ! Elle se tourna vers son voisin.

— Ça vous dirait de danser ?

Cette proposition inattendue surprit le nouveau venu mais il se mit à rire.

— Mon Dieu… pourquoi pas ?

Et sans attendre davantage, il attrapa Leesa par le bras pour l'entraîner sur la piste, au milieu des gens qui évoluaient en musique.

Leesa dut faire un effort pour ne pas prêter attention à la chaleur qui envahit son corps lorsque la main de l'inconnu se posa sur son bras. Décidément, cet homme avait le chic pour lui faire perdre son sang-froid. Ça, ce n'était pas prévu. Était-ce bien raisonnable d'aller se trémousser en face de cet apollon ? Ne risquait-elle pas d'y laisser quelques plumes ?

Un instant, elle envisagea de retourner s'asseoir mais ils étaient déjà arrivés au milieu des danseurs, bousculés à droite et à gauche, incapables de s'extraire de leur cercle. Son compagnon la maintenait maintenant par la taille pour s'assurer qu'elle ne serait pas entraînée loin de lui. Alors elle se mit à danser elle aussi… sans quitter des yeux celui qui lui faisait face et qui dansait comme un dieu. Toute timidité l'avait maintenant abandonné. Ses hanches se balançaient au rythme de la musique, ses pieds semblaient à peine effleurer le sol, son visage s'était illuminé de plaisir. Comment rester insensible à cette métamorphose ? Elle s'y efforçait, mais sans succès aucun.

Du calme, Leesa… n'oublie pas que tu pars dans cinq jours !

Justement.

Pourquoi ne pas prendre un peu de bon temps avec ce séduisant partenaire avant de quitter Brisbane et les mauvais souvenirs qui y étaient attachés ? Un coup d'une nuit. Sans engagement, sans promesses d'aucune sorte. Juste une nuit de plaisir, au revoir et merci. Pourquoi pas, en effet ?

Elle n'était pas coutumière du fait. Mais est-ce que pour une fois ce ne serait pas une bonne chose de sortir de ses sentiers battus ?

Plus elle regardait son cavalier, plus la réponse s'imposait.

Vas-y, Leesa ! Amuse-toi ! Pas d'attaches, pas de soucis, la liberté à l'état pur. Belle façon de dire adieu à Brisbane, non ?

— Pourquoi vous souriez comme ça ? demanda l'inconnu.

— Pourquoi ? Parce que je suis heureuse !

C'était vrai. Toute sa tristesse s'était envolée. C'est avec enthousiasme qu'elle abordait une nouvelle phase de son existence maintenant qu'elle entrevoyait toutes les opportunités qui s'offraient à elle. Comme par exemple celle de pouvoir s'amuser librement sans se lier à un homme qui exigerait en retour qu'elle lui consacre chaque instant de sa vie. Elle réagissait sans doute comme ça parce que celui qu'elle venait de rencontrer par le plus grand des hasards était super sexy et lui donnait envie de se laisser aller à son désir. Pourquoi résister ? Demain serait un autre jour. Ce soir, elle avait envie de profiter de la vie sans état d'âme. Et sans restriction.

— Vous êtes heureuse ?

— Oui. J'adore danser ! Je trouve qu'il n'y a rien de plus agréable, ajouta-t-elle, en se gardant tout de même de lui révéler le contenu véritable de ses pensées.

Si elle le faisait, il prendrait sûrement ses jambes à son cou...

Au lieu de cela, il la fit virevolter devant lui, encore et encore.

— Je suis complètement d'accord avec vous. Moi aussi, j'aime danser.

Brusquement, la musique s'interrompit.

— Et voilà, les amis, déclara l'animateur. La soirée est terminée. Il est minuit et comme vous le savez tous, passé cette heure, la mairie ne nous autorise pas à faire de la musique dans les jardins publics.

Leesa et son cavalier demeurèrent face à face, désemparés. Le temps était passé si vite ! Elle aurait juré qu'ils avaient encore au moins une heure devant eux. Quel régal de danser avec M. Sexy ! Au fait, quel était son nom ? Dans le fond, peu importait. M. Sexy était sans aucun doute celui qui lui convenait le mieux.

— On boit quelque chose avant que vous rentriez chez vous ? proposa-t-il.

— Avec plaisir.

Leesa était ravie de prolonger ainsi la soirée. Elle était en congé le lendemain matin. Aucun problème donc si elle faisait la grasse matinée.

Son cavalier partit en direction du bar à grandes enjambées, visiblement beaucoup plus à l'aise que quelques heures auparavant quand il était timidement venu s'asseoir à côté d'elle. Est-ce qu'elle avait contribué à le mettre en confiance ? Elle ne le saurait jamais mais peu importait. Il lui plaisait. Elle ne savait rien de lui mais elle s'en fichait. Mercredi elle serait loin. Et elle ne regarderait pas en arrière. Jamais.

— Et voilà, dit-il en lui tendant une canette de jus de fruits et en se rasseyant sur le banc.

Leesa lui adressa un sourire.

— Merci !

Elle ouvrit sa canette.

— Vous allez retrouver votre ami Logan Brand ?

— Oui, mais j'attends un moment avant de rentrer pour le laisser un peu tranquille avec sa copine.

Un éclair traversa le cerveau de Leesa.

— Si vous veniez visiter mon appartement pendant ce temps ?

Leesa ! À minuit passé, tu invites un homme à visiter ton appartement ? Tu as perdu la tête ?

L'éventuel locataire la dévisagea.

— Vous êtes sûre ? Vous ne me connaissez pas.

— C'est vrai, mais vous dansez divinement bien !

Cette réponse le fit sourire.

— Bon, alors pourquoi pas ? Cette raison en vaut bien une autre ! Je viens jeter un coup d'œil chez vous. Le quartier me plaît et d'après ce que j'ai vu dans l'appartement de mon ami, je sais que la résidence est bien entretenue.

Leesa s'amusait intérieurement. Jusque-là, son adonis faisait un sans-faute.

— Il y a longtemps que vous vivez ici ? demanda-t-il.

Depuis que j'ai quitté Connor.

— Un peu plus d'un an.

Brusquement, elle se mit debout. Aucune envie de revenir sur son passé. Et par contre, une envie folle de se serrer contre la large poitrine de cet inconnu. Pourquoi ne pas profiter de ce qu'il avait à lui offrir ?

— Allez, on y va, proposa-t-elle.

Toutes ses réserves avaient disparu. Dr Sexy s'était montré parfaitement correct tout au long de la soirée. Plus Leesa acceptait l'idée de se dégager de ses habitudes rangées pour s'accorder un temps de plaisir égoïste, plus elle le trouvait séduisant.

Dans l'ascenseur bondé, elle se trouva pressée contre le corps musclé de son invité, ce qui lui parut très agréable. Souvent sa grande taille la gênait. À l'école, parce qu'elle était plus grande que les autres, on s'était longtemps moqué d'elle en l'appelant « l'asperge », les filles étant censées être de taille moyenne. Cette fois, elle se trouvait parfaitement à l'aise contre ce corps mince et plus haut que le sien. Dire que son ex avait eu le culot de lui dire qu'elle avait bien de la chance qu'il la trouve attirante…

Au fur et à mesure que l'ascenseur s'élevait, les gens le quittaient mais Dr Sexy ne se déplaça pas. Au contraire, il resta collé contre Leesa, les mains toutes proches des siennes sans pour autant les tenir.

— Dixième étage…, annonça la voix métallique.

Ils sortirent, s'avancèrent dans le couloir. Sans réfléchir, sans s'inquiéter de l'interprétation qu'il donnerait à ce geste, Leesa prit la main de son compagnon. Il ne la retira pas. Était-ce une avance qu'elle lui faisait ? Certainement. Jamais elle ne s'était sentie aussi à l'aise ni aussi ardente. Un feu brûlait à l'intérieur d'elle.

— Venez ! Mon appartement se trouve par ici…

Il la tenait toujours par la main.

En cherchant la clé dans sa poche, Leesa frissonna. Voyons, qu'était-elle en train de faire ? Montrer son appartement à un potentiel locataire ou susciter l'aventure qu'elle souhaitait ?

Sa respiration s'arrêta un instant. L'inconnu la regardait. Le désir brillait au fond de ses yeux bleus. Allait-elle le laisser entrer ? Ou alors… le moment de retrouver la raison était-il arrivé ? Allait-elle lui dire au revoir ?

— Je peux m'en aller si vous le souhaitez…, proposa le visiteur.

L'expression qu'elle lut sur le visage de ce dernier était franche. Honnête. Digne de confiance.

Elle lui passa la main sur le visage et sa barbe lui picota la paume. Et fit flamber le désir qui couvait déjà en elle. Elle fit tourner la clé et donna un coup d'épaule pour pousser la porte.

— Entrez !

Il lui emboîta le pas et referma doucement derrière lui. Puis, se retournant vers elle, il lui adressa un sourire un peu timide qui le rendit encore plus craquant.

— Nous n'avons pas fait les présentations. Je m'appelle Nick.

— Leesa.

Son cœur battait à tout rompre. Sans résister, elle se noya dans le regard bleu, profond comme un océan. Fascinant. Un tourbillon de désir la possédait de la tête aux pieds.

Nick posa les mains sur ses épaules et l'attira contre lui.

Alors elle lui passa les bras autour du cou et se pressa contre lui, écrasant ses seins contre sa poitrine dure. Puis elle leva son visage vers lui pour lui tendre ses lèvres.

Elle sentait le sexe de Nick dressé contre son ventre. Sans aucun doute, il savait ce qu'il voulait quand il avait décidé de visiter l'appartement. La chambre l'intéressait sans doute en priorité...

Eh bien, elle était tout à fait d'accord ! Pas avant toutefois d'avoir eu son compte de baisers. D'ailleurs, il l'embrassait comme s'ils avaient l'éternité devant eux. Il la dévorait, à la fois tendre et décidé. Elle l'embrassait en retour, laissant éclater les barrages habituels, les contraintes, la bienséance, jusqu'à ce que la violence de son désir exige davantage.

— Viens !

Elle le prit par la main et le conduisit vers la chambre, pressée de se débarrasser de ses vêtements mais suffisamment vigilante toutefois pour penser à se protéger.

— Je vais chercher les préservatifs dans la salle de bains.

— Pas la peine, j'ai ce qu'il faut, répondit Nick.

— Super, alors passons à l'action ! proposa-t-elle en faisant passer son T-shirt par-dessus sa tête.

— Tu es très pressée ! remarqua Nick.

Était-il en train d'imaginer que ce comportement était habituel chez elle ?

— Désolée...

— Il n'y a vraiment pas de quoi.

La réponse était parfaite.

Il commença à lui caresser le visage. Sa main était si douce que les larmes montèrent aux yeux de Leesa. Nick était spécial. Quelle délicatesse ! Il n'avait rien en commun avec les hommes qu'elle avait connus jusque-là. Toutefois, la prudence conseillait de ne pas se laisser attendrir davantage.

Nick interpréta à sa façon le trouble de Leesa.

— Leesa, si tu veux changer d'avis, n'hésite pas.

— Ah non, sûrement pas ! s'exclama-t-elle.

Alors Nick recommença à l'embrasser. Ses lèvres étaient d'une douceur inouïe, mais très vite, il approfondit son baiser d'une façon qui l'aurait bouleversée si cela n'avait pas déjà été fait.

Très vite, ils se retrouvèrent nus sur le lit, à se caresser et à se regarder. Les mains de Leesa se promenaient sur la poitrine de Nick, sur ses hanches, ses cuisses, sur son érection si douce et si dure, qui avait l'air de la supplier de la laisser la pénétrer.

Pendant ce temps, les doigts de Nick jouaient avec les seins de Leesa, les tourmentaient à force de caresses, la rendaient folle de désir, pressée de l'accueillir en elle.

Il laissa sa main descendre entre les cuisses tièdes jusqu'à l'endroit secret où pulsait son désir. À peine eut-il frôlé son sexe qu'elle eut un premier orgasme.

— Nick, viens… je t'en prie…

Lorsqu'il la pénétra, des larmes coulèrent sur les joues de Leesa. Ce qu'elle ressentait était incroyable. Plus qu'incroyable. Il n'y avait pas de mot pour décrire ce qu'elle éprouvait. Alors elle enroula ses jambes autour de la taille de Nick et ensemble, ils s'engagèrent dans la grande course aux étoiles. Au fur et à mesure qu'elle le sentait aller et venir en elle, son excitation montait jusqu'au moment où, incapable de retarder le moment de la jouissance, elle accueillit un orgasme qui la fracassa de jouissance.

Nick contemplait la femme qui venait de partager avec lui son lit et un moment de plaisir intense. Leesa. Charmant prénom pour une femme elle-même plus que charmante. Oui, Leesa était spéciale.

Bien sûr, la soirée où ils avaient bu un peu trop et dansé comme des fous avait joué son rôle dans leur rapprochement. Mais autre chose encore l'avait attiré. Leesa n'avait rien en commun avec les jeunes femmes avec lesquelles il avait partagé une aventure d'une nuit. Elle n'avait pas cherché à le questionner, s'était contentée de ce qu'il lui répondait. Amicale mais pas familière. C'est seulement au moment de faire l'amour qu'elle s'était complètement laissée aller.

Quelques heures passées en sa compagnie avaient suffi pour l'amener à se poser beaucoup de questions sérieuses. Que faisait-il de sa vie ? Pourquoi toujours vouloir bouger, changer de ville ?

Depuis que sa femme lui avait avoué avoir avorté alors qu'il ne savait même pas qu'elle était enceinte, depuis qu'elle avait reconnu l'avoir trompé à plusieurs reprises, il ne se sentait bien nulle part. Tous les deux ans, il déménageait sans cesse à la recherche de quelque chose qu'il n'était pas sûr de trouver un jour.

Et toi, Leesa, quand tu aimes quelqu'un, est-ce aussi de toute ton âme ?

Leesa l'avait bouleversé. Elle lui avait fait envisager l'impossible et l'avait même poussé à souhaiter parier à nouveau sur la vie dont il avait toujours rêvé. Devait-il en conclure qu'elle était la femme capable de le faire évoluer et de l'amener à se poser quelque part ?

Hélas, il connaissait la réponse. Une aventure d'une nuit, aussi magique soit-elle, ne suffirait pas à changer quoi que ce soit à son existence. Les circonstances l'avaient amené à passer la plus grande partie de sa jeunesse dans un quasi-désert affectif, sans ancrage émotionnel ni géographique. Rien de ce qu'il avait vécu ce soir ne changerait cela.

Et pourtant. Pourtant, ce soir, il avait le cœur plus léger que d'habitude. Il avait même envie de croire à son avenir. Cela ne lui était jamais arrivé depuis l'échec de son mariage. La passion qu'il avait connue cette nuit serait peut-être le pivot qui le ferait changer s'il acceptait enfin d'écouter son cœur et non sa tête, comme le lui conseillait son mentor, Patrick Crombie. Ce dernier était le juge qui lui avait sauvé la vie grâce aux longues conversations qu'ils avaient ensemble, encore plus fréquentes depuis son divorce.

Cette nuit, il s'agissait de Leesa. Il avait envie de découvrir chez elle autre chose que son inépuisable capacité à faire l'amour. Il frissonna. Fallait-il oublier les barrières érigées pour protéger son cœur ? Laisser Leesa entrer dans sa vie et courir le risque de souffrir encore ? Non. Certainement pas. C'était au-dessus de ses forces.

Pourtant, qu'avait-il à perdre ? Elle quittait Brisbane dans quelques jours. Pourquoi ne pas s'accorder encore quelques bons moments avant de se dire au revoir ? Ce ne serait pas la première fois qu'il le ferait, mais cette fois, il voulait plus.

Cette jeune femme s'était montrée si spontanée, si différente de ses fréquentations habituelles ! Elle disait si franchement ce qu'elle souhaitait qu'il avait envie de la connaître davantage. Le style de vie nomade qu'il menait ne le rendait pas heureux. Il ne suffit pas de changer sans cesse de cadre ou de partenaire pour obtenir ce que l'on attend de la vie ! C'était bien plus compliqué… L'habitude de protéger ses sentiments était devenue une seconde nature chez lui. Il avait perdu ses parents alors qu'il n'était encore qu'un nourrisson, ensuite son grand-père qui l'avait élevé était mort à son tour. La suite de sa jeunesse s'était passée en foyers d'accueil. Plus tard, profondément amoureux de son épouse, il s'était attendu à recevoir le même genre d'amour inconditionnel de la part de cette dernière, tout cela pour découvrir amèrement à quel point il s'était trompé.

Sans se réveiller, Leesa roula sur le côté, ses longs cheveux auburn étalés sur l'oreiller en une auréole soyeuse.

Plus il la contemplait, plus il avait envie de la connaître davantage. Cette jeune femme franche et audacieuse lui faisait éprouver quelque chose qui ressemblait à de l'amour. Elle l'amenait presque à croire qu'il pourrait changer de style de vie et trouver le bonheur. À cette perspective, un frisson d'émotion heureuse le parcourut.

Mais si jamais il optait pour ce changement, ce ne serait pas avec Leesa qu'il le vivrait puisqu'elle s'apprêtait à quitter Brisbane au moment où lui-même y arrivait.

Dans le fond, c'était mieux comme ça. Oui. Car il n'était pas encore décidé à se stabiliser. Au moins, il ne la ferait pas souffrir. À cette idée, il soupira de soulagement.

Deux minutes plus tard, il soupirait de déception.

Car c'était peu de dire que Leesa lui plaisait. Ce qu'il éprouvait déjà pour elle allait bien au-delà. Par conséquent, mieux valait éviter de se laisser envahir par la tendresse qui pointait déjà et abandonner l'espoir de se fixer quelque part avec une femme qu'il aimerait et qui le rendrait heureux. C'était là ce qu'il souhaitait le plus au monde mais le moment n'était pas arrivé. Pourtant, il lui avait suffi de rencontrer cette femme merveilleuse pour comprendre que c'était possible.

Allons, il était temps de partir. Pas seulement pour penser à ce qu'il venait de vivre au cours de ces quelques heures passionnées mais aussi pour voir s'il se sentait capable un jour de changer son mode de vie.

Tout doucement afin de ne pas réveiller Leesa, il se dirigea vers la porte, puis s'arrêta. La lumière pâle de la lune qui arrivait par la fenêtre tombait sur un bloc de papier posé sur la table de la cuisine. Il saisit le crayon posé à côté et écrivit en lettres bien lisibles :

Merci pour cette nuit merveilleuse. N.

S'agissait-il d'un adieu ou d'une promesse de futurs moments partagés ? Lui-même n'en savait rien.

Le lendemain soir, il décida d'avoir la réponse à cette incertitude.

Une fois garé devant l'immeuble de Leesa, il leva le regard sur le dixième étage. Toute la journée, alors qu'il était occupé à visiter des appartements susceptibles de lui convenir, il n'avait cessé de penser à elle. Il la voyait sourire, danser, l'embrasser, le serrer contre son ventre tiède. Parfois aussi, ne pas sourire, juste rester assise à côté de lui pour regarder les autres danser.

Diable… Elle avait pris possession de lui. Tant et si bien qu'il ne pouvait faire autrement que la revoir. Le prétexte était tout trouvé. Il frapperait chez elle en lui demandant de visiter l'appartement en vue d'une éventuelle location. Cette fois, ce serait une vraie visite de futur locataire puisque l'appartement de Leesa était situé à proximité de son travail et que son ami Logan chez qui il résidait en ce moment habitait au quatrième étage.

Par conséquent, au lieu d'arrêter l'ascenseur au numéro quatre, il monta jusqu'au numéro dix.

La porte à peine entrouverte, Leesa lui adressa un grand sourire.

— Nick ! Je ne m'attendais pas à te revoir…

— Cette fois, si ça ne te dérange pas, j'aimerais visiter l'appartement en entier pour voir s'il est susceptible de me convenir.

Elle recula d'un pas en riant.

— J'ai bien compris que ce n'est pas ce projet-là que tu avais en tête hier soir !

Il se mit à rire lui aussi.

— C'est vrai.

— Je viens juste de commander une pizza, reprit Leesa. Ça te dit de manger avec moi ? Je peux compléter la commande à ton goût. Fais le tour du propriétaire pendant que m'en occupe.

Elle alla chercher son téléphone.

— Tu auras vite fait car ce n'est pas bien grand !

Leesa se trompait car Nick s'arrêta un long moment à la porte de la chambre à coucher pour contempler le lit où il avait fait l'amour comme jamais de sa vie. Il revoyait le corps svelte de

Leesa, sentait ses doigts enflammer sa peau jusqu'à le rendre fou de désir.

— Nick ? Ça va ? demanda-t-elle depuis le salon.

— Oui, oui ! J'arrive.

Il jeta un coup d'œil dans la salle de bains. Tout paraissait correspondre à ce qu'il souhaitait. Tout de même, il ferait les deux visites prévues le lendemain avant de prendre une décision.

Ou bien était-ce là une façon de temporiser ?

Avait-il vraiment envie de vivre en un lieu où des souvenirs brûlants risquaient de le troubler ?

— Alors ? Qu'est-ce que tu en penses ? lui demanda-t-elle en lui tendant une bière un instant plus tard, comme il venait prendre place auprès d'elle sur la petite terrasse qui dominait la rue et le parc.

J'aimerais passer une autre nuit dans ton lit...

— Euh... à quel sujet ?

— Au sujet de l'appartement, bien sûr ! C'est bien pour ça que tu es venu ?

Vraiment ?

— Il pourrait me convenir. Je dois encore en visiter une paire demain mais celui-ci me semble parfait. Mon copain Logan serait tout près et je n'aurais pas de gazon à tondre !

En fait, Nick pensait aux quelques jours qu'ils pouvaient passer ensemble si elle était d'accord. Après ça, il serait sans doute rassasié de son désir pour elle et la verrait partir sans trop de regrets.

Brusquement, manger une pizza ne le tentait plus du tout.

— Dans combien de temps on nous livre le repas ?

Leesa n'eut pas besoin d'explications supplémentaires pour comprendre ce qu'il avait en tête.

— D'une minute à l'autre.

— Leesa, j'ai besoin de savoir si nous sommes sur la même longueur d'onde...

Le sourire de Leesa se fit taquin.

— Patience…

Sur ces entrefaites, la sonnette retentit.

Il la regarda se diriger vers la porte, les fesses moulées dans son jean, les jambes interminables, la taille fine… l'effet ne se fit pas attendre sur lui. Dire que vingt quatre heures plus tôt il ne la connaissait pas et que maintenant, il ne rêvait que d'une chose : retourner au lit avec elle et lui faire l'amour jusqu'à la fin des temps.

Ce seraient autant de souvenirs qu'il chérirait une fois qu'elle serait partie.

— On passe à table ? lui demanda-t-elle un instant plus tard, deux boîtes de pizza dans les mains.

Nick se leva, lui prit les boîtes des mains et les posa sur la table de la cuisine. Ensuite, il se mit à l'embrasser jusqu'à ce que le vertige s'empare de lui.

Alors Leesa le prit par la main et l'amena dans la chambre.

— J'ai pensé à toi toute la journée, persuadée que je ne te reverrais jamais… alors tu comprends, nous n'avons pas de temps à perdre. Les pizzas attendront.

Et hop ! Comme la veille, elle fit passer son T-shirt par-dessus sa tête, dévoilant sa généreuse poitrine moulée de dentelle noire.

Nick soupira de regret. Quelle sottise d'avoir visité des appartements toute la journée ! Celui que la ville avait de mieux à lui proposer se trouvait ici.

— Arrête de penser… ça ne sert à rien, grogna-t-il avant de saisir la pointe d'un sein entre ses dents.

Le mercredi suivant, à 5 h 30 du matin, Leesa rassemblait les quelques affaires qu'elle voulait emporter avec elle en voiture avant que la compagnie de déménagement ne vienne chercher son mobilier. Elle le faisait transporter à Cairns, dans la maison de sa grand-mère. Ensuite, elle prendrait rapidement la route avant que la chaleur ne devienne trop forte.

C'était la dernière fois qu'elle raccompagnait Nick à la porte de son appartement.

— Merci pour ces quelques nuits magiques..., dit-elle en l'embrassant.

C'était un baiser d'adieu. Leur relation se terminait là.

Ils avaient partagé quatre nuits torrides.

Après ça, comment arriverai-je à tourner la page ?

Heureusement, elle avait trois jours de voyage devant elle. Voilà qui lui laisserait tout le temps de trouver une solution.

Elle s'efforça de parler sur un ton détaché.

— Bonne chance dans ton nouveau poste, Nick !

— Et toi, sois prudente en conduisant !

— Bien sûr.

— Euh... eh bien... Bye, Leesa !

Cette fois, il tourna les talons et se dirigea vers l'ascenseur.

Avant même qu'il y soit parvenu, Leesa avait refermé la porte sur elle et pris son visage entre ses mains, submergée d'émotions. En lui permettant d'envisager un projet de vie jusque-là enfoui, sa rencontre avec Nick s'avérait bouleversante. Une fois qu'elle aurait retrouvé sa famille et ses amis, pourquoi ne pas laisser la place à un homme auquel elle donnerait son cœur et qui l'aimerait en retour ? La place aussi à des enfants ? Bref, à une vraie famille. Franchement, est-ce qu'on pouvait se souhaiter quelque chose de meilleur ? Sa rencontre avec Nick lui donnait presque envie de retenter l'expérience.

À 6 h 30, elle bouclait la ceinture de sécurité dans sa voiture en jetant un dernier regard sur le dixième étage de son immeuble.

Bye, Nick ! Tu as été un amant merveilleux. Tu m'as fait vivre des moments magiques.

Et pourtant, à aucun moment ils n'avaient parlé d'eux-mêmes. Comme si par un accord tacite, chacun souhaitait profiter d'une récréation hors du temps, sans chercher à s'investir. C'était peut-être une erreur. Peut-être pas.

Tout au moins, Nick lui avait rappelé qu'il existait des hommes corrects et que si elle savait rester elle-même, directe et audacieuse, elle finirait par en rencontrer un.

À moins que... ce ne soit déjà fait ?

Dommage que la sono de sa voiture ne permette pas d'élever le son pour bloquer cette petite voix aussi insistante qu'agaçante.

1

Quatorze mois plus tard

Nick pencha la tête en arrière pour laisser le rasoir glisser au plus près de sa peau. Combien de postes aurait-il occupés quand l'âge de la retraite arriverait ?

Il interrompit son geste pour se regarder dans la glace.

Il était las de bouger sans cesse.

La vérité venait de lui sauter aux yeux. Vraiment ? Depuis le départ de Leesa, il s'efforçait de le nier, mais aujourd'hui, impossible de jouer au plus fin avec lui-même. Non, il ne l'avait pas oubliée cette belle jeune femme aux yeux couleur de noisette et aux longs cheveux auburn. Encore moins les nuits torrides qu'ils avaient partagées.

Une fois son rasoir rincé, l'évidence s'imposa à lui, irréfutable : il était prêt à changer de vie. Son ami le juge avait raison. Le moment était venu pour lui de s'installer quelque part et d'exercer la profession qu'il aimait de façon permanente.

Patrick Crombie, son ami juge, avait eu une sérieuse alerte à cause d'un cancer quelques mois plus tôt. Depuis, il ne cessait d'inciter Nick à mettre un terme à ses pérégrinations pour se fixer quelque part et réaliser enfin son rêve de fonder une famille. Quand Nick avait vu cet homme solide, en qui il avait toute confiance, si abattu et faible, il avait éprouvé un choc violent. Brusquement, il avait compris que personne ne sait de quoi demain sera fait et que les rêves doivent être réalisés et non mis de côté.

Est-ce que cela impliquait une femme qu'il aimerait d'un amour véritable ? Cet élément avait longtemps été en tête des raisons qui l'incitaient à ne pas s'installer parce que aucune de celles qu'il avait fréquentées ne restait longtemps avec lui. À vrai dire, aucune règle ne l'obligeait à tomber amoureux pour prendre racine quelque part. Pourtant, il aurait bien aimé fonder une famille et offrir à son enfant la stabilité affective que lui-même n'avait pas connue puisque après la mort de ses parents, il avait passé plusieurs mois à l'Assistance publique avant d'être recueilli par son grand-père.

La seule personne qui l'avait suffisamment compris pour lui offrir une seconde chance était le juge Patrick Crombie. C'est grâce à cet homme intelligent et généreux qu'il était aujourd'hui médecin au S.A.S., le Service Aérien de Secours. En tant que juge, Patrick Crombie aurait très bien pu l'envoyer en maison de redressement quand il avait été pris en flagrant délit de vol de voiture. Étant donné que personne n'était là pour lui apprendre à conduire, c'était le moyen qu'il avait trouvé pour se débrouiller tout seul. En le mettant en face de ses responsabilités vis-à-vis de son propre avenir, le juge avait réussi à déclencher chez Nick un sentiment de fierté qui l'avait poussé à faire des études au lieu de se lancer sur le chemin de la délinquance. Sans Patrick, Dieu seul sait ce qu'il serait devenu aujourd'hui !

Nick haussa les épaules. À quoi bon regarder en arrière ? Sa conduite répréhensible lui avait en fait permis de retrouver le droit chemin. Il serait toute sa vie reconnaissant à Patrick d'avoir su déceler en lui ce que d'autres n'avaient pas perçu : la possibilité de mener la vie d'un citoyen honnête. Mais est-ce que cela impliquait qu'une nouvelle fois il fasse confiance à l'amour d'une femme ? Jamais il n'avait été payé de retour. Son mariage raté en était la preuve la plus douloureuse. Comment être assez naïf pour imaginer que la prochaine tentative serait plus réussie ?

L'alarme de l'immeuble se mit brusquement à retentir de façon insistante.

— Zut ! s'exclama Nick en posant son rasoir avant d'enfiler son short.

Il s'agissait sans doute d'une fausse alerte mais mieux valait jouer la carte de la sécurité.

Vite, il passa un T-shirt, attrapa son porte-monnaie et son trousseau de clés et ouvrit la porte de son appartement.

Une violente odeur de fumée parvint à ses narines. L'alerte était bien réelle. Réprimant un frisson, il ferma sa porte et se joignit aux gens qui se précipitaient vers la cage d'escalier. Il y retrouva les voisins dont il avait rapidement fait la connaissance la veille. Ils tenaient tant bien que mal leurs enfants par la main.

— Voulez-vous que je m'occupe de votre fille ? demanda-t-il en voyant la petite se cramponner au cou de sa mère pendant que le père tenait les deux plus grands par la main.

— Oh ! ce serait super ! répondit la voisine en lui tendant la petite. Cally, expliqua-t-elle, ce monsieur s'appelle Nick, c'est notre voisin. Tu vas rester avec lui, comme ça, nous ne te perdrons pas dans la foule pendant que nous descendons les escaliers.

La petite hocha la tête d'un air sérieux.

— Merci infiniment, Nick, dit Cameron en voyant ce dernier prendre la petite fille dans ses bras. Vous nous rendez un fier service !

— C'est bien normal, répondit Nick. N'importe qui en ferait autant à ma place.

Il commença à descendre les escaliers en faisant attention à éviter le plus possible la bousculade mais c'était compliqué. On aurait dit que franchir chaque marche demandait une éternité. Enfin, il se retrouva en bas, la fillette toujours cramponnée à son cou. Assez vite, il repéra ses parents à qui il la tendit, saine et sauve.

— Quel cauchemar ! déclara Cameron. Je pensais qu'il s'agissait d'un entraînement mais la fumée m'a vite détrompé.

— Avancez ! Rassemblez-vous de l'autre côté de la route ! commandait une femme policière. Laissez le passage libre pour les pompiers. Surtout, ne quittez pas les lieux avant d'avoir donné votre nom et le numéro de votre appartement aux gendarmes qui se trouvent là-bas.

Un groupe de personnes étaient déjà en train de se livrer à ce contrôle. Nick chercha son téléphone dans sa poche. Zut ! Il l'avait oublié là-haut. Comment allait-il prévenir sa nouvelle patronne, Joy, qu'il arriverait en retard ? Pour son premier jour de travail, cet incident était vraiment une déveine. Il allait faire mauvaise impression, sans aucun doute. Joy l'avait prévenu qu'il devait partir sans attendre en avion jusqu'à Cooktown chercher un jeune garçon qu'il fallait ramener à l'hôpital de Brisbane pour ses soins.

Il décida alors de monter en tête de la queue formée devant le bureau improvisé.

— Désolé de ne pas respecter la file d'attente mais je suis médecin et le Service Aérien de Secours m'attend pour une urgence. À moins que je puisse être utile ici ?

L'un des gendarmes secoua la tête.

— Non, merci. Les pompiers et les urgentistes sont sur le point d'arriver.

Effectivement, on entendait leurs sirènes toutes proches.

— J'espère que votre voiture n'est pas dans le garage de l'immeuble, déclara l'un des gendarmes. Il est inaccessible.

Nick sentit son cœur flancher.

— Si, justement !

Il se retrouvait donc sans téléphone et sans voiture. La situation empirait à chaque instant.

— Je vais prendre un taxi.

— Impossible. La route est fermée pour tout ce qui n'est pas véhicules de secours.

Un officier s'avança vers Nick.

— Je vais vous conduire à l'aéroport.

— On n'a pas besoin de vous ici ?

— Non. Apparemment, il n'y a pas de blessés. Plusieurs équipes ont déjà commencé les investigations avant de faire le tour des appartements. Votre présence est plus importante sur votre lieu de travail. Venez, suivez-moi !

Nick lui emboîta le pas aussitôt.

— Merci !

— Le trajet va être assez bruyant tant que nous ne serons pas sortis du quartier, prévint le gendarme en actionnant la sirène.

— Ne vous inquiétez pas, j'ai l'habitude.

Nick s'installa de son mieux pour ce trajet qui s'annonçait assez sportif.

— Vous avez déjà eu affaire au S.A.S. ? demanda-t-il.

— Oui. L'an dernier, notre fille a été transportée par hélico à l'hôpital de Brisbane pendant que nous étions en vacances à Townsville. Elle était victime d'un commencement de noyade. Sans cette équipe, elle serait morte. Je vous jure que ça a été la peur de notre vie. Ces gars-là sont des héros, croyez-moi !

— Je ne vous contredirai pas, approuva Nick.

Par la vitre de la voiture, il voyait des enfants marcher le long de la route, leur cartable sur le dos. Quel genre d'avenir l'attendait ? Pourquoi éprouvait-il le besoin de s'installer ?

Et pourquoi ici, à Cairns ? Son appartement n'était ni mieux ni pire que tous ceux qu'il avait occupés jusque-là. C'était un endroit propre et net où il pouvait faire un minimum de cuisine et se reposer après une longue journée de travail. Dans chacun de ses postes, il avait rencontré des gens agréables à fréquenter. Il avait toujours réussi à profiter au maximum de ce qui lui était offert. Alors ? Que lui arrivait-il ? Après tout juste une semaine passée à Cairns et malgré les meubles qu'il faisait déménager partout où il allait, son appartement lui paraissait impersonnel au possible.

La ville lui plaisait. Les plages étaient belles et agréables. Il y avait des villages à visiter, des sentiers de randonnée en grand nombre. Bref, rien de tout cela n'était exceptionnel par rapport à ses autres postes, mais pour la première fois, il envisageait de rester ici plus longtemps que d'habitude.

Leesa n'était sans doute pas étrangère à ce désir. Était-ce une bonne idée ? Rien n'était moins sûr. Les souvenirs qu'il conservait de son sourire et de la beauté de son corps étaient sans doute exagérés. Il serait sûrement déçu si jamais le hasard les mettait à nouveau face à face.

Tout à coup, il se mit à rire. Encore quelques semaines à ce poste et il aurait certainement changé d'avis, à nouveau possédé par son besoin de changement. C'était toujours son travail qui lui avait servi d'ancrage. C'était aussi ce qui faisait sa fierté. Il se félicitait d'avoir suivi cette formation de médecin urgentiste. Chaque instant passé à son travail lui apportait autant de satisfaction que la première fois qu'il avait mis les pieds dans un service des urgences en tant que chirurgien.

— Vous êtes nouveau ici ? demanda le gendarme. Je ne vous ai encore jamais aperçu.

— Il y a une semaine que je suis arrivé de Brisbane où je travaillais dans les ambulances.

— Vous trouverez sans doute moins de travail ici que dans cette grande ville.

— J'imagine qu'il y a beaucoup de touristes, non ?

— Oui, mais en fait, ils se révèlent plus prudents que les locaux et causent moins de problèmes.

Ils arrivaient en vue de l'aéroport. Nick poussa un soupir de soulagement.

— Vous avez vite fait le trajet !

— Le gyrophare et la sirène ont bien fait leur travail…

— En effet. Merci encore pour votre aide.

Il descendit de la voiture en espérant que personne dans son équipe ne lui en voudrait de son retard d'une demi-heure. Cela aurait pu être tellement pire !

— Bonjour à tous ! Je suis le Dr Nicolas Springer. Joy m'a chargé de vous rejoindre aujourd'hui. Elle-même est retenue à l'hôpital aujourd'hui.

Non... C'est une blague !

En entendant cette voix grave et posée, Leesa opéra une brusque volte-face en se cramponnant à la porte de la cabine de pilotage pour ne pas vaciller en découvrant le visage de son nouveau collègue. Dr Sexy en personne...

Qui aurait jamais imaginé pareille chose ? Il y avait plus d'un an maintenant qu'il avait quitté son lit après lui avoir offert les nuits les plus sensuelles de sa vie. Aujourd'hui encore, son ventre prenait feu quand elle se les remémorait. Mais maintenant ? Elle allait être obligée de travailler avec cet homme à la voix si sensuelle ? Impossible ! À moins de le bâillonner chaque fois qu'il s'apprêterait à ouvrir la bouche quand ils seraient sur le même vol.

— Salut, Nick.

Elle le vit ouvrir grand ses yeux si bleus.

— Leesa ?

— En personne !

— Je savais que tu étais venue t'installer ici et qu'un jour ou l'autre nous finirions par nous rencontrer mais je ne pensais pas que tu travaillais dans le Service Aérien de Secours.

Leesa sentit son visage s'empourprer au souvenir des mains caressantes que Nick avait posées sur son corps. Stop ! Ce n'était ni le lieu ni le moment de laisser remonter ces souvenirs parfaitement inappropriés. Ils étaient collègues maintenant, point final.

— Peu importe !

Cette réponse sèche devait lui permettre de retrouver son sang-froid. Pas question d'avoir l'air de lui mendier quoi que ce soit. Les nuits qu'ils avaient partagées à Brisbane avaient été si extraordinaires qu'il était impossible qu'elles se répètent.

D'ailleurs, elle-même n'avait pas changé : elle n'avait aucune envie de faire confiance à un homme, quel qu'il soit, pour une histoire de cœur. Et cela, même si elle avait imaginé une fois d'oublier son mariage malheureux pour changer de vie. Oui, même si elle reconnaissait que son éphémère mais brûlante liaison avec Nick avait bien failli lui faire renoncer à ses promesses de prudence.

— En effet, approuva Nick.

Sur ce, il s'adressa au pilote :

— Salut ! Je suis Nick.

Leesa recula d'un pas pour laisser les deux hommes se serrer la main. Par-dessous tout, elle ne voulait pas toucher la peau de Nick. Surtout pas. Sinon, elle allait fondre sous leurs yeux.

— Et moi, je suis Darren, votre pilote pour aujourd'hui.

— Darren, je suis désolé de vous avoir mis en retard mais un feu s'est déclaré dans l'immeuble où je vis. Je n'ai pas eu la permission de récupérer ma voiture dans le garage. Heureusement, un des policiers a bien voulu m'accompagner jusqu'ici.

— Il n'y a rien à redire à ça, déclara Leesa. Ce n'est pas comme si tu avais oublié de te lever ou si tu t'étais arrêté pour déjeuner en route !

En fait, elle était encore abasourdie d'apprendre qu'il était le nouveau médecin affecté au S.A.S. Franchement, elle aurait préféré ne pas le rencontrer car il lui avait fallu beaucoup de temps pour considérer que Nick faisait partie du passé. Voilà qu'aujourd'hui, tout était à recommencer puisque les souvenirs brûlants s'imposaient à elle au point de lui serrer la gorge. Et de lui couper l'appétit pour la journée.

Elle fit signe au personnel au sol qu'ils pouvaient retirer l'escalier et préparer le décollage.

— Allons-y maintenant, proposa-t-elle. Jacob devient anxieux quand il doit nous attendre.

C'était aussi une manière de se concentrer sur son travail et d'oublier que Dr Sexy faisait partie du voyage.

— Tu connais notre patient de ce matin ? demanda Nick en bouclant sa ceinture.

— Oui. Deux fois par mois, nous le transportons ici depuis Cooktown où il est soigné pour une leucémie. Il vient de commencer son deuxième mois de chimiothérapie. Il reste une nuit à Brisbane, parfois deux, selon son état. Quand il a l'autorisation de sortir, nous le ramenons chez lui. Le voyage en voiture serait trop fatigant pour lui.

— Il a quel âge ?

— Huit ans. Tu vas voir, c'est un gamin super sympa. Tout le monde l'adore, même quand il est stressé.

Leesa avait déjà vu le petit garçon dans cet état. Bien que son métier d'urgentiste lui ait déjà permis d'être le témoin de nombreux cas de détresse, elle avait toujours mal au cœur quand elle voyait quelqu'un souffrir ou être victime d'une crise d'angoisse. Encore plus bien sûr quand il s'agissait d'un enfant. Elle plaignait les parents obligés de vivre cette épreuve qui était sans doute pour eux le pire des cauchemars.

— Tout le monde est attaché ? demanda Darren.

— Prêts pour le décollage ! répondit Leesa.

Elle s'installa confortablement dans son siège et regarda par le hublot la piste d'envol. Au loin, un avion de ligne était en train de décoller. Il faisait une journée magnifique, ensoleillée, sans un souffle de vent. Cela ne durerait sûrement pas. Plus tard dans la journée, comme d'habitude, la brise marine ne manquerait pas de se lever.

Ainsi donc, Dr Sexy s'appelait Dr Nicolas Springer. Nick. Non, Nick, c'était du passé. Il était toujours séduisant, et probablement en couple. En fait quand ils avaient couché ensemble à Brisbane, elle n'avait pas pensé à s'assurer qu'il était célibataire tant il lui avait inspiré confiance. Ce qui était idiot de sa part étant donné la façon dont sa confiance avait été prise en défaut par son ex-mari. Jamais pendant leurs fiançailles elle n'avait soupçonné son caractère tyrannique. Depuis cette déception, elle n'accordait pas si facilement sa confiance mais son histoire avec Nick se situait en dehors du temps. En tout cas, elle ne regrettait rien.

Les hélices commencèrent à tourner, de plus en plus vite. Leesa se concentrait sur le frisson de plaisir que cela lui donnait chaque fois. Parfois, elle envisageait de passer son brevet de pilote pour de petits avions mais quand l'utiliserait-elle ? Mieux valait laisser aux professionnels le soin de lui procurer ce genre de plaisir.

— C'est le poste que tu es venue prendre après Brisbane ? demanda Nick.

— Oui. Et c'est le plus passionnant de tous ceux que j'ai eus. J'adore venir en aide aux enfants et à leur famille.

— Moi aussi, c'est pour cette raison que j'ai demandé cette affectation. J'ai eu envie de soutenir des gens en grande difficulté. Je t'avouerai que j'en avais un peu assez des problèmes qu'on rencontre dans les ambulances. On a souvent affaire à des ivrognes qui estiment avoir droit à un traitement spécial, ou qui carrément te cassent la figure au moment où tu les aides !

Il secoua la tête.

— Parfois, je me demandais pourquoi nous nous donnions tant de mal et puis, le patient suivant était une personne merveilleuse et cela répondait à ma question.

Waouw… Dr Sexy était devenu bavard ! Bien plus qu'à Brisbane. Il est vrai que les circonstances n'étaient pas les mêmes. Ici, ils étaient au travail, pas en train de prendre un cocktail ou de danser dans un lieu bruyant.

— Je comprends, approuva Leesa. La plupart du temps au contraire, les gens que nous transportons ici nous manifestent beaucoup de reconnaissance. Sauf parfois ceux qui payent eux-mêmes leur voyage car les assurances ne fonctionnent pas pour tout le monde. Moi, je m'attache à traiter tout le monde aussi bien que possible, qu'ils payent ou pas, ou quel que soit leur âge.

— Bien sûr, approuva Nick.

Il observait l'intérieur de l'avion avec attention.

— Je dois me familiariser avec cet environnement, y compris avec l'équipement prévu en cas d'urgence. Pour moi, tout est nouveau ici.

— C'est normal. Tout le monde fait la même chose en commençant à travailler ici.

Leesa parlait d'une voix posée mais son cœur battait trop vite. Avant de monter à bord tout à l'heure, tout ce qu'elle savait du nouveau médecin était qu'il s'appelait Nicolas Springer et qu'il avait travaillé en tant qu'urgentiste ambulancier dans plusieurs villes du pays. Pas un instant elle n'avait imaginé qu'il pouvait s'agir de celui qu'elle avait appelé Nick au cours de leurs rencontres amoureuses.

— Tu préfères que je t'appelle Nick ou Nicolas ?

— C'est la première fois qu'on me pose cette question.

— Comment on t'appelle chez toi ?

— L'un ou l'autre, peu importe.

Sur ce, il tourna à nouveau son regard vers le matériel de secours.

Ce geste donna à Leesa l'impression d'avoir touché un point sensible. Si chacun mérite une famille aimante, ce n'est pas toujours le cas dans la réalité. Elle-même avait eu de la chance et malgré les dysfonctionnements familiaux qu'elle avait découverts au cours de son travail d'infirmière urgentiste, elle voulait continuer à croire que c'était le cas pour la plupart des gens.

— Tu sais, quand Joy nous a donné le nom du médecin qui allait venir compléter notre équipe, je n'ai pas pensé que ça pouvait être toi. À vrai dire, je ne connaissais même pas ton nom de famille. Nous avons été très peu bavards à Brisbane.

Leesa, tais-toi ! Ne continue pas sur cette lancée. C'est dangereux et tu le sais très bien !

— C'est vrai.

— Ce serait idiot de faire comme si nous ne nous connaissions pas mais ça fait partie du passé, d'accord ?

Nick ne répondit rien.

Ou bien il refusait de perdre son temps à se souvenir, ou bien il voulait lui faire comprendre à quel point cela avait peu compté pour lui.

— Oui, c'est vraiment le passé, marmonna-t-elle en ouvrant le dossier du petit Jacob, qu'elle connaissait pourtant par cœur.

— Je refuse d'aller à l'hôpital !

Debout devant la passerelle qui menait dans l'avion, les bras croisés sur sa poitrine, des larmes ruisselant sur son visage d'enfant, Jacob tapait du pied en criant :

— Laissez-moi tranquille, je refuse de monter !

Leesa s'agenouilla devant son jeune patient. Elle avait envie de le consoler en le serrant dans ses bras mais ce n'était pas la meilleure manière de régler le problème.

— Qu'est-ce qui se passe, Jacob ? D'habitude tu es bien content de monter dans l'avion !

— J'irai pas ! J'irai pas. J'i-rai-pas.

— Mais pourquoi ? Explique-moi pourquoi tu as changé d'avis.

— J'en ai marre d'être malade. C'est pas juste.

Ça, c'était bien vrai.

Leesa jeta un coup d'œil à la mère de Jacob. La pauvre Kerry paraissait épuisée.

C'était la première fois que Jacob opposait de la résistance au moment de monter dans l'avion. Jusque-là, même quand il ne maîtrisait pas son anxiété, il avait toujours accepté sans difficulté.

Leesa le prit par la main et l'emmena un peu à l'écart. Après un moment d'hésitation de la part de Jacob, ils s'assirent par terre, l'un à côté de l'autre.

— Tu ne trouves pas ça chouette d'être autorisé à venir sur le tarmac de l'aéroport ?

Jacob serra les lèvres très fort avant de répondre :

— Non.

— Tu peux me dire pourquoi ?

Jacob lui adressa un regard désespéré.

— Aujourd'hui, c'est l'anniversaire de mon meilleur copain. Je veux aller chez lui pour lui offrir son cadeau.

Eh bien, voilà. C'était clair. Être malade est déjà bien difficile à supporter pour n'importe qui, mais pour un enfant, un jour pareil, c'était abominable.

— Je comprends, mais tu sais quoi ?

Jacob leva vers elle son visage barbouillé de larmes.

— Non.

— Je vais t'expliquer. Aujourd'hui, ton copain va recevoir plein de cadeaux. Quand tu iras le voir la semaine prochaine et que tu lui offriras le tien, ce sera le seul de la journée. Du coup, ce sera un cadeau très spécial !

Jacob secoua la tête.

— Non. Je veux le lui donner aujourd'hui. Tous les autres vont lui donner leur cadeau aujourd'hui. Je veux faire comme eux.

Bien sûr. Jacob voulait se comporter normalement.

— Écoute, reprit Leesa, j'ai une idée. Quand tu sauras qu'il est rentré de l'école, tu l'appelleras au téléphone et tu lui chanteras « Joyeux Anniversaire ». Je suis sûre que ça lui fera une bonne surprise.

Le visage de Jacob se détendit un peu.

— Tu crois ?

— Bien sûr. D'ailleurs, nous allons répéter la chanson pendant le vol vers Cairns. Comme ça, tu la sauras bien par cœur.

— Tu chanteras avec moi ?

— Évidemment !

Un rire leur parvint depuis l'avion.

— Alors, on embarque, fiston ? demanda la voix de Nick.

Elle n'osa pas le regarder. Non, elle n'avait pas le courage de regarder son visage rasé de près, souriant, séduisant comme jamais. Si elle décidait de l'appeler « Nicolas » ? Cela mettrait un peu de distance entre eux ? Hélas, ce n'était pas seulement le prénom qui mettait son sang en ébullition.

— Je te préviens, reprit-elle à l'adresse de Jacob. Je chante comme une casserole.

— Je m'en fiche.

— Alors tout va bien ! répondit-elle en souriant.

Mais Jacob n'en avait pas terminé avec ses confidences.

— Mon autre copain, Max, organise une fête ce week-end. Il faut que je sois guéri pour y aller.

— Alors vite, vite, dépêchons-nous de partir ! Plus vite tu as ton traitement, plus vite tu iras bien.

Cette fois, Jacob se leva et marcha vers le petit avion sous le regard soulagé de sa mère Kerry. Il avait besoin de sa chimio mais aussi grand besoin de mener une vie aussi normale que possible.

— Allez, hop ! dit Nick en lui tendant la main.

— Merci, Leesa, intervint Kerry. Jacob a été bouleversé toute la matinée et je ne savais pas comment le calmer.

— Vous avez fait ce qu'il fallait, Kerry. Vous l'avez amené jusqu'ici. Ensuite, j'ai fait mon métier, voilà tout.

Une fois qu'ils furent tous montés dans l'avion, Nick souffla à voix basse :

— Tu t'es super bien débrouillée !

Leesa fut touchée par ce compliment.

— À partir de maintenant, Jacob connaît la routine. Tout ira bien.

Ce fut le cas. Soulagé de son souci et oublieux de sa répétition de chant, Jacob entra dans une grande conversation avec Nick, son nouveau médecin. Il estima important de lui expliquer comment fonctionnait l'avion, où ils allaient atterrir et combien c'était important que le pilote surveille s'il y avait d'autres avions sur sa route.

Leesa se détendait elle aussi, heureuse d'avoir sorti Jacob

de sa tristesse. Détendue maintenant, Kerry se sentait prête à accompagner son fils calmement pour le soin.

Quand ils arrivèrent à Cairns, à peine débarqués, Jacob prit Nick par la main en lui demandant de marcher plus vite parce qu'il était pressé d'avoir son traitement pour pouvoir appeler son ami ensuite.

Une fois Jacob et Kerry partis dans l'ambulance qui les attendait pour les conduire à l'hôpital, Nick se tourna vers Leesa.

— Tu as raison, c'est un gamin adorable.

— Ça me fend le cœur de penser à ce qu'il est obligé de supporter.

— C'est très dur, mais tu l'as beaucoup aidé. Ton intervention a tout changé pour lui.

— Tu n'imaginais pas que j'allais le faire embarquer de force ! Il a assez à gérer comme ça.

— Je suis complètement d'accord avec toi, mais tu as vraiment su t'y prendre. Je n'ai jamais vu quelqu'un capable de rassurer si habilement un jeune patient.

Ils se dirigeaient vers la cafétéria. Nick prit Leesa par le bras.

— Allons prendre un café pendant que c'est calme.

La tiédeur de la main de Nick sur le bras de Leesa n'avait rien à voir avec la douceur de l'air et tout avec les sensations voluptueuses d'autrefois. Ce n'était pas le moment de les évoquer. Mieux valait penser à autre chose.

— Tu sais quelle est notre prochaine mission ? demanda Nick d'une voix dans laquelle elle ne décela pas le moindre trouble.

Un peu déçue malgré elle, Leesa en déduisit qu'elle ne produisait aucun effet sur son nouveau collègue et ancien amant.

— Oui. Nous allons ramener chez elle à Mackay, une adolescente autorisée à quitter le service de pédiatrie orthopédique. Un grave accident de quad lui a causé de multiples fractures aux jambes il y a deux semaines. Sa mère est maman solo et médecin. C'est elle qui va suivre la convalescence de sa fille, ce qui leur évitera des allers-retours jusqu'à Cairns.

— Elle va rester seule toute la journée pendant que sa mère travaillera ?

— Non. Son cabinet se trouve dans sa maison. Elle travaille avec une infirmière qui ira de temps en temps jeter un coup d'œil sur Matilda.

Elle soupira.

— Malgré tout, elles vont vivre deux mois bien difficiles.

— Tu es pleine d'empathie pour tes patients. J'aime bien ça aussi.

Aussi ?

Quoi d'autre lui plaisait chez elle ? Dans le fond, elle n'avait pas besoin de le savoir. Autant Nick lui avait plu à Brisbane, autant maintenant elle préférait ne pas chercher à le connaître davantage. D'après ce qu'elle avait compris, il changeait souvent d'affectation. Ce n'était pas du tout son style à elle qui avait décidé de rester attachée à un lieu où se trouvaient sa famille et ses amis.

Si elle avait accepté de partir à Brisbane, c'était parce que son mari avait voulu saisir une opportunité professionnelle intéressante et que dans son programme de jeune femme éduquée selon la tradition, son rôle était de le soutenir et de l'encourager. Évidemment, si elle avait pris plus tôt le soin de mieux connaître Connor, jamais elle ne l'aurait épousé. Jamais elle n'aurait quitté Cairns.

Ils venaient de rejoindre Darren près du hangar où se trouvait le coin cuisine.

— Café ou thé ? demanda Darren à Nick.

— Un café sera parfait.

Joy fit son apparition à son tour et la conversation roula sur leur travail, ce qui convenait parfaitement à Leesa. Hélas, cela n'empêchait pas quelques images du passé de revenir devant ses yeux. Depuis sa rencontre avec Nick, elle avait cherché un autre Dr Sexy, sans succès.

— Si je comprends bien, déclara Joy, vous deux vous connaissiez déjà avant cette affectation ?

— Un peu..., répondit Leesa, mal à l'aise.

— Pas tant que ça, déclara Nick en même temps.

Joy leur adressa un regard entendu.

— Tant que cela ne vous empêche pas de travailler ensemble, nous pouvons laisser le sujet de côté.

Leesa comprit que Joy avait deviné plus qu'ils n'en avaient dit, mais dans le fond, quelle importance ? Cela n'avait rien à voir avec leur travail, d'autant moins que leur relation ne s'était pas déroulée à Cairns. Donc, il n'y avait pas de problème. Mis à part ce fourmillement de sensualité qui s'emparait d'elle chaque fois qu'elle s'approchait de Nick.

Ignorant le regard interrogatif de ses collègues, elle remua le sucre dans son café comme si de rien n'était. Ils en seraient pour leurs frais. Elle n'allait tout de même pas leur raconter qu'elle avait passé quatre folles nuits avec le nouveau médecin ! Après avoir rincé sa tasse dans l'évier, elle alla chercher son lunch dans le réfrigérateur et prit place à la petite table où ils se réunissaient pour prendre leur repas.

Son café à la main, Nick les regarda s'installer.

Ah... Il n'avait rien prévu à manger.

— Tu n'as pas pensé à apporter ton repas ?

— Non, mais ça ira comme ça, je n'ai pas très faim.

— Je me ferai un plaisir de te donner un de mes sandwichs, déclara Darren. Ma femme m'en prépare toujours trop.

— Tu es sûr ?

— Pas de problème !

— Tu m'entends, Matilda ? demanda Nick à la jeune fille allongée sur le brancard.

Elle était très pâle, avec de grands cernes sous les yeux.

— Oui, docteur.

— Parfait. Nous allons t'installer dans l'avion. Bien sûr, nous allons faire très attention mais si jamais tu as mal, il faut nous le dire, d'accord ?

Matilda lui adressa le regard insolent typique des adolescents.

— Si j'ai mal ? C'est une blague ?

— Je veux dire si tu as encore plus mal..., corrigea Nick. Nous irons plus doucement.

Il se tourna vers Leesa.

— Allez, on y va !

Nick souleva son côté du brancard. Quand aucun patient n'était là pour les occuper, ils avaient du mal à se détendre en présence l'un de l'autre, ce qui rendait la situation compliquée quand ils devaient passer un certain temps ensemble.

La liaison qu'il avait eue avec Leesa ne ressemblait à rien d'habituel pour lui. En temps ordinaire, il fréquentait des jeunes femmes charmantes mais dépourvues du moindre désir de faire durer leur relation, ce qui lui convenait parfaitement.

Quand Ellie, son ex-épouse, lui avait révélé avoir avorté sans lui avoir fait part de sa grossesse et avoué que d'autres hommes que lui s'étaient glissés dans son lit après leur mariage, il avait senti son cœur se glacer. Depuis, il n'avait plus jamais accordé foi aux mots d'amour qu'on lui avait adressés.

Aujourd'hui, il travaillait avec Leesa qui occupait son esprit plus qu'il ne l'aurait souhaité. Était-ce pour se donner une chance de la retrouver qu'il avait décidé de quitter Brisbane pour le Nord ? Bien malin qui lui donnerait la réponse.

— Comment tu te sens, Matilda ? demanda Leesa.

Apparemment, elle était bien plus que lui concentrée sur le travail mais il constatait qu'elle faisait son possible pour l'éviter.

Si cette collaboration forcée devait leur être une occasion de distraction, il demanderait à Joy de l'inscrire dans une autre équipe. Ou même, étant donné le petit nombre de médecins impliqués, il demanderait sa mutation.

En attendant, il revint vers la petite patiente.

— Matilda, à quel niveau de l'échelle de douleur en es-tu maintenant ?

— Pareil que tout à l'heure. Vous avez fait du bon boulot.

— Parfait. Nous allons t'attacher maintenant pour éviter à ton corps des mouvements qui pourraient te faire souffrir.

L'adolescente se mit à rire.

— Autrement dit, vous allez me traiter comme le cochon sauvage qu'on ramène à la maison après la partie de chasse dans la forêt !

Cette plaisanterie fit plaisir à Nick. Il n'était pas aussi bon que Leesa avec les jeunes mais il avait tout de même réussi à faire blaguer celle-ci.

— On peut voir les choses comme ça...

Leesa installait différents appareils sur Matilda.

— Il faut vraiment me mettre tout ça ? demanda la jeune fille

— C'est pour surveiller ta tension pendant le vol, expliqua Leesa. Je préfère prendre toutes les précautions habituelles. C'est compris dans le package !

Encore une fois, elle avait su répondre calmement et avec humour. N'était la tension sensuelle refoulée qui régnait entre eux, ç'aurait été un plaisir de travailler avec elle.

Leesa ferma la porte de la cabine et se pencha vers Darren.

— Prêts pour le décollage !

— Nous avons cinq minutes d'attente pour laisser atterrir un avion qui arrive de Sydney.

— Pas de problème, répondit Leesa.

Puis, se tournant vers Nick :

— Alors, qu'est-ce que tu en penses ?

Ce qu'il pensait d'elle ? Eh bien... elle était sensationnelle ! Mais ce n'était sûrement pas cela qu'elle lui demandait.

— Finalement, je préfère me déplacer en avion plutôt que dans une ambulance, avec les embouteillages qui nous bloquent trop souvent.

— C'est sûr que le ciel est moins encombré que les autoroutes...

Elle jeta un coup d'œil en direction de Matilda.

— Ça va, Matilda ? Tu aimes prendre l'avion ?

La jeune fille croisait et décroisait ses doigts nerveusement.

— Je suis montée une seule fois dans un hélicoptère et ça m'a fait peur.

— C'était le jour de ton accident ? demanda Nick.

— Oui.

Elle avait parlé d'une toute petite voix et serrait si fort ses doigts que les articulations avaient blanchi.

— Tu vas voir que voler dans un avion est beaucoup plus confortable que dans un hélicoptère.

Il avait compris que le meilleur moyen de l'aider à se détendre était de la faire parler.

— Leesa m'a dit que tu avais eu un accident de quad. Si tu me racontais ce qui s'est passé ?

— Un truc idiot. Je me suis trompée de manette. J'ai accéléré au lieu de freiner. Le quad est passé par-dessus un remblai et puis il a atterri sur moi.

— Tu as dû avoir très peur !

— La trouille de ma vie. Avec le transport en hélico par-dessus le marché, c'était plus que craignos.

— Ça se passera bien mieux aujourd'hui, assura Leesa. Darren est un excellent pilote, il n'y a pas de vent et tu es en bien meilleur état que ce jour-là.

— Vous étiez avec moi ?

— Oui.

Nick prenait connaissance du dossier de Matilda. Trois fractures à la jambe gauche et deux à la jambe droite. Cinq côtes cassées pour couronner le tout.

— Tu sais que tu as eu de la chance de ne pas avoir eu de blessures plus graves.

— De la chance ? C'est vous qui le dites ! rétorqua Matilda en faisant la grimace.

Comme les hélices se mettaient à tourner, elle commença à serrer très fort la main de Leesa.

— J'ai peur ! C'est la même chose que dans l'hélico. Le bruit devient de plus en plus fort. Je suis sûre qu'on va avoir un accident.

— Mais non, Matilda. Détends-toi, tout va bien. Tu vas rentrer chez toi. Profite de cette nouvelle expérience !

Leesa contrôla le pouls de la jeune fille.

— Je confirme que tout va bien.

— Avec un peu de chance, nous croiserons peut-être quelque soucoupe volante, déclara Nick le plus sérieusement du monde.

— Doc, vous dites n'importe quoi.

Brusquement, elle poussa un cri.

Nick se redressa aussitôt, prêt à intervenir.

— Qu'est-ce qui t'arrive ?

— Je... j'ai essayé de bouger ma jambe.

— Le plâtre la maintient bien droite, je pense que c'est plutôt tes muscles qui te font mal. En remuant, tu les as fait bouger dans un sens contraire à ce que leur demande le plâtre. C'est normal que tu aies eu mal.

— C'est vrai, dit Matilda. On me l'avait expliqué à l'hôpital mais j'ai oublié.

Matilda ferma les yeux. Apparemment, elle n'avait pas remarqué qu'ils avaient décollé et prenaient rapidement de l'altitude.

Soulagé, Nick se tourna vers Leesa.

— Tu connais notre prochaine mission ?

— Oui. Nous allons conduire à Townsville une dame de cinquante et un ans. Elle souffre d'un début de démence sénile. Son séjour à Cairns doit permettre à son mari de préparer son admission dans une maison de repos près de chez eux.

— Chaque fois nous avons affaire à un cas différent.

— Oui. C'est ce qui fait le charme du métier.

Nick sentit son téléphone vibrer dans sa poche. Il lut le message et son visage se détendit.

— C'est le policier qui m'a conduit à l'aéroport ce matin. Il me dit que l'immeuble a été vérifié et que les habitants peuvent rejoindre leur appartement.

— Est-ce qu'on sait ce qui a causé l'incendie ?

— Oui. Le locataire en dessous de chez moi a laissé une casserole contenant de l'huile sur le feu et il est parti faire son jogging. Heureusement que les détecteurs de fumée ont bien fonctionné !

— Autrement dit, tu vas être obligé de louer un autre appartement ?

— Oui.

Cette perspective ne contrariait guère Nick, habitué à bouger. Il mettrait ses affaires personnelles dans un sac et les déménageurs s'occuperaient du reste, comme d'habitude.

— Louer une maison ne te tente pas ?

Nick haussa les épaules.

— Non, un appartement me convient mieux.

Une lueur de déception apparut dans le regard de Leesa.

Qu'avait-elle imaginé ?

Nick n'estima pas nécessaire de se lancer dans des explications.

— Comment ça va, Matilda ? demanda-t-il. Ta jambe te laisse tranquille ?

— Un chouïa...

— Je ne peux pas te donner davantage d'antalgiques. Tu as reçu la dose maximum.

— Bof... si vous le dites, je suis bien obligée d'encaisser.

Il se tourna vers le hublot. Pourquoi était-il venu à Cairns ? L'alerte du cancer de Patrick ne suffisait certainement pas à expliquer ce choix. Même si cela n'avait pas été délibéré, il avait loué l'appartement que Leesa quittait pour continuer à rester avec elle. À l'hôpital, après son départ, il avait eu des échos de la réputation qu'elle s'était faite en défendant les femmes harcelées par le directeur des ambulances. Beaucoup lui en étaient encore reconnaissantes et lui-même la trouvait très courageuse de s'être ainsi exposée.

Est-ce qu'il était venu ici dans l'espoir de la connaître davantage ? La bouche sèche, il se rendit compte qu'il n'avait pas pris la peine comme il le faisait d'habitude de consulter toutes les offres correspondant à sa compétence à travers le pays. Mais en même temps, il n'avait pas cherché à travailler dans la même équipe qu'elle. C'est le hasard qui les avait rapprochés.

Le hasard, oui. On ne peut pas en vouloir au hasard, n'est-ce pas ?

2

Leesa hésitait.

Proposer à Nick de le ramener chez lui était certainement la chose à faire puisqu'il n'avait pas de véhicule à sa disposition. Mais si elle le faisait, comment supporterait-elle la présence de Dr Sexy assis juste à côté d'elle, dans l'habitacle étroit de sa voiture ? Péniblement, sans aucun doute.

D'ailleurs, pourquoi se casser la tête puisqu'un arrêt de taxis se trouvait juste à la sortie de l'aéroport ? Il pouvait très bien en prendre un, non ?

Oui, mais c'était moche de rentrer chez elle en faisant comme s'il n'existait pas…

Elle haussa les épaules. Après tout, lui proposer un trajet n'était pas une invitation à renouer avec un ancien amant !

Il s'agit juste de rendre service à un collègue.

Oui. Un simple service qu'elle rendrait à n'importe quel autre de ses collègues. Pourquoi pas à lui ?

— Nick ?

Il s'avança vers elle.

— Oui…

— Tu veux que je te raccompagne chez toi ?

— Ça serait super sympa !

Il n'avait manifesté aucune hésitation à accepter. Autrement dit, elle était loin de le troubler comme il la troublait, elle.

— Alors, on y va.

Autant se débarrasser tout de suite de ce qui, étant donné le passager invité, était presque une corvée. Elle pourrait ainsi aller au chenil récupérer son border collie Baxter, regagner la maison que sa grand-mère lui prêtait et s'offrir une bonne bière fraîche sur la terrasse pour se remettre de la surprise que lui avait réservée cette journée.

Les patients qu'ils avaient convoyés ne leur avaient causé aucun souci particulier. Il n'y avait pas eu d'urgence, pas de malaise à bord, non, la routine professionnelle avait été au rendez-vous. Ce qui la perturbait, c'était la présence de Dr Sexy. Même après une séparation d'un an, il avait encore le pouvoir d'affoler ses sens. D'ailleurs, dès qu'elle avait reconnu sa voix, elle avait compris que les ennuis allaient commencer.

— Attends-moi une minute, s'il te plaît, avertit Nick, je vais récupérer mes affaires.

— Pas de problème, rejoins-moi sur le parking.

Quoi de plus banal en apparence que cet échange rapide ? Hélas, depuis ce matin, plus rien ne paraissait banal à Leesa. Nick l'avait replongée dans une sorte de folie sensuelle qu'elle ne savait pas maîtriser et cette fois, leur fréquentation n'allait pas cesser au bout de quelques jours. Il lui fallait absolument surmonter ce handicap car malgré la rotation du personnel dans les équipes de travail, ils seraient amenés à travailler ensemble assez souvent. Elle aurait besoin d'avoir toute sa tête.

Nick la rejoignit au bout d'une vingtaine de minutes.

— Excuse-moi d'avoir tardé. Joy m'a coincé pour me demander comment s'était passée la journée et si le travail me plaisait.

— Alors ?

— Eh bien je lui ai répondu qu'il est tout à fait différent de ce que je faisais jusque-là mais qu'il me plaît énormément. Le contact avec les patients est plus étroit, surtout avec ceux qui suivent un long traitement. Par exemple, si tu n'avais pas aussi bien connu Jacob, il aurait eu bien plus de mal à monter dans l'avion.

Il se ravisa.

— En fait, tu y aurais tout aussi bien réussi parce que tu as le talent de les mettre en confiance.

Compliment d'ordre strictement professionnel, donc, pas de malaise à gérer.

Leesa ouvrit la portière de la voiture.

— Espérons que ce talent ne me fera jamais défaut. Il y a des moments où certains patients ont réellement besoin d'être apaisés, ne serait-ce que pour leur propre sécurité.

Elle se hâta de s'installer au volant. Le simple fait de regarder Nick lui faisait oublier qu'elle avait décidé de garder ses distances avec lui... Sitôt le moteur en marche, la musique emplit la voiture. C'était précisément un des airs sur lesquels ils avaient dansé dans le parc, à l'occasion de la fête de son immeuble à Brisbane. Une chaleur insoutenable lui monta au visage. Décidément, le sort s'acharnait sur elle ! Elle coupa la musique.

— N'arrête pas à cause de moi, déclara Nick.

C'est pour moi que je coupe le son, gros bêta, pas pour toi !

Elle avait enregistré cet air et l'avait écouté en boucle pendant tout son trajet de Brisbane à Cairns en chantant à tue-tête. Pourquoi ? Parce qu'elle adorait cette chanson, tout simplement. Cela n'avait strictement rien à voir avec la soirée où elle s'était sentie si heureuse de danser avec Nick.

Vraiment ?

Menteuse...

— C'était un peu trop fort à mon goût, expliqua Leesa.

— Mais non ! C'est comme ça qu'il faut écouter la musique qu'on aime.

Tiens...

Sur ce, il se mit à sourire, de ce sourire qui la faisait fondre. Consciemment ou pas, Dr Sexy continuait à faire des ravages. Leesa appuya sur l'accélérateur. Plus vite elle se débarrasserait de son passager, mieux se serait. Elle pourrait enfin respirer librement.

Elle réalisa tout à coup que dans son trouble, elle avait oublié de lui demander où elle devait le conduire ! Sa distraction devenait gênante.

— Où se trouve ton appartement ?

— Sur George Street. Tu sais où ça se trouve ?

— Oui.

À son tour de ne pas se montrer communicative. Mieux valait se taire que dire des choses qu'elle regretterait aussitôt. Nick avait le don de lui faire faire des gaffes.

Le message subliminal avait dû passer car Nick ne dit plus rien jusqu'à l'arrivée sur le parking de son immeuble. Une fois là, il parut surpris.

— Incroyable ! Tout est nickel. Jamais on n'imaginerait ce qui s'est passé ce matin.

— Tant mieux !

— Tu viens prendre une bière ?

J'adorerais...

— Non, désolée. Il faut que j'aille promener mon chien.

— Dommage.

Il ouvrit la portière.

— Où est-ce que tu l'emmènes ?

— Le long de la promenade. Baxter doit être impatient de se dégourdir les pattes !

— Ça t'ennuie si je vous accompagne ?

Quoi ?

Nick voulait venir avec elle ? Hors de toute obligation professionnelle ? Alors qu'elle s'était ridiculisée avec sa musique ?

— Tu sais, déclara Nick, puisque nous allons travailler ensemble, nous ferions bien de mettre les choses au point entre nous, tu ne crois pas ?

— Pourquoi ? Ça s'est très bien passé aujourd'hui. Tu as quelque chose à redire ?

Elle adorait son travail. Elle avait la chance d'exercer le métier de ses rêves. Pas une seule fois elle n'avait regretté d'être revenue à Cairns. Travailler avec Nick lui avait plu. Il était sérieux, compétent, efficace. Est-ce que son arrivée allait remettre en question cet équilibre ?

C'est à moi de l'en empêcher.

Exactement. Elle était responsable de son sort. À elle de poser les limites, de fixer les barrières à ne pas franchir. Les difficultés rencontrées autrefois à l'école avec les apprentis machos en culottes courtes qui la traitaient d'asperge lui avaient appris à gérer cela. En plus, pour autant qu'elle le connaisse, Nick n'avait rien d'un tyran. Le problème était qu'il lui faisait vivre des montagnes russes émotionnelles. À elle de maîtriser la situation si elle voulait le connaître un peu mieux. Et éventuellement, prendre encore un peu de bon temps avec lui...

— Tu as peut-être raison... allez, referme la portière et allons chercher Baxter.

— Je ne veux pas te compliquer la vie, Leesa. Je viens d'atterrir dans ton pré carré et je ne veux pas que tu regrettes mon arrivée. Nous sommes adultes tous les deux. Tu ne penses pas que nous pouvons travailler ensemble sans que notre courte liaison nous mette mal à l'aise ?

Voilà qui était direct ! Correct, en même temps.

— Si, bien sûr. Notre collaboration s'est très bien passée aujourd'hui.

Quand j'arrivais à ne pas imaginer tes mains sur ma peau, tout allait bien, oui. Malheureusement, ces moments-là étaient rares...

En sentant une fois de plus le rouge lui monter aux joues, elle remit le moteur en marche.

Quelques instants plus tard, ils se garaient devant le chenil où Baxter les attendait au milieu d'autres chiens visiblement impatients de voir leur maître arriver.

— Tu mets ton chien à la garderie dans la journée ? s'amusa Nick.

— Ça te choque ?

— Pas vraiment. J'ai bien vu à ta façon de t'occuper de Jacob que tu es un bon petit cœur.

— Tu sais, Baxter vient d'un refuge pour chiens. Ses maîtres précédents avaient l'habitude de l'attacher toute la journée avec le minimum d'eau et de nourriture. Je ne veux pas lui faire subir le même sort. Chaque fois que je l'amène ici, je vois bien qu'il panique. Il a peur que je l'y laisse pendant plusieurs jours. Ce qui fait que quand je vais seulement faire une course, je le laisse chez mes parents.

Nick secouait la tête.

— Pauvre Baxter ! Je ne comprends pas que les gens qui prennent un chien soient si peu attentifs à ses besoins.

— En effet, c'est désolant. Attends-moi, je reviens tout de suite.

Derrière le grillage qui enserrait le jardin où les chiens attendaient leur maître, Nick vit un beau border collie blanc et noir se précipiter vers Leesa en remuant la queue de manière frénétique. Leesa savait que l'équipe s'occupait bien de lui pendant son absence mais cela ne l'empêchait pas de mourir d'impatience de retrouver sa maîtresse.

Comme Karin, la responsable, lui tendait la laisse de Baxter, Leesa s'agenouilla pour l'accrocher à son collier et le serrer contre elle.

— Allez, mon bébé chien, on va faire un tour sur la promenade ! À demain, Karin.

Une fois dehors, Baxter se mit à gambader mais il s'arrêta net en apercevant Nick derrière la vitre.

— Tout va bien, Baxter. Nick est un ami.

Nick tendit les mains vers le chien pour qu'il s'habitue à son odeur et lui parla d'une voix calme. Baxter renifla, regarda Nick, renifla encore.

— Il se montre prudent avec les étrangers, expliqua Leesa.

— Il a bien raison ! approuva Nick.

Leesa se mit à rire.

— Qu'est-ce qu'il y a de drôle là-dedans ? demanda Nick.

— Rien. Il faut donc se méfier de tout ? Des chiens. Des hommes…

— Ajoute les femmes à ta liste et nous serons d'accord.

— Et des femmes aussi, compléta Leesa en riant toujours.

Ensuite, elle ouvrit le coffre pour que Baxter s'y installe comme à son habitude.

Quelle idée d'avoir proposé à Leesa de l'accompagner ! Bien décidé à mettre au point avec elle leur future collaboration, Nick ne savait pas par quoi commencer. Apparemment, elle ne le savait pas davantage. Ce qui fait que, tandis que Baxter bondissait joyeusement devant eux, ils demeuraient silencieux.

— C'est complètement irréel ! déclara Nick au bout d'un moment.

— Qu'est-ce qui est irréel ?

Il aurait pu parler de la vue splendide qu'ils avaient sur le port mais cela aurait été une façon de contourner la difficulté.

— Que j'aie commencé à travailler avec toi aujourd'hui. Il y avait combien de chances pour que cela arrive ?

— Pas mal, en fait. Cairns n'est pas une très grande ville. Ça ne t'était pas venu à l'idée que tu risquais de te retrouver dans le même service que moi ?

Le ton était ironique. Sarcastique, même.

— Je pensais bien que nous finirions par nous rencontrer mais pas que nous travaillerions ensemble.

Plus Nick réfléchissait, plus il s'avouait qu'il avait réellement souhaité cette rencontre. Malheureusement, à voir la réaction de Leesa, il était clair qu'elle avait mis de côté leur ancienne histoire et ne manifestait aucun désir de renouer. Elle s'était montrée directe avec lui, beaucoup plus amicale qu'avec les autres membres de l'équipe mais jamais complètement détendue.

— Je te connais très peu, reprit-il. Tu aurais pu avoir la bougeotte comme moi et aimer changer régulièrement d'affectation.

— Zéro pointé ! Je suis exactement le contraire. J'ai grandi ici et à part quelques années passées à Brisbane, c'est toujours ici que j'ai vécu.

— Waow… voilà qui me laisse stupéfait. Un peu jaloux peut-être aussi ? Je ne peux pas imaginer ce que ça représente de passer sa vie au même endroit.

Il s'interrompit. Allait-il lui raconter les démons qui le poussaient à toujours s'en aller ? Il en avait déjà trop dit. Cette promenade avec Leesa n'était décidément pas une riche idée. Elle avait le chic pour lui donner envie de parler de sujets qu'il n'abordait jamais avec personne.

— Je suis désolée d'entendre ça ! déclara Leesa en allongeant le pas.

— Regarde comme Baxter est content ! s'exclama Nick dans l'espoir de détourner la conversation.

— Relax, Nick ! Je ne vais pas t'assommer de questions. Je te trouve sympa, je suis contente de travailler avec toi, point final. Il n'y a aucune raison pour que Joy s'inquiète à notre sujet.

— C'est vrai.

Il pressa le pas pour rester à la hauteur de Leesa.

— Merci de me faciliter les choses, Leesa. Ça pourrait être compliqué de passer beaucoup de temps ensemble après l'histoire que nous avons vécue à Brisbane.

Il se souvenait des soupirs et des cris de volupté que Leesa poussait quand ils faisaient l'amour. C'était la jouissance à l'état pur qu'ils avaient partagée, du sexe, purement et simplement, rien que du sexe. Oui, mais jamais encore il n'avait autant pensé à une femme qu'il avait fait jouir. Et là, ce n'était plus seulement du sexe.

— Mon travail, reprit Leesa, est ce qu'il y a de plus important dans ma vie. Je ne ferai jamais rien qui risque de le mettre en danger. Même pas à cause de toi ! ajouta-t-elle avec un demi-sourire.

— Parfait. Alors repartons de zéro, d'accord ?

— Complètement.

— Pourquoi ne pas fêter ça en allant dîner dans un des petits restaurants qui se trouvent à côté de la jetée ?

— Dîner ? Non, désolée. J'ai prévu de manger avec mes parents ce soir. D'ailleurs, il faut que j'appelle ma mère pour lui dire que je serai en retard.

Elle sortit son téléphone de sa poche.

— Maman, le travail s'est terminé plus tard que prévu. Je suis en train de promener Baxter avec le nouveau médecin qui a pris son poste aujourd'hui.

Son visage se fit sérieux.

— Tu crois ? Je ne sais pas... Je le lui demande...

Elle se tourna vers Nick.

— Ma mère demande si tu veux venir dîner avec nous.

L'invitation était très sympathique mais elle ne paraissait guère enthousiasmer Leesa. Elle ne souhaitait sans doute pas qu'il fasse connaissance avec sa famille.

— Désolé, Leesa, mais j'ai pas mal de choses à faire ce soir.

— Tu as entendu, maman ? Nick n'est pas disponible ce soir.

Nick ne réussit pas à savoir si elle était contente ou pas de son refus.

Elle rangea le téléphone dans sa poche.

— Rentrons maintenant. Allez, Baxter !

— Leesa...

Que dire pour ne pas empirer la situation ?

— C'est très bien comme ça, Nick.

Ils demeurèrent silencieux en revenant vers la voiture et sur le chemin du retour vers l'appartement de Nick. En arrivant, il osa tout de même poser la question qu'il avait sur les lèvres depuis le coup de fil.

— Où vivent tes parents ?

— À une demi-heure de la ville. Mon père cultive la canne à sucre depuis des décades. Il espérait que mon frère prendrait la suite mais Kevin a préféré s'orienter vers la pêche commerciale, à Port Douglas. Il fait aussi du bénévolat au S.A.S. en cas d'urgence.

Nick avait l'impression que Leesa était heureuse de parler de ce qui ne les concernait pas tous les deux.

— Ce sont des métiers durs.

— On nous a inculqué très jeunes qu'il faut travailler pour obtenir ce qu'on veut. Rien ne tombe du ciel !

Le silence s'installa entre eux. Nick regrettait de plus en plus d'avoir refusé l'invitation tout en reconnaissant qu'il avait fait le bon choix. Mieux valait attendre que leur relation de collègues ait clairement remplacé celle d'anciens amants, ce serait plus simple alors. Ou quand il aurait accepté de reconnaître les sentiments qu'il éprouvait pour Leesa au lieu de s'efforcer de les refouler.

Une fois de retour dans la voiture, Nick mit la sono en marche. La chanson maudite explosa à leurs oreilles.

— J'adore cet air, expliqua-t-il. Nous venons de décider de laisser le passé derrière nous, d'accord ? Alors refuser d'écouter cette musique sous prétexte que nous avons dansé dessus ne va pas nous aider à y arriver.

Il refusa d'ajouter qu'il aimait les souvenirs qu'elle évoquait : le corps de Leesa, souple et tiède, lové contre le sien, les baisers partagés, les caresses données et reçues...

Leesa ne le regarda pas pour répondre :

— Je comprends.

— Leesa, cela ne signifie pas que je veux oublier les moments que nous avons passés ensemble.

De toute façon, ce serait impossible. Dieu sait s'il avait essayé, encore et encore. Toujours les souvenirs remontaient à sa mémoire.

— Mais maintenant que nous travaillons ensemble, c'est différent. Tu comprends ?

Autrement dit, il n'y aura plus de rendez-vous sous la couette…

— Oui, je comprends.

En voyant apparaître l'immeuble de Nick, Leesa avait accéléré. Avait-elle hâte de se débarrasser de lui ?

Au moment où elle arrêta la voiture, elle posa la main sur le bras nu de Nick. Il dut se retenir pour ne pas sursauter à ce contact troublant.

— Ta franchise est un peu dure mais je t'en suis reconnaissante. C'est plus confortable que de tourner autour du problème. Je t'avouerai que c'est ce que j'ai fait toute la journée.

Le cœur en berne, il considéra la bouche pulpeuse de son ex-amoureuse. Plus jamais il ne goûterait sa saveur de fruit défendu.

Il se força à sourire.

— À demain, Leesa.

— À demain, Nick.

3

Le lundi matin, Leesa se présenta de bonne heure à l'aéroport, pressée de savoir avec qui elle allait travailler avant de préparer tranquillement sa journée. Cela au moins ne dépendait que d'elle.

— Salut, Leesa !

Zut. C'était raté. Nick était arrivé avant elle. Elle le déplora vivement car même les jours où ils n'avaient pas travaillé ensemble, elle avait continué à sentir sa présence.

— Tu fais équipe avec qui, aujourd'hui ? demanda-t-elle.

— Avec toi, justement.

Ainsi donc, il avait déjà pris connaissance du tableau d'affichage.

— Tu as regardé en quoi consiste notre première mission ?

Elle avait volontairement parlé sur un ton sec, très professionnel.

Si je veux prendre la succession de Joy, mieux vaut m'entraîner à dominer mes émotions.

La veille en effet, Joy lui avait annoncé son départ dans huit semaines et Leesa envisageait de postuler pour la remplacer. Cela modifierait quelque peu ses conditions de travail mais quoi qu'il en soit, l'essentiel était de s'en tenir avec Nick à une relation assez distante. Elle avait envie d'avancer dans sa carrière mais en même temps, elle reconnaissait que ce qui l'intéressait réellement c'était de s'occuper des gens, pas de rester assise dans un bureau à remplir des dossiers. Heureusement, elle pourrait toujours retirer sa candidature si elle changeait d'avis. L'intérêt aussi de cette indécision était de lui fournir l'occasion de penser à autre chose qu'à Nick.

— Nous allons à Cooktown chercher un garçon âgé de quatorze ans. Il a une infection au pied, répondit Nick.

— On ne peut pas le soigner à Cooktown ?

Ma question est idiote…, pensa-t-elle aussitôt. *Si c'était possible, on ne nous aurait pas demandé de venir.*

— Non, il a trop attendu avant de consulter.

— Ça me fait enrager de voir les gens aussi négligents ! marmonna-t-elle. C'est tellement plus simple quand on prend les choses au début.

— Il n'a que quatorze ans… À cet âge-là, on a souvent peur d'être traité de mauviette par les copains.

Leesa se mordit la lèvre.

— C'est vrai, j'aurais dû y penser. Les ados ne sont pas tendres entre eux.

— Les adultes non plus ! renchérit Nick. Je suis au courant de ce que tu as fait pour les femmes mal considérées dans le service des ambulances à Brisbane. C'est impressionnant. Peu de personnes s'avèrent capables de tenir tête aux tyrans comme tu l'as fait.

— Question d'expérience ! J'ai été victime de harcèlement à l'école autrefois.

— C'est incroyable ! Toi qui es si belle, si aimable avec les gens, comment est-ce possible ?

— J'étais très grande pour mon âge. Autrement dit, je ne correspondais pas à la norme, c'était suffisant.

— Quel tissu d'âneries !

Leesa était sensible à cette gentillesse. Pourtant, elle demeurait sur ses gardes. Son ex-mari aussi savait s'y prendre pour obtenir ce qu'il souhaitait. Nick ne paraissait pas être fait du même matériau mais elle préférait rester prudente. D'ailleurs, pourquoi ne pas tout révéler à Nick ?

— Je compléterai le tableau en te disant que j'ai aussi été mariée à un homme persuadé que je n'existais que pour satisfaire ses trente-six mille volontés.

— Ça existe encore à notre époque, ce genre de spécimen ?

— Hélas oui.

— Qu'est-ce que tu as fait ?

— Je l'ai quitté. Je n'en pouvais plus. Il m'a semblé que je méritais mieux.

Mieux ?

Elle regardait Nick, envahie par l'émotion. Il n'était qu'un collègue de travail mais c'était difficile de tenir son imagination en bride alors qu'il se tenait tout près d'elle et que sa haute carrure lui paraissait si rassurante.

Mieux valait travailler, se concentrer sur la réalité pour ne pas se perdre dans des rêves fumeux. Elle se détourna pour attraper le kit de médicaments à monter à bord.

— Tu es une femme courageuse, reprit Nick. Bravo.

Les épaules rejetées en arrière, elle lui sourit bravement.

— Je n'avais pas le choix.

Et je dois continuer à être brave si je veux préserver mon cœur.

Non, elle exagérait. Être troublée par la beauté de Nick ne signifiait pas en être amoureuse. Certainement pas.

Pourtant, son esprit continuait à vagabonder.

Est-ce que tous les hommes que je vais fréquenter vont se révéler eux aussi être des harceleurs ?

Certainement pas, mais comment faire le tri ?

Elle n'eut pas le temps de s'appesantir davantage sur la question car Joy s'avançait vers eux.

— C'est une bonne chose que vous soyez arrivés en avance tous les deux car le Dr Jones vient de nous demander d'aller chercher une femme qui vient d'accoucher très prématurément, avec son bébé placé en couveuse.

— Le Dr Jones, c'est la mère de Matilda, non ? demanda Leesa.

— C'est bien ça.

— Matilda va rester seule pendant que sa mère accompagne la patiente ? s'inquiéta Leesa.

— Non. La parturiente est à la clinique. C'est une ambulance qui va la conduire à l'aéroport quand je lui aurai annoncé que vous êtes en route.

— Alors ne perdons pas de temps, proposa Leesa en rejoignant Darren déjà prêt à partir.

C'était un soulagement pour elle de pouvoir penser à autre chose qu'à son collègue de travail... Dr Sexy... Trop beau. Trop troublant.

Car Nick n'était pas pour elle, c'était clair. Depuis leurs retrouvailles, il était resté impassible, courtois et distant comme un étranger. Malheureusement, même si le célibat comportait de nombreux avantages, la possibilité d'une relation avec lui plongeait Leesa dans un état second, plein de frissons voluptueux. Personne ne lui disait ce qu'elle avait à faire, elle prenait quand elle voulait les décisions qui lui convenaient, quitte à en changer à la dernière minute.

Pourtant, c'était triste de ne pas avoir à côté d'elle une personne spéciale. La famille, les amis, c'était merveilleux, mais avoir un homme près de soi avec qui partager le bon et le moins bon serait bien meilleur.

Pour l'instant, le visage sérieux, Nick continuait à passer en revue le matériel nécessaire à leur intervention.

Elle lui donna un petit coup de coude.

— Je suis sûre que tout est prêt.

— Je sais, mais je préfère vérifier. C'est une vieille habitude.

— Excellente vieille habitude ! Mieux vaut vérifier deux fois qu'une.

— Salut, vous deux ! lança Darren qui venait d'arriver à son tour.

En les voyant déjà tous les deux penchés sur leurs fiches, il ajouta :

— On n'est pas là pour s'amuser, pas vrai ?

Leesa leva le nez.

Si seulement Nick me proposait un peu de folie… je réussirais peut-être à épuiser ce désir que j'ai de lui ?

Non. Mieux valait ne pas essayer.

Sa déception lui donna envie de rire d'elle-même.

Leesa, oublie Dr Sexy !

Le conseil serait difficile à suivre…

Une fois à bord, Nick interpella Darren :

— Je peux m'asseoir à côté de toi ? Je promets de ne pas te distraire.

— Pas de problème.

— Merci, Darren. C'est chouette pour moi !

— Tu auras une bonne vue de la région, ajouta-t-il.

— Tu veux lire le dossier de la prochaine patiente ? demanda Nick en tendant la fiche à Leesa.

— Volontiers.

Au moment où leurs doigts se rencontrèrent, l'étincelle bien connue éclata sur la peau de Leesa, passa le long de son dos en frissons sensuels. Que n'aurait-elle pas donné pour partager le lit de Nick encore une fois…

Devant ses yeux, les lettres se brouillaient.

Respire, Leesa, respire…

Peu à peu, les caractères se stabilisèrent. Leur patiente, Lucy Crosby, trente-deux ans, trente et une semaines de gestation, était entrée en travail à 5 heures ce matin. Le minuscule bébé était né à 6 h 10 et avait été placé en couveuse. La mère avait perdu beaucoup de sang et nécessitait une transfusion dès son arrivée à Brisbane.

Leesa regardait l'aéroport devenir tout petit au fur et à mesure qu'ils s'élevaient. La voix de Nick lui parvenait à travers les écouteurs. Il aurait pu parler de n'importe quoi qu'elle aurait été tout aussi bouleversée. N'était-ce pas pathétique d'en être arrivée là ? La seule manière d'échapper à ce magnétisme était de trouver un homme prêt à prendre un peu de bon temps avec elle. Pas de chance ! Celui qui l'intéressait, c'était le beau médecin assis aujourd'hui à côté de Darren. Et celui-là était un homme dangereux car elle risquait d'en tomber amoureuse. Non, elle n'était pas prête à accepter de courir ce risque.

— Leesa, tu veux bien gérer les moniteurs pendant que je fais la piqûre à Alphie ? demanda Nick en se penchant sur la couveuse.

Le bébé était chétif. Mais Nick savait qu'Alphie avait toutes les chances de prendre du poids dans les jours à venir à condition d'être placé en soins intensifs aussi vite que possible.

— Il respire trop vite et faiblement, constata Leesa d'une voix calme.

— Je vais lui mettre un masque pour l'aider à respirer.

— Qu'est-ce qu'il se passe ? demanda le père.

Il avait tenu à accompagner son épouse et leur bébé mais l'inquiétude le submergeait.

— Tout allait bien tout à l'heure, selon le Dr Jones, asséna-t-il sur un ton qui frôlait le reproche.

— Ne vous inquiétez pas, assura Leesa. Tout va bien. La respiration de votre fils est un peu trop rapide mais le cœur bat tout à fait normalement.

À ces mots, le père parut s'apaiser, au grand soulagement de Nick. Le pouvoir de persuasion de Leesa avait fait des merveilles une fois de plus. Ouf !

— Tu veux bien voir où en est Lucy ? demanda Nick.

La jeune femme avait fait une hémorragie après l'accouchement et bien que ralenti, le saignement continuait. Le Dr Jones avait suturé les déchirures externes mais Lucy devrait passer tout de suite sur la table d'opération à cause de problèmes internes plus sérieux.

— Je m'en occupe, répondit Leesa avec un sourire qui ensoleilla le cœur de Nick.

En ce moment, ils formaient une équipe. Rien d'autre ne comptait que leur souci d'amener leurs patients à l'hôpital en s'assurant de leur donner tous les soins nécessaires au cours du vol. Est-ce qu'ils se compléteraient aussi bien ailleurs que dans le travail ? Si c'était le cas, ce serait magnifique. Mais comment le savoir puisque ni l'un ni l'autre ne semblait désireux de se lancer dans l'expérience ?

— Lucy, je vais regarder où en est votre hémorragie. Comment vous sentez-vous ?

— Ne vous occupez pas de moi. Prenez soin d'Alphie !

— Votre bébé est entre de très bonnes mains, Lucy. Mon collègue ne le quitte pas des yeux.

Ces mots allèrent droit au cœur de Nick.

— Alphie est un petit bonhomme très costaud, renchérit Nick. Il faut aussi que nous nous occupions de vous.

— Alphie a besoin de toi, ajouta James, le mari.

— Non, non, restez avec Alphie, insistait Lucy.

— Votre petit garçon n'a pas besoin de deux médecins, Lucy. Laissez-moi m'occuper de vous. Je vais faire votre toilette avant que vous arriviez à l'hôpital.

Une fois de plus, Nick admira la patience et la diplomatie de sa collègue aux longs cheveux auburn. Il avait beau essayer de ne pas vouloir lui accorder d'importance, c'était impossible.

Darren leva sa bière à l'intention de tous ceux qui se trouvaient avec lui autour de la table du pub voisin de l'aéroport.

— À notre week-end de détente !

Leesa fit le même geste, mais avec une petite moue.

— En tout cas, pas pour moi, puisque je suis de service cette fin de semaine.

— Mais comme nous savons tous que tu adores ça, personne ne va te plaindre ! rétorqua Nick.

C'était vrai. Elle adorait son métier. Elle avait même apprécié de travailler avec son nouveau collègue et ancien amant quand leurs emplois du temps les avaient réunis. Nick était d'agréable compagnie et tout à fait compétent.

Elle hocha la tête.

— C'est le cas la plupart du temps, en effet.

— Seulement la plupart du temps ? releva Nick.

— Aucun métier n'est parfait...

Elle s'était portée volontaire ce week-end parce qu'elle voulait être occupée pour éviter de plonger dans la tristesse. Il y aurait un an demain que sa meilleure amie, Danielle, était morte dans un accident de voiture. John, son mari, ne se remettait pas de cette perte. Il avait momentanément abandonné le pilotage pour se consacrer à l'entretien des avions. Assis au bout de la table, il lui faisait pitié. Elle irait parler un moment avec lui tout à l'heure.

Elle avait préféré ne pas parler à Nick de ce deuil qui la touchait encore énormément. Mieux valait ne partager que les choses agréables.

— Qu'est-ce que tu as prévu pour t'occuper cette fin de semaine ? lui demanda-t-elle.

Nick haussa les épaules.

— Rien de spécial.

— C'est nul ! s'exclama Leesa.

— Tu es déjà venu dans cette région ? demanda l'un des pilotes.

— Non. Cairns est loin de tout.

— Allons, se moqua Leesa, au cas où tu ne le saurais pas, il y a des aéroports dans ce pays !

— Bien sûr, mais comme j'ai toujours vécu dans de grandes villes, je savoure tranquillement cette nouvelle expérience mais j'imagine que j'ai plein de découvertes à faire.

Il adressa un sourire à Leesa.

Je ferais une excellente guide...

Non, ce n'était pas à proclamer puisqu'elle avait décidé de garder ses distances. D'ailleurs, de son côté, comme ils l'avaient décidé ensemble, Nick paraissait s'en tenir à la même attitude.

— Il paraît que Daintree est un endroit qui vaut la visite, poursuivit Nick.

Leesa ouvrit de grands yeux.

— C'est vrai, mais fais attention aux crocodiles ! Il y en a plein par là-bas.

— Ah... tu as donc envie que je revienne travailler la semaine prochaine ?

Le sourire de Nick fit battre le cœur de Leesa beaucoup trop vite.

— Qui sait ? Peut-être...

Nick continua à sourire.

Et le cœur de Leesa battit encore plus vite.

Le meilleur moyen de mettre fin à cet émoi était de se rapprocher de John, le mari de Danielle.

Tout en buvant sa bière, Nick écoutait les conversations des uns et des autres. Tous étaient des gens sympathiques. Depuis qu'il les avait rencontrés, il se félicitait d'avoir accepté ce poste qui lui offrait de nouveaux visages et de nouveaux défis. L'appartement qu'il louait n'avait rien d'exceptionnel mais c'était sans importance. Malgré tout, il commençait à être las de son mode de vie spartiate. Le moment était peut-être venu pour lui d'acheter quelque chose ? Acheter une maison impliquait la stabilité. Jusqu'à présent, il avait écarté cette idée. Aujourd'hui, il commençait à y penser avec davantage de plaisir. Voulait-il rester ici, à Cairns ? La ville où vivait Leesa ? Bien malin qui pourrait l'aider à trouver la réponse.

— Au fait, intervint Carl, l'un des médecins de l'équipe, vous avez appris que Joy a donné sa démission ?

— Quand est-ce qu'elle a annoncé ça ? demanda Darren.

— Il y a quelques jours. Elle reste encore une paire de semaines et ensuite, elle part avec son mari découvrir l'Europe pendant une durée indéterminée.

— Est-ce que ça signifie que son poste va être à pourvoir ? demanda Jess, une des infirmières.

Carl haussa les épaules.

— Elle a seulement dit qu'elle en parlerait à toute l'équipe la semaine prochaine. Je ne sais pas trop ce que cela signifie mais il est bien possible qu'on cherche un remplaçant parmi les soignants ici présents.

Cette hypothèse intéressa vivement Nick. S'il décidait de s'installer ici, ce poste serait parfait. Cela lui permettrait de ne pas s'éloigner de Leesa. Certes. Était-ce cela qu'il désirait vraiment ?

Des yeux, il chercha sa collègue. Elle parlait avec un homme au visage empreint d'une immense tristesse. Cette belle jeune femme l'avait amené à envisager autre chose qu'une vie de nomade alors qu'il pensait cela impossible. Maintenant, ce qui lui paraissait impossible à imaginer, c'était de ne plus la voir chaque jour.

En la voyant prendre dans les siennes la main de l'homme, l'estomac de Nick se noua. Que se passait-il ? Est-ce qu'il y avait quelque chose entre eux ? Après tout, il ne connaissait rien de la vie qu'elle menait à Cairns depuis un an.

Quand l'homme passa la main sur son visage, Nick aperçut nettement qu'il portait une alliance. Cela le dérangea vivement.

Bien sûr, il n'entretenait pas de liaison avec Leesa mais tout de même… elle tenait la main d'un homme marié serrée dans les siennes. La sirène d'alarme retentit dans la tête de Nick. Leesa n'était certainement pas la femme susceptible de le faire changer de vie. Il s'était trompé, lourdement, en se laissant aller à l'imaginer. Au moment où il commençait à l'envisager, le souvenir de la duplicité de son ex-épouse le rattrapait… Un doute l'effleura cependant. Sa réaction à propos de Leesa était peut-être exagérée ? Ce geste qui le bouleversait était peut-être explicable dans un contexte qui lui échappait ?

— Une autre bière ? proposa Carl.

— Non, merci. Je m'en vais.

Nick avait répondu sur un ton abrupt. Rester ici pour regarder Leesa se montrer si tendre avec cet homme était au-dessus de ses forces. Toutes les émotions qu'elle avait fait naître dans son cœur n'étaient qu'une vaste blague. D'ailleurs, elle n'était pas son genre. Mieux valait continuer à fréquenter des femmes assez honnêtes pour avouer qu'elles voulaient simplement s'amuser. C'était plus sûr. Malgré tout, il avait du mal à croire que Leesa était capable de tricher. Mais dans le fond, il la connaissait si peu !

— Alors on se verra lundi prochain au boulot, c'est ça ? demanda Leesa qui avait entendu sa réponse à Carl.

Elle se tenait debout près de lui alors qu'il ne l'avait pas entendue approcher. Sur son visage il ne lut aucune trace de culpabilité.

— Je vais ramener John chez lui, expliqua-t-elle. Il a un peu trop bu pour prendre le volant.

— Ça paraît une bonne idée, approuva Nick en observant le visage ravagé du malheureux John.

— Il ne va pas bien du tout, expliqua Leesa. C'est le premier anniversaire de...

— Tu crois qu'il peut rester seul ce soir ? intervint Carl.

— Son père va passer la nuit chez lui.

Leesa se tourna vers Nick.

— Demain, ça fera un an exactement que sa femme est morte. Elle était mon amie la plus chère.

Un sentiment de culpabilité terrassa Nick. Comment avait-il pu supposer le pire ? Pourquoi n'avait-il pas attendu une explication avant de tirer une fausse conclusion ? Voilà qui montrait bien à quel point son esprit était déformé. À quel point la trahison d'Ellie l'avait traumatisé.

— Leesa, je suis désolé d'apprendre ça, déclara-t-il avec une sincérité dont elle ne pouvait imaginer la profondeur. La journée de demain sera sans doute difficile pour toi aussi. Qui d'autre travaille avec toi ?

Carl leva la main.

— Moi. Et je vais rater la première compétition de golf de mon épouse.

— Si je te remplaçais, ça te conviendrait ? proposa Nick.

De cette manière, il serait avec Leesa. Elle pourrait lui parler de son amie si elle le souhaitait.

— Tu es sérieux ? demanda Carl avec un grand sourire.

— Complètement.

— Alors, merci, Nick. C'est super !

Darren se mit debout.

— Leesa, je viens avec vous jusqu'à la voiture.

— Pauvre type, ajouta Carl. Je le plains du fond du cœur.

Encadré par Darren et Leesa, John s'avança en titubant jusqu'à la voiture de cette dernière.

— J'ai envie de vous accompagner, proposa Nick pendant que Darren installait John sur le siège avant. Étant donné l'état dans lequel il se trouve, ton ami aura peut-être besoin d'aide.

— Tu crois ?

Le soulagement que Nick lut dans le regard de Leesa mit fin à son hésitation.

— Je resterai à l'arrière, juste au cas où...

— Le trajet sera vite fait. Et normalement, son père devrait être chez lui quand nous arriverons.

— S'il n'y est pas, nous l'attendrons, voilà tout, conclut Nick.

Leesa lui adressa un regard dans le rétroviseur.

— Merci, Nick.

Le père de John les attendait comme prévu.

— Laissez-le dormir et mettez une bassine près de lui au cas où il vomirait, il n'y a rien d'autre à faire, conseilla Nick. John a trop bu et certainement rien mangé.

— Je trouve que ça lui arrive trop souvent de se mettre dans cet état, avait déploré le père, désolé. Il refuse qu'on l'aide.

— C'est un jour difficile pour lui, avait murmuré Leesa de sa voix douce. Et pour moi aussi.

Ensuite, ils étaient remontés tous les deux dans la voiture de Leesa.

— Où veux-tu que je te dépose ? demanda-t-elle. Au travail pour que tu récupères ta voiture ou à ton appartement ?

— Je préfère l'appartement, répondit Nick. D'ailleurs, si tu montais dîner avec moi ? Tu parais épuisée. Je nous ferai livrer un repas tout prêt.

Leesa aurait adoré accepter. Passer un moment avec Nick, sans parler, juste pour se reposer en sa compagnie.

— Impossible, Nick. Il faut que j'aille récupérer Baxter.

— Je peux t'accompagner ? On s'arrêtera sur le chemin du retour pour acheter quelque chose à manger avant de rentrer chez moi. J'ajoute que Baxter est invité lui aussi.

Ces derniers mots firent sourire Leesa.

— Alors, j'accepte avec plaisir.

En compagnie de Nick, la soirée lui paraîtrait moins triste.

Une fois sorti du chenil, Baxter fit la fête à Nick qui le caressa longuement.

— Tu vois, il t'a accepté, constata Leesa. Allons faire un tour sur la promenade, ça nous fera du bien à tous les trois.

Nick s'amusa à lancer la balle que Baxter partait récupérer en courant ventre à terre sous le regard amusé de sa maîtresse.

— Regarde comme il est heureux ! Tu as déjà eu un chien ou un animal de compagnie ?

— Non.

— Tu l'as déjà envisagé ?

— Parfois, mais je ne suis pas assez souvent chez moi.

Donc, pour Nick, pas de famille, pas de chien... Et des amis, en avait-il ? Elle n'osa pas poser la question. Il se replierait certainement sur lui-même si elle abordait un sujet aussi intime.

— Nous en avons toujours eu un, reprit Leesa, mais maintenant que ma mère est malade, elle n'en veut plus parce qu'elle sait qu'un jour elle ne pourra plus s'occuper de lui. Mon père n'est pas d'accord mais elle assure que garder Baxter de temps en temps lui suffit amplement. C'est sa façon de gérer son Parkinson.

— Ce doit être difficile pour tes parents d'affronter cette maladie.

— Oui. Ma mère est une femme très active. Elle travaillait beaucoup à la ferme, conduisait le tracteur, s'occupait des clôtures. Elle était aussi une excellente joueuse de golf… maintenant, elle a dû renoncer à tout ça.

— Il y a longtemps qu'on a diagnostiqué sa maladie ?

— Dix-huit mois. C'est la raison principale pour laquelle je suis revenue à Cairns. Je voulais être proche au cas où ils auraient besoin de moi. Et aussi parce que j'adore cette région.

Nick attrapa la main de Leesa et la balança entre eux pendant qu'ils marchaient.

En lui jetant un regard de côté, elle remarqua dans ses yeux une lueur qu'elle y avait aperçue maintes fois au cours de leurs folles nuits à Brisbane. Elle aurait aimé lui dire qu'elle était d'accord pour cela aussi, mais il devait l'avoir déjà compris. Quelque chose le retenait. Comment l'amener à se confier ?

— Tu ne veux pas me parler un peu de ta vie de famille ?

— Non.

Sur ce, il lâcha la main de Leesa.

— Pardon, je ne voulais pas me montrer intrusive. J'ai juste envie de te connaître un peu mieux.

Elle reprit la main de Nick mais cette fois, celle-ci avait perdu la souplesse de l'instant précédent. Mieux valait changer le sujet de conversation. Quel dommage qu'il refuse de se confier ! Ce serait le meilleur moyen de faire diminuer son angoisse, de se sentir un peu soulagé… Le moment n'était pas encore arrivé.

Quelle drôle de paire ils formaient tous les deux ! Elle, qui ne rêvait que de se fixer avec cet homme merveilleux tout en craignant encore qu'il ne soit pas celui qui lui conviendrait, et lui, qui se refermait comme une huître dès qu'il était question de sa vie personnelle.

Elle appela Baxter qui choisit de trotter à côté de Nick et ils regagnèrent la voiture en silence.

— Qu'est-ce que tu aimerais manger pour le dîner ? demanda-t-elle.

Comme Baxter la regardait en remuant la queue, elle se mit à rire.

— Non, Baxter, ce n'est pas à toi que je m'adresse. Ce soir, tu auras des croquettes, comme toujours.

— Je n'ai pas le droit de partager avec lui ? plaisanta Nick.

Leesa soupira de soulagement. L'atmosphère s'était détendue. Tout au moins pour le moment.

— Seulement si tu es bien sage ! répliqua Leesa en riant.

— Au fait, reprit Nick, je remplace Carl ce week-end.

L'estomac de Leesa se noua. C'en était fait de sa tranquillité. Le bon côté de la chose, c'est qu'elle penserait moins à son amie Danielle. D'ailleurs, c'était bizarre, car elle avait l'impression d'entendre celle-ci se moquer d'elle : « Alors, Leesa, qu'est-ce que tu attends ? Fonce ! »

4

La famille... c'était quelque chose de très important pour Leesa, pensait Nick en installant le repas chinois sur la table du jardin. Pour lui aussi d'ailleurs, mais selon une perspective bien différente. Leesa avait tout ce dont il rêvait depuis la mort de son grand-père. Ce dont il rêvait encore tout en redoutant de se lancer dans l'aventure depuis qu'Ellie l'avait si outrageusement trompé.

Son désir de fonder une famille était si fort qu'il s'était sans doute précipité trop vite dans le mariage, sans prendre le temps de bien connaître Ellie. La leçon avait été dure, mais il l'avait retenue. Avec Leesa, au moins, la situation était claire. Ils s'étaient mis d'accord sur une ligne de conduite, ce qu'il n'avait jamais fait avec son ex-épouse.

Le moment était venu de laisser le passé derrière pour avancer. Si seulement il avait su comment s'y prendre pour ne pas se mettre en danger... À la seule perspective de souffrir encore, il frissonnait d'appréhension tout en sachant que le risque valait la peine d'être couru. Comme le disait Patrick : « La vie est trop courte pour être gaspillée. »

— Tu veux un verre pour boire ta bière ? demanda Leesa.

Il secoua la tête.

— Non, merci. Ça va comme ça, répondit-il en prenant la bouteille qu'elle lui tendait.

Puis, de but en blanc :

— J'ai été marié. Ce fut un échec total.

Surprise par cet aveu inattendu, Leesa le considéra un instant.

— Je sais exactement de quoi tu parles.

— Oui, c'est vrai. Ma femme me trompait.

Entre autres choses...

Puis, comme s'il en avait assez dit, il enchaîna :

— Ça ne dérange pas Baxter de vivre cinq étages au-dessus du sol ?

En effet, le museau entre deux barreaux, Baxter observait deux chiens qui jouaient dans la rue au-dessous d'eux.

— Tant que je suis avec lui, il est capable de tout supporter.

— Tu me diras où tu t'es adressée pour le recueillir. Dans le fond, ça me plairait bien d'en avoir un moi aussi.

La décision venait brusquement de lui monter aux lèvres et pourtant, elle paraissait tout à fait bienvenue. Comme un autre pas vers un enracinement.

Un autre ? Disons plutôt, le premier. Jusqu'à présent, son désir de s'installer en était resté au stade des velléités. À l'idée d'avoir un animal de compagnie, une douce chaleur l'envahit. Bizarre... il n'en avait jamais possédé. Il jeta un coup d'œil à Leesa. C'était elle qui le faisait changer, qu'il le veuille ou non. Et cela lui plaisait beaucoup. Même s'il trouvait des tas de raisons pour ne pas l'accepter.

— Avec plaisir. Je te recommanderai à Karin. Ça te fera gagner du temps parce qu'elle fait toujours une enquête sur les familles avant d'accéder à leur demande.

— Merci pour ton aide. Il me faut un chien capable de vivre en appartement. Tout au moins, pour l'instant.

— Il te suffira de le sortir souvent pour compenser. Et quand tu travailles, tu pourras l'amener dans le même centre que Baxter.

C'était une bonne idée. Nick avait vu les chiens heureux de courir dans le grand terrain où ils étaient accueillis.

— Parfait. Je ne veux pas le laisser toute la journée seul dans un appartement.

Autrement dit, l'affaire devenait sérieuse… Aucun sentiment de doute n'effleurait Nick au sujet de cette adoption. Cela lui paraissait de bon augure.

Leesa ouvrit le carton qui contenait du riz et des légumes frits, accompagnés de poulet au curry. Avec un air gourmand, elle s'en servit une belle ration.

— Ça a l'air délicieux. Merci !

— Avec plaisir.

Cette réponse était sincère. Malgré les réticences qu'il opposait, Leesa faisait partie de sa vie en dehors du travail. Manger avec elle ou promener Baxter en sa compagnie lui paraissait parfaitement normal. C'était un style de vie ordinaire, dont il n'avait jamais fait l'expérience, et qui lui paraissait souhaitable entre tous. Si l'amour venait le couronner, ce serait absolument magnifique.

Malgré le charme du moment, Leesa paraissait soucieuse.

— Je m'inquiète pour John. Il a besoin d'aide pour surmonter son deuil mais il refuse d'écouter les conseils de tous ses amis.

— Ils étaient mariés depuis longtemps ?

— Deux ans et demi. Ils étaient tellement heureux ! Je t'avoue que parfois, j'étais jalouse de leur bonheur. La mort de Danielle a été un véritable tsunami pour lui.

— Je comprends. On ne sait jamais ce qui nous attend au coin de la rue. La sagesse est de profiter autant que possible de ce que la vie nous offre.

Mon vieux Nick, si tu écoutais ce conseil ? Tu n'es pas vraiment en train de le suivre !

— Danielle était toujours en train de faire quelque chose d'intéressant, reprit Leesa. En plus de sa carrière de pilote, elle faisait du théâtre et beaucoup de sport. Parfois, je me demandais comment elle avait accepté de se marier. Elle me manque énormément.

Le visage de Leesa reflétait une telle tristesse que Nick se leva et vint la serrer dans ses bras. Le menton posé sur la tête de Leesa, il sentit qu'elle se lovait contre lui. En respirant son parfum d'antiseptiques et de lavande mêlés, il se mit à sourire. La réalité n'est jamais romantique à cent pour cent ! Dans le fond, c'est ce qu'il souhaitait : la réalité, avec tout ce qu'elle comporte, que ce soit romantique ou pas. Pour Leesa, il était prêt à faire céder sa résistance.

Mais est-ce qu'elle voulait de lui ? Il allait trop vite ! En ce moment, l'important était le chagrin que lui causait la mort de son amie.

— La sagesse est de prendre un jour après l'autre, déclara-t-il sagement.

Il ne savait pas trop si ce conseil concernait la peine de Leesa ou son propre optimisme.

— De toute façon, on n'a pas le choix. En tout cas, merci d'être avec moi aujourd'hui, reprit Leesa. Je n'ai pas l'habitude de passer mes mauvais moments en compagnie de qui que ce soit.

Cet aveu ensoleilla le cœur de Nick. Leesa partageait quelque chose d'important avec lui. C'était précieux.

— Je suis heureux si je peux t'aider un peu, dit-il simplement.

En voyant le regard de Leesa briller de reconnaissance, il sentit son cœur se gonfler de bonheur. Ce sentiment qui ne lui était pas familier le surprenait de plus en plus souvent quand il était avec elle.

— C'est étonnant de voir comme nous nous comprenons bien, remarqua-t-il.

— Pourtant, c'est déjà ce qui nous est arrivé quand nous nous sommes rencontrés dans le parc, à Brisbane.

Elle leva son visage vers Nick. Il abaissa le sien. Mues par un même désir, leurs lèvres se rencontrèrent. Tout de suite, Leesa entrouvrit la bouche pour accueillir un baiser passionné. Comme ils étaient pressés l'un contre l'autre, Nick sentait la poitrine de

Leesa s'écraser contre la sienne tandis qu'elle accueillait contre son ventre l'érection de Nick.

Nick réalisait à quel point cette griserie sensuelle lui avait manqué. Leurs hanches s'épousaient en un balancement naturel, leurs langues se reconnaissaient… Comment avaient-ils pu vivre sans cela ?

— Leesa ?

— Oui !

Déjà, elle défaisait la ceinture de Nick.

— Fais vite, supplia-t-il, je n'en peux plus d'impatience !

Il la prit par la main pour l'entraîner à l'intérieur mais ils n'allèrent pas plus loin que le canapé. La chambre leur paraissait se trouver au bout du monde.

Lorsque Leesa retira son T-shirt, Nick vit à quel point sa mémoire l'avait trahi. Leesa était encore plus éclatante de beauté que dans son souvenir. Ses seins épanouis emplissaient généreusement la dentelle de son soutien-gorge. Sous ses doigts, il retrouvait la peau aussi satinée, aussi douce que dans ses rêves. Il la désirait comme un fou. Tout de suite.

— Nick…

Elle avait murmuré son nom tout contre sa bouche, dans un souffle qui attisait son impatience. Il était sur le point d'exploser.

Mais non. Il devait d'abord penser à Leesa.

— Le préservatif ! murmura-t-elle.

— Qu'est-ce que tu dis ?

— Le préservatif…

Il avait vraiment perdu la tête pour oublier de penser à la protection.

— Je reviens tout de suite…

Cette fois, il fut bien obligé d'aller jusqu'à sa chambre, mais quels que soient leurs sentiments, il ne voulait pas plaisanter avec leur sécurité.

Très vite, il rejoignit Leesa sur le canapé.

— Laisse-moi faire, proposa-t-elle en lui prenant le petit sachet des mains.

D'un coup de dents, elle l'ouvrit et tout doucement, d'un geste caressant, elle en gaina son érection.

Le souffle court, il s'allongea à côté de Leesa et commença à la caresser. Dès le premier contact, elle s'arc-bouta de plaisir. Alors il recommença. Encore et encore. Il la caressa longuement, grisé par les cris et les gémissements de plaisir qu'elle laissait échapper, jusqu'au rugissement final qui la laissa un instant au bord de l'évanouissement.

Une fois qu'elle fut un peu revenue à elle, Nick s'allongea sur elle et la pénétra. Enfin… Elle s'arqua sous son poids et cette fois, ils jouirent ensemble. Complètement.

Leesa s'étira de tout son long. Elle se sentait heureuse et détendue. Faire l'amour avec Dr Sexy était ce dont elle avait besoin. Elle se mit à rire en entendant un grondement venu des entrailles de son compagnon.

— Tu aurais faim par hasard ?

— Après pareil exercice, une faim de loup !

Puis, redevenant sérieux :

— Merci, Leesa, c'était merveilleux.

Déjà, à Brisbane, Nick lui avait laissé un message de remerciement après leur première nuit. Elle trouvait surprenant d'être ainsi remerciée d'avoir partagé son intimité.

— Pour moi aussi, c'était merveilleux !

Depuis leur relation éphémère, elle n'avait plus fait l'amour. Par choix. Car chaque fois qu'une occasion se présentait, les souvenirs de Nick et de leurs nuits d'amour l'empêchaient de passer à l'acte. Elle avait besoin de trouver l'homme spécial avec lequel elle aurait envie de commencer la vie dont elle rêvait. Mais sa relation avec Nick, bien que brève, avait été si intense, si profonde, qu'elle savait que jamais elle ne se satisferait de moins.

Nick s'était mis debout.

— Je vais faire chauffer le repas.

— Tu crois que j'ai le temps de prendre une douche pendant que tu t'en occupes ?

— Bien sûr. Tu trouveras des serviettes propres dans le tiroir qui se trouve sous le lavabo.

Avant même qu'elle ait eu le temps de poser le pied dans le bac à douche, Nick poussait la porte de la salle de bains en riant.

— Je préfère que le repas attende encore un peu.

Leesa afficha une mine faussement déconfite.

— Quelle déception ! Il y a si longtemps que je n'ai pas mangé un repas thaï.

C'était vrai, mais sentir la main de Nick lui frotter le dos valait bien tous les repas thaïs du monde ! Et ce qui suivit encore plus.

Un peu après minuit, Leesa sortit du lit de Nick et enfila ses vêtements.

— Je prends mon service à 7 heures demain matin. Il faut que je ramène Baxter chez moi pour que ma mère puisse passer le prendre dans la matinée comme nous en avons convenu. Donc, désolée, mais je dois partir.

— Je t'accompagne jusqu'à ta voiture. Essaie de te reposer chez toi parce que nous n'avons guère dormi jusqu'à maintenant.

Un peu de sommeil serait en effet le bienvenu pour l'un comme pour l'autre.

Leesa souriait de bonheur. Nick se comportait comme un parfait gentleman. Cela lui plaisait beaucoup. Jamais, même au début de leur relation, Connor ne s'était soucié de se montrer aussi courtois.

Une fois Baxter installé à l'arrière de la voiture, elle se tourna vers Nick et l'embrassa rapidement.

— J'ai passé un moment délicieux.

— Moi aussi.

Ce qui l'enchantait, c'est qu'elle était libre le lendemain pour recommencer. Et le jour suivant aussi.

Leesa, ne brusque pas les choses !

Très juste. Mieux valait laisser son exaltation se calmer.

— Alors, à demain, Nick. Tu veux que je passe te chercher puisque ta voiture est restée à l'aéroport ?

— Non, merci. Je prendrai un taxi.

Cette réponse laissa Leesa pensive. Nick était-il déjà en train de reprendre ses distances ou bien voulait-il seulement lui éviter le tracas de traverser la ville ?

Inutile de se morfondre sur cette incertitude. Nick faisait l'amour comme un dieu. Ce n'était pas au moment où elle sortait de ses bras qu'elle allait décider de la conduite à tenir dans les jours à venir. Mieux valait attendre d'avoir la tête froide. Ce qui ne l'empêcherait pas de revivre en pensée les moments de passion qu'ils venaient de partager.

Leesa passa le restant de la nuit à réfléchir à sa relation avec Nick. Dès qu'elle fermait les yeux, elle le voyait derrière ses paupières, en train de sourire, de rire, ou de détourner le regard quand elle lui posait une question qui le gênait.

Il avait pris une place importante dans sa vie. Trop rapidement alors qu'elle avait décidé de prendre son temps avant de revivre une histoire d'amour. Avec Connor, elle était allée très vite, trop vite. Cette précipitation avait amené leur relation à l'échec. Mais Nick était si différent de Connor qu'une part d'elle-même avait envie de lui faire confiance.

Allons… tout allait trop vite dans sa tête. À aucun moment, Nick ne lui avait dit qu'il s'intéressait à elle pour autre chose qu'un bon moment au lit !

Tout en roulant vers l'aéroport, elle pensait très fort à son amie Danielle.

Si tu savais comme tu me manques…

Avec Danielle, elle aurait pu ouvrir son cœur, demander conseil. *J'ai été idiote avec Connor, je ne veux pas recommencer. Qu'est-ce que je dois faire maintenant ?*

Nick avait décidé de remplacer Carl aujourd'hui. Était-ce pour lui tenir compagnie en ce jour où elle était si triste ? Elle avait tendance à le penser. Ce geste généreux correspondait parfaitement à ce qu'elle savait de sa personnalité. Pourtant, en arrivant devant le hangar du Service Aérien de Secours, elle se demandait encore si elle n'était pas en train de se tromper sur le compte de Nick. Tout le monde le trouvait sympathique mais ce n'était pas une raison suffisante pour tomber amoureuse de lui. Avait-elle suffisamment confiance en lui ?

Elle pénétra dans le hangar.

— Salut, Leesa !

Occupé à vérifier le kit de médicaments qu'ils devaient prendre à bord avec eux, il ne se retourna pas pour lui adresser le sourire de complicité qu'elle attendait après la nuit qu'ils avaient passée ensemble. Cette indifférence la déstabilisa. Peut-être nourrissait-il au sujet de leur relation les mêmes doutes qu'elle ?

— Salut, Nick. Tu vas bien ?

— Super.

Difficile de faire plus bref ! Nick était rarement bavard. La seule fois où il l'avait été, c'est au cours du repas qu'ils avaient pris sur sa terrasse. Elle secoua la tête et se dirigea vers la salle des casiers pour échapper à la tentation de lui passer les bras autour du cou et de l'embrasser. Non, ce n'aurait pas été professionnel du tout ! Inutile aussi de revenir sur la nuit précédente puisqu'il paraissait décidé à faire comme si elle n'avait jamais existé.

Elle partit donc consulter le tableau de l'emploi du temps. Les journées du samedi étaient généralement plus calmes que les autres mais elle espérait qu'aujourd'hui ce serait différent.

— Nous devons ramener Jacob chez lui à 11 heures.

Elle sursauta en entendant la voix de Nick dans son dos.

— Je ne savais pas qu'il était encore à l'hôpital. Il doit être très impatient à l'idée d'apporter son cadeau à son ami.

— Il paraît qu'il a été très fatigué après sa chimio. L'hôpital l'a gardé deux jours supplémentaires. Il va bien maintenant mais au fur et à mesure du traitement, sa fatigue va augmenter.

— C'est sûr. Heureusement que c'est pour la bonne cause.

Leesa était toujours désolée d'apprendre que les effets secondaires se faisaient brutalement sentir sur ses patients. Surtout quand il s'agissait d'enfants. Avoir elle-même des enfants faisait partie de ses vœux les plus chers mais malheureusement, son métier lui avait appris qu'être parent n'est pas toujours facile. Ce dont elle était sûre, c'est que si un jour elle avait la chance de devenir mère, elle aimerait ses enfants de tout son cœur et se montrerait forte pour eux, quoi qu'il arrive.

— Pour l'instant, reprit Nick, rien d'autre n'est prévu. Je mets le café en route, tu en veux une tasse ?

— Volontiers. Darren est arrivé ?

— Oui, il fait la révision technique.

Vraiment pas loquace ce matin, Nick !

Mais elle-même n'avait guère envie de bavarder. Elle continuait à lutter contre son envie d'aller l'embrasser.

Brusquement, le téléphone se mit à sonner.

Elle partit décrocher.

— Bonjour, Servie Aérien de Secours. C'est Leesa à l'appareil.

— Salut Leesa, c'est Michael. Nous venons de recevoir un appel de Weipa. Il faut aller chercher un chauffeur de camion victime d'un accident. Blessures internes, fracture du pelvis et aux deux jambes.

Michael était la personne qui s'occupait du service des urgences.

— Du coup, j'ai déplacé le vol de Jacob en début d'après-midi, ajouta-t-il.

Pauvre Jacob. Le sort ne venait guère à son aide.

— OK. Nous nous mettons en route.

Elle raccrocha.

— Nick, oublie le café. Nous sommes sur une urgence.

En marchant vers l'avion, elle le mit au courant de ce qu'elle savait. Ils recevraient davantage d'informations pendant le trajet.

— Le vol de Jacob est reporté jusqu'à notre retour.

— Dommage pour lui. Il va être très déçu de ne pas pouvoir apporter son cadeau. Chaque heure d'attente va lui paraître aussi longue qu'une journée entière.

Sur ce, il adressa un sourire à Leesa. Un sourire qui la rassura un peu sur l'état de leur relation.

— C'est bien vrai, hélas.

Ils montèrent à bord.

— Je vous préviens, il va y avoir quelques turbulences au-dessus des montagnes, déclara Darren.

— Pas de problème, répondit Leesa.

Les turbulences ne la gênaient pas du tout. Par contre, elle les redoutait quand ils avaient un patient à bord car elles ajoutaient du stress et parfois de la douleur au malade. C'était difficile alors de l'aider car eux-mêmes devaient rester attachés sur leur siège.

Nick consultait son ordinateur, en quête d'informations supplémentaires sur le blessé qu'ils allaient chercher.

— Il paraît mal en point.

— C'est-à-dire ?

— Plusieurs côtes fracturées, les deux fémurs et le bras droit aussi. Je soupçonne aussi une perforation du poumon. Et le gonflement de l'abdomen laisse supposer une blessure interne. J'espère que nous le ramènerons à Cairns sans plus de complications.

— J'irai aussi vite que possible, promit Darren.

Nick se tourna alors vers Leesa.

— Tu te sens de taille à affronter le pire ? Ce patient risque de mourir pendant le trajet.

Leesa tourna vers lui un visage courroucé.

— Tu mets en question mes compétences professionnelles ?

Un silence de plomb tomba dans l'habitacle.

— Leesa est la meilleure urgentiste du monde ! intervint Darren qui sentait la tension s'installer entre les deux collègues.

— Merci, Darren, répondit Leesa sèchement.

Puis, se tournant vers Nick, elle retira son micro pour que Darren n'entende pas.

— Je te prie de ne pas douter de mes capacités, déclara-t-elle sur un ton glacial. Je suis parfaitement informée de ce que notre métier requiert et prête à gérer toute situation qui se présentera à nous.

Effectivement, comme tout le personnel du S.A.S., Leesa avait été formée pour être capable d'affronter les pires scénarios, qui, malheureusement, se produisaient de temps à autre.

— Je suis désolé, Leesa. C'était une question de routine que j'ai posée sans réfléchir. Je n'ai aucun doute concernant tes compétences.

— Grand merci.

Et voilà comment ils étaient sortis de l'euphorie de leur nuit amoureuse pour passer à une tension pénible qui n'augurait rien de bon pour l'avenir.

Sur ce, Leesa se tourna vers le hublot et resta le dos tourné à Nick pendant tout le vol.

Nick comprit qu'il avait commis une grosse maladresse. La contrariété qui marquait le visage de Leesa prouvait qu'elle n'était pas près de lui pardonner d'avoir douté d'elle en cas de décès d'un patient en cours de transport.

Heureusement, ils avaient convenu de maintenir entre eux une distance professionnelle. C'était une bonne chose puisqu'il avait l'intention de postuler pour le poste de Joy. Cela lui éviterait d'être soupçonné de favoritisme. Toujours est-il qu'en ce moment, il n'avait qu'une envie : prendre Leesa dans ses bras pour lui assurer que jamais il n'avait mis en question ses capacités d'urgentiste chevronnée.

Afin de détendre un peu l'atmosphère, il décida de faire part à Leesa de sa décision.

— Tu sais que Joy a donné sa démission ?

— Oui.

— J'envisage de postuler pour son poste.

— Moi aussi, répondit Leesa.

— Je ne m'y attendais pas…

— Pourquoi donc ? répliqua Leesa, à nouveau piquée au vif. Je suis aussi capable que n'importe qui de prendre sa relève.

— Je voulais juste dire que je suis surpris parce que tu parais adorer ton travail actuel.

— C'est vrai. Mais j'ai autant que toi le droit de vouloir avancer dans ma carrière.

— Bien sûr, approuva Nick.

Heureusement, ils venaient d'atterrir, aussi près que possible de l'ambulance qui amenait le blessé. C'était le meilleur moyen de mettre fin à leur conversation aigre-douce.

Aussitôt, le médecin qui accompagnait le patient leur fit le compte rendu de la situation.

— Je vous confie Maxwell O'Neill, quarante-sept ans, qui présente de graves blessures à la tête, aux jambes, aux poumons et au ventre. Il a eu un arrêt cardiaque il y a quinze minutes. Nous l'avons ranimé mais son cœur continue à battre trop lentement.

— OK. Nous n'avons pas de temps à perdre.

Le transfert à bord fut vite effectué. Tout de suite, Leesa prépara le défibrillateur en cas de nouvel arrêt cardiaque.

— On va y arriver…, déclara-t-elle à Nick avec un sourire rassurant.

Il lui répondit de la même manière.

Ouf ! La tension qui régnait entre eux venait de s'apaiser.

Nick eut même une pensée pour le petit Jacob.

— Pauvre gamin ! Il doit être tellement déçu…

En même temps, il savait qu'il ne serait soulagé du poids de cette mission que lorsque Maxwell serait arrivé en soins intensifs à l'hôpital.

Leesa sentit son inquiétude.

— Allez, tout va bien pour le moment. Continuons à faire de notre mieux, déclara-t-elle en lui tapotant l'épaule.

Nick hocha la tête. Elle le comprenait si bien !

5

Jacob n'était que sourire. Sa mère venait de lui annoncer que son ami avait mis de côté un gros morceau de gâteau pour lui et l'attendait avec impatience.

— Tu vois, tout s'arrange, Jacob, et la prochaine fois que tu prendras l'avion, c'est moi qui t'accompagnerai de nouveau.

Joy connaissait l'attachement de Leesa pour le petit garçon et elle s'efforçait chaque fois de les faire voyager ensemble. Leesa savait que si elle obtenait le poste qu'occupait Joy actuellement, elle continuerait, comme cette dernière, à travailler sur les vols mais la partie administrative de ce poste occuperait la majeure partie de son temps. L'occasion de voyager avec ses patients préférés se présenterait moins souvent. C'était un inconvénient à prendre en compte.

Elle avait déposé son dossier en se demandant si c'était la bonne démarche à effectuer. Un autre genre de problème se posait en effet. Avait-elle envie de devenir le boss de Nick ? Si cela arrivait, cette nouvelle responsabilité gênerait leur relation car elle devrait le traiter de la même façon que tous les autres membres de l'équipe. Leur liaison pourrait continuer mais il lui faudrait constamment veiller à ne pas se trahir. Ce serait difficile mais indispensable pour éviter la moindre suspicion de favoritisme envers Nick. Sans cela, c'en était fait de sa carrière.

Inversement, si c'était Nick qui obtenait le poste, c'est lui qui serait son patron. Comment vivrait-elle la situation ? Par ailleurs, les mêmes problèmes surgiraient. Tout cela était bien compliqué…

Au moment du décollage, elle ferma les yeux en essayant de se détendre. Depuis son retour à Cairns, entre son travail qu'elle adorait, le temps qu'elle passait à la ferme de ses parents, les visites à sa grand-mère et les rencontres avec ses amies, plus les promenades de Baxter, elle n'avait pas manqué d'occupations agréables, mais son existence lui paraissait tout de même bien vide. Elle se contentait de vivre un jour après l'autre, sans projet d'avenir alors qu'elle avait toujours rêvé de fonder une famille avec l'homme dont elle serait amoureuse.

Bien sûr, elle avait encore largement le temps de réaliser tout cela mais l'accident mortel survenu à Danielle la faisait réfléchir. Pour cette dernière, tout avait disparu en un instant, sa carrière, ses projets de voyage, le bébé qu'elle souhaitait mettre en route avec John…

Bouge-toi, ma fille ! N'attends pas demain pour vivre tes rêves.

Leesa ouvrit brusquement les yeux. Elle aurait juré que Danielle était assise en face d'elle. Mais non, c'était Nick, étonné de son sursaut.

— Ça va, Leesa ?

— Euh… oui. Je rêvais…

Elle n'en dit pas davantage malgré la mine déçue de Nick qui aurait aimé partager ce rêve avec elle. La fatigue l'écrasait. À nouveau elle ferma les yeux et se carra dans son siège inconfortable en espérant dormir jusqu'à Cairns.

C'est ce qu'elle fit, et si bien qu'elle fut tout étonnée d'entendre la voix de Nick l'interpeller.

— Réveille-toi, nous venons d'atterrir !

Il était déjà debout, prêt à quitter l'avion pendant qu'elle se frottait les yeux.

— Quelle chance, la journée est finie…

— Très juste, confirma Nick. Aucun autre vol n'est programmé.

Cette annonce fut un véritable soulagement pour Leesa. Le vol avec Maxwell s'était avéré très éprouvant car il avait fait plusieurs arrêts cardiaques. Maintenant, elle avait hâte d'aller chez ses parents. Sa mère avait préparé le plat de pâtes aux fruits de mer qu'elle adorait. Ce serait bon de se laisser gâter après avoir pris une bonne douche tiède pour effacer une partie de sa grosse fatigue.

Elle regarda Nick.

— Tu as des projets pour ce soir ?

Il haussa les épaules.

— Oui. Une nuit tranquille ! La journée a été longue.

Il était las lui aussi après le stress éprouvé auprès de ce grand blessé qu'il avait eu à cœur d'amener vivant à l'hôpital.

— C'est vrai.

Tout en marchant vers le hangar, Leesa pensa à son bonheur de passer cette soirée dans la chaleur familiale. Nick n'avait pas cette chance. Pourtant, lui aussi avait besoin de réconfort. Elle soupira. Comme elle, il méritait un bon repas pris en agréable compagnie.

— Nick, ça te dirait de venir dîner avec moi chez mes parents ?

S'il refusait, ce serait la dernière fois qu'elle lui ferait cette proposition.

Lentement, il se tourna vers elle.

— Merci beaucoup, Leesa, mais je suis complètement épuisé.

Le cœur de Leesa se serra en voyant à quel point il paraissait abattu.

— Au cas où cela te tenterait, je t'annonce que le menu prévu, c'est spaghettis aux fruits de mer.

— Oh... c'est mon plat préféré !

Un sourire las, mais c'était tout de même un sourire, apparut sur ses lèvres.

— C'est le mien aussi. Ma mère le prépare chaque fois qu'elle sait que j'ai besoin qu'on me remonte le moral.

— Aujourd'hui, c'est à cause de Danielle, c'est ça ?

— Oui.

— Est-ce que tu me laisses le temps de prendre une douche et d'enfiler des vêtements qui ne sentent pas les antiseptiques ?

Donc, la réponse était oui ! Il y avait des progrès...

— Prends ton temps. Je vais passer au supermarché acheter deux ou trois bricoles dont ma mère a besoin.

— Achète aussi une bouteille de bon vin que je te rembourserai.

— Pas question. Ce soir, tu es mon invité. Ton rôle se borne à te détendre et à passer un bon moment.

En ma compagnie...

Quelques instants plus tard, quand ils prirent place dans la voiture de Leesa, Nick sentait bon le savon à la sève de pin. Elle serra très fort le volant pour ne pas céder à la tentation de se blottir contre lui. Comment avait-elle jamais pu imaginer rester insensible à Dr Sexy ?

— Je suis bien content que tu aies insisté pour m'inviter, avoua Nick. Je me sens déjà mieux. Tu as mis ta mère au courant ?

— Oui. Kevin vient dîner aussi. Demain matin, deux ou trois de ses copains viendront pour aider mon père à la ferme.

— Compte-moi dans l'équipe ! J'adore travailler au grand air.

— Vraiment ?

— Vraiment.

— On te demandera peut-être de conduire le tracteur, ça te va ? Il y a déjà de la canne à sucre prête à être récoltée.

— Super ! Ça fera une nouvelle ligne sur mon CV.

— Une ligne originale... Qu'est-ce que tu fais d'habitude pendant ton temps libre ?

— À Brisbane, j'allais faire du surf sur la Gold Coast. Ou du kayak de mer. C'était agréable parce que je n'avais pas de longs trajets à effectuer pour arriver à la plage. Et toi ?

Nick paraissait se détendre réellement. Leesa sentait qu'il parlait volontiers, ce qui était rare de sa part.

— Moi, je me détends à la ferme et je fréquente aussi les plages de la côte.

— Cairns est un endroit très agréable, reprit Nick, plein de possibilités. Par moments, j'envisage de rester ici plus longtemps que dans mes précédentes affectations.

Les mains de Leesa s'agrippèrent plus fort au volant.

— Qu'est-ce que tu viens de dire ?

— Ça t'étonne, pas vrai ? Eh bien moi aussi, je suis surpris. En fait, je réalise que ce serait peut-être une bonne idée d'arrêter de bouger si souvent.

— Pourquoi as-tu autant besoin de changement ?

— C'est devenu une habitude. Je cherche un endroit où je me sentirai bien.

Toujours secret, il n'aborda pas le sujet de sa vie privée.

— Et puis... j'ai envie de prendre un chien.

— Tiens ? C'est nouveau.

— Oui. Si je me décide, il faudra que je cherche une maison avec un bout de jardin.

Comme Leesa ne répondait pas, il s'inquiéta un peu.

— Tu es sûre que ma présence à votre dîner en famille ne va pas déranger ta mère ?

Leesa était précisément en train de se demander comment Jodi allait se comporter envers Nick. Depuis si longtemps elle la suppliait de fonder une famille ! Pourvu qu'elle ne commette pas d'impair...

— Complètement sûre.

Les mains sur le volant, elle continua à fixer la route sans parler. Jodi avait parfois la langue trop longue !

— Tu es bien silencieuse, remarqua Nick.

— C'est la fatigue de la journée qui me tombe dessus.

— Les spaghettis et un bon verre de vin vont te remettre d'aplomb !

Leesa hocha la tête sans révéler sa pensée du moment. *Pourvu que ma mère n'aborde pas certains sujets...*

— Madame Bennett, ce repas était tout simplement splendide ! Je ne saurai jamais vous féliciter suffisamment pour votre accueil et vos talents de cuisinière.

— Je vous en prie, pas de « madame Bennett ! », appelez-moi Jodi, tout simplement, répondit la mère de Leesa.

Kevin se mit à rire en repoussant son assiette.

— J'ai enfin rencontré qui a autant d'appétit que moi !

— Ce n'est pas fini, intervint Jodi. Il y a encore un crumble aux pommes. J'espère bien que vous allez lui faire honneur.

Nick hocha la tête en silence. Les repas en famille n'avaient jamais fait partie de sa vie. Son grand-père estimait que manger ne servait qu'à reprendre des forces. Quant à ce qui se trouvait dans son assiette pendant les mois où il était en institution, autant ne pas y penser...

— Demain, quand nous aurons fini de nettoyer les paddocks, nous ferons un barbecue, annonça Kevin.

— Si tu essaies de me convaincre d'y participer, la partie est gagnée ! répliqua Nick.

— Dans ce cas, intervint Jodi, le mieux est que vous restiez ici pour la nuit. La maison est grande et le bâtiment réservé aux ouvriers agricoles est inoccupé en ce moment.

— C'est très gentil mais il faut que je fasse un saut chez moi pour aller chercher une tenue de travail.

— Ce n'est pas la peine, expliqua Kevin. Nous en avons en réserve de toutes les tailles possibles et imaginables. Tu n'auras qu'à choisir ce qui te convient.

— Vous trouverez dans la chambre tout ce qu'il faut pour la toilette, ajouta Jodi.

— Dans ce cas, affaire conclue ! déclara Nick.

Décidément, la famille Bennett était on ne peut plus accueillante.

Nick se sentait extraordinairement à l'aise. Il était reconnaissant à Leesa de l'avoir amené parmi eux malgré la tension de la journée. Elle lui avait fait confiance. C'était la première fois que quelqu'un lui offrait ce qui lui manquait tant qu'il n'osait même pas en parler.

— Si vous alliez manger le dessert dans le salon ? proposa Jodi.

— Avec plaisir, répondit Nick en remarquant à quel point Leesa avait des intonations semblables à celles de sa mère.

Comme elle aussi, elle avait la même gentillesse naturelle et la même spontanéité.

— Et servez un autre verre de vin à ma fille, reprit Jodi, pour qu'elle reste dormir ici au lieu de rentrer toute seule dans sa grande maison vide.

Nick s'exécuta de bonne grâce.

— Tu sais que j'ai hâte de découvrir le travail qui se fait dans un champ de canne à sucre ?

— On verra ça demain quand tu seras fourbu de fatigue et brûlé par le soleil !

Leesa haussa le verre qu'il venait de lui remplir.

— Tu m'accompagnes ?

Le double sens n'échappa pas à Nick.

— Si tu me le demandes...

Un sourire malicieux apparut sur le visage de Leesa.

— Je te montrerai tout à l'heure où se trouve ta chambre dans le bâtiment d'à côté.

— Qui y aura-t-il d'autre ?

— Personne. Kevin dort dans la maison et ses amis n'arriveront que demain matin.

Il se pencha vers l'oreille de Leesa.

— Tu resteras me tenir compagnie ?

— Pourquoi pas ?

Nick se sentait tout de même gêné. N'était-il pas en train de dépasser les bornes de la bienséance en invitant Leesa à venir le retrouver pour la nuit ?

Ces scrupules furent vite balayés et ne les effleurèrent pas le moins du monde quand un peu plus tard Leesa se glissa dans son lit.

Le seul point négatif fut le moment où elle le quitta vers 3 heures du matin pour regagner sa chambre.

— Désolée, mais je ne supporterais pas le regard que mes parents m'adresseraient demain matin quand ils entendraient mon réveil sonner si je ne suis pas dans ma chambre pour l'arrêter.

Une fois Leesa partie, Nick dormit comme une bûche et ce fut avec la plus grande surprise qu'il entendit Leesa l'appeler en frappant à sa porte.

— Quelle heure est-il ? demanda-t-il d'une voix ensommeillée.

— 6 heures. Ma mère est en train de servir le petit déjeuner. Les copains de Kevin sont arrivés. Ils t'attendent, prends une bonne douche et dépêche-toi !

Elle le quitta en riant.

Il ne comprit son hilarité que lorsqu'il se retrouva sous le jet glacé de la douche. Quand aucun ouvrier n'occupait le bâtiment, le réservoir d'eau chaude n'était pas branché. Il en avait fait les frais !

— Allez, dit Kevin en prenant Nick par le bras, en avant pour ta leçon de conduite !

— Je suis ton homme, mais n'oublie pas tout de même de mettre l'eau chaude en service pour la fin de journée !

Au cours du petit déjeuner, il se prit à penser que Leesa resterait peut-être passer la nuit avec lui dans son appartement. À moins qu'elle ne l'emmène chez elle, dans la maison de sa grand-mère qu'il ne connaissait pas encore ?

En attendant, il était tout heureux de prêter main-forte à cette famille sympathique en faisant quelque chose qui le sortait de sa routine. Car depuis que Patrick Crombie lui avait donné sa seconde chance, il s'était mis à étudier comme un fou pour réussir à entrer à l'université, sans jamais sortir le nez de ses livres. Il s'était fixé comme objectif de prouver qu'il était aussi capable de réussir que l'espérait Patrick. Et depuis ce temps, il n'avait guère levé le nez du guidon.

Tout doucement, Leesa l'amenait à évoluer. L'exemple que lui donnait sa famille également. Il commençait à pressentir qu'il pourrait faire place à autre chose que la médecine dans sa vie. Mais quoi ? Il n'en avait pas la moindre idée pour l'instant.

Kevin lui fit signe de le rejoindre dans la jeep.

— Allez, grimpe avec moi, Nick, nous allons couper la canne dans ce champ que tu vois là-bas à droite de la route.

C'est ainsi que débuta l'expérience agricole du Dr Nicolas Springer.

— Alors, comment ça s'est passé ? lui demanda Leesa le soir, quand ils furent tous installés sur la terrasse de la grande maison pour se détendre en buvant une bonne bière bien fraîche.

Elle venait de les rejoindre après sa journée de travail au S.A.S.

— Pas mal du tout pour un gars de la ville, répondit Kevin. Il traçait droit avec le tracteur et la canne à sucre qu'il coupait n'était pas abîmée.

— Je me suis régalé, enchaîna Nick. À tel point que je me suis porté volontaire pour venir donner un coup de main les jours où je suis libre.

Le sourire de Leesa le rendit encore plus heureux.

— Tu vois, rien de tel qu'une nouvelle expérience pour se remonter le moral !

Elle était sans doute bien loin de deviner à quel point il se sentait perdu dans ses incertitudes mais elle avait compris qu'une activité nouvelle le distrairait de son travail. Encore une fois, elle voyait en lui plus clair que lui-même. Il dut faire un effort pour se retenir d'aller l'embrasser.

— Et toi, comment s'est passée ta journée ? demanda-t-il.

— Deux petites missions seulement. Une pour ramener chez lui un homme qui sortait de l'hôpital, l'autre pour aller chercher un touriste qui s'est cassé le pelvis en tombant d'une falaise à Daintree.

— Vous y êtes allés en hélico, j'imagine ?

— Oui. Il n'y avait pas de route pour permettre à une ambulance d'y accéder.

Elle se leva.

— Je vais donner un coup de main à ma mère. Elle me paraît plus fatiguée que d'habitude.

— Elle dort mal ces temps-ci. Je pense qu'elle s'inquiète pour l'avenir, déclara Brent. Il me semble aussi qu'elle tremble davantage depuis quelques jours.

Nick regarda le père de Leesa.

— C'est bien normal que son état la préoccupe, je pense même que c'est impossible de faire autrement. Mais d'après ce que j'ai vu, Jodi est une femme forte. Elle continue à travailler et à prendre du plaisir en famille. C'est très important. Et on réussit maintenant à contrôler la maladie de Parkinson pendant des années.

Leesa lui jeta un regard de reproche.

— Oui, je sais, mais il s'agit de ma mère.

Comme elle les quittait, il remarqua qu'elle s'essuyait rapidement la joue. Il ne s'était pas rendu compte qu'elle pleurait. De toute évidence, elle était très attachée à sa mère. Il aurait aimé pouvoir les soulager un peu de leurs soucis, mais que faire ? S'occuper de Leesa, l'aider à accompagner Jodi dans l'évolution de sa maladie serait déjà une bonne manière de la soutenir.

Plus tard, quand ils arrivèrent devant son immeuble, il se tourna vers Leesa avant de descendre de la voiture.

— Si tu montais un moment ? Avec Baxter, bien entendu, se hâta-t-il d'ajouter.

— Dis donc, j'espère que tu n'as pas envisagé une seule seconde que j'allais le laisser tout seul dans la voiture ?

— Bien sûr que non.

Elle lui sourit tendrement.

— Nick, je ne resterai pas pour la nuit. Tu as bossé dur toute la journée, il faut que tu te reposes avant de reprendre le travail demain matin. Mais…

Elle lui adressa un regard malicieux.

— Mais j'ai bien une paire d'heures à te consacrer.

Nick soupira. C'était peu, mais c'était mieux que rien.

6

Le lendemain matin, Leesa s'éveilla à 5 heures. C'était son habitude, elle n'avait pas besoin de réveille-matin. Comme elle était de repos, elle avait décidé d'aller rendre visite à sa mère.

Elle s'étira, encore émerveillée des sensations voluptueuses que Nick savait éveiller en elle. Mais cette intense relation physique ne la satisfaisait plus. Elle aurait aimé qu'ils parlent de leur avenir, de ce que chacun attendait de la vie. Malheureusement, Nick continuait à rester secret sur tout ce qui le touchait de près. Apparemment, il n'avait pas connu une vie de famille très heureuse mais elle était surprise de voir à quel point il s'était adapté à la sienne.

Elle décida de lui envoyer un message pour lui souhaiter une bonne journée.

Deux heures plus tard, alors qu'il devait être au travail, elle n'avait toujours pas reçu de réponse. Était-il occupé ou bien avait-il décidé de reprendre ses distances ? Jusqu'à présent, elle s'était adaptée à leur étrange façon de vivre dans laquelle alternaient des nuits torrides et des journées où ils se parlaient à peine. Mais cela ne lui convenait plus. Elle voulait se mettre au clair avec lui et si c'était nécessaire, elle accepterait de n'être plus pour lui qu'une simple collègue. Ce qui serait sans doute la meilleure solution si jamais l'un d'eux obtenait le poste de Joy.

Elle quitta son lit, enfila T-shirt, short et chaussures de sport.

— Viens, Baxter, j'ai besoin de m'éclaircir les idées.

Au milieu de la journée, Nick ne lui avait toujours pas donné signe de vie. Le plaisir érotique de la veille commençait à s'estomper et Leesa se demandait si elle ne s'était pas trompée encore une fois en imaginant qu'il pouvait être l'homme de sa vie.

Elle refusait d'accepter autant d'indifférence de sa part. D'accord, Nick était tout ce dont elle rêvait, son corps le savait, son cœur aussi, mais cette attitude lui ôtait l'envie de continuer leur relation.

Leur liaison ne la satisfaisait plus. Elle éprouvait le besoin de tirer leur relation au clair. Il fallait que ce soit tout ou rien.

Elle soupira.

C'était vite dit mais en aurait-elle la force ?

Lasse d'attendre un message qui n'arrivait pas, elle l'appela au hangar.

— Salut, Nick. Tu es très occupé ce matin ?

— Oui, pas mal.

— Bon, alors je te laisse tranquille.

— Non, attends... si je te propose de sortir dîner avec moi ce soir, ça te va ?

Cette invitation lui parut tout à fait surprenante. C'était à n'y rien comprendre. Cet homme, en tout cas, échappait complètement à sa grille de référence.

— Euh... oui.

— Parfait. Je passerai te prendre vers 19 heures. Excuse-moi, je dois te quitter. Il y a une urgence.

Sur ce, il raccrocha, laissant Leesa abasourdie.

C'était la première fois qu'il l'invitait à dîner à l'extérieur. Jusque-là, il n'avait jamais été question que de sexe entre eux.

Elle allait recommencer à prendre les choses calmement. S'énerver ne servait à rien. Mieux valait suivre le conseil de Danielle et profiter des bons moments sans arrière-pensée au fur et à mesure qu'ils se présentaient.

Ce fut donc l'attitude qu'elle adopta pendant les semaines suivantes. Nick demeurait toujours aussi secret sur lui-même mais parlait volontiers de leur travail ou de son expérience à la ferme. Elle avait décidé de lui laisser tout le temps dont il avait besoin pour se détendre et se sentir en totale confiance.

À la fin d'une journée longue et difficile, elle lui annonça qu'elle ne passerait pas la nuit avec lui.

— Je vais accompagner ma mère acheter des médicaments et je resterai avec elle ce soir.

— Très bien, répondit-il simplement.

Mais sa petite grimace lourde de non-dits n'échappa pas à Leesa.

— C'est ce que j'ai décidé, Nick.

Elle avait parlé sèchement, sans doute à cause des mauvais souvenirs que lui avait laissés son mariage. Si elle n'y prenait pas garde, elle allait à nouveau se retrouver emprisonnée par les exigences d'un homme. Et elle en souffrirait. Nick l'avait aidée à se libérer du passé mais il n'était pas question de retomber dans un nouveau piège.

— Je comprends parfaitement, reprit-il sur un ton dur.

Leesa décida de faire comme si elle n'avait rien remarqué.

— J'ai beaucoup de choses à faire. Entre autres, des courses et du ménage puisque ma grand-mère vient me voir à la fin de la semaine.

— Très bien. Je te verrai demain matin ?

— Oui, bien sûr.

Elle venait à peine de raccrocher que Nick la rappelait.

— Leesa ?

— Oui. Tu as oublié de me dire quelque chose ?

— Oui. Eh bien… excuse ma réaction s'il te plaît. Je comprends parfaitement qu'il y a autre chose dans ta vie que notre liaison et notre travail. Je tiens à t'assurer que je ne m'attends pas à ce que tu passes tout ton temps libre avec moi.

Voilà qui était inattendu !

— Tant mieux, Nick. Nous avons chacun des occupations que nous ne pouvons pas éternellement négliger.

Le souvenir de son ex-mari remonta à sa mémoire.

Connor a essayé autrefois de me dicter ce que je devais faire et qui je devais être. J'ai compris la leçon. Jamais je n'appartiendrai totalement à qui que ce soit.

Nick n'en arriverait jamais là mais c'était important pour elle de montrer qu'elle menait elle-même sa vie.

Brusquement, une idée traversa l'esprit de Leesa.

— Au fait… si tu obtiens le poste de Joy, tu vas arrêter de déménager ?

— Oui. Je crois que le moment est venu pour moi de prendre un chien.

Elle éclata de rire.

— En d'autres mots, tu envisages de stabiliser ta vie, c'est ça ?

— Je crois.

C'était une bonne chose pour lui. Pour elle aussi sans doute car elle ne souhaitait pas s'engager avec un homme incapable de se fixer quelque part. Plus que tout, elle pressentait que Nick avait besoin d'arrêter de vagabonder pour s'installer en un lieu où il trouverait la paix.

— Bravo, Nick. Prendre un chien me paraît un bon début.

Tout en disant cela, elle remettait ses propres projets en question. Si Nick se stabilisait, ce n'était peut-être pas une bonne idée d'entrer en rivalité avec lui pour le poste de Joy.

— Un pas à la fois, d'accord ? reprit Nick.

Elle approuva d'un signe de tête.

— Complètement d'accord. Et maintenant, je file sinon la pharmacie sera fermée. Dors bien !

— À demain.

Une fois seule, elle mesura l'importance de ce qui venait de se passer. Nick l'avait acceptée telle qu'elle était. Il n'avait pas essayé de la changer. Il s'était braqué un instant mais lui avait ensuite présenté des excuses. C'était exactement ce qu'elle attendait d'un homme dont elle tomberait amoureuse. D'ailleurs, c'était bien ce qui était en train de lui arriver, non ? Est-ce que c'était une bonne chose ? L'avenir le dirait.

Le lendemain matin, elle retrouva Nick à l'aéroport.

— Tu sais qui est notre pilote aujourd'hui ?

— Darren. Il est en train de faire les dernières vérifications.

— Il y a longtemps que tu es arrivé ?

— Oui. Je me suis levé à 5 heures pour acheter du pain et j'ai préféré venir directement ici plutôt que de retourner à l'appartement.

Sur ces entrefaites, Mark, un des pilotes d'hélicoptère, se joignit à eux.

— Si vous préférez un trajet un peu plus sportif, montez avec moi !

— Seulement en cas de nécessité, répondit Nick. Nous prévoyons d'atterrir sur un tarmac en bonne et due forme, pas dans un mouchoir de poche !

— Où nous amène notre première mission ? demanda Leesa.

— Nous amenons à Brisbane une dame qui doit subir une opération du cœur. Au fait, Leesa, comment as-tu trouvé ta mère hier ?

— Mieux que je ne le craignais. Il faudrait qu'elle prenne les choses moins à cœur.

— Je crois que tu en demandes trop. On ne change pas les gens.

Nick l'agaçait un peu. À son corps défendant, il fallait reconnaître qu'il n'avait pas l'air de savoir ce que c'était que de se faire du souci pour un membre de sa famille. Ils étaient si différents l'un de l'autre ! Et pourtant, ils se comprenaient tellement bien... Pouvaient-ils envisager un avenir commun ou devraient-ils se contenter de leurs nuits d'amour ?

Une ambulance se rapprochait de leur avion.

— C'est bon, allons-y, proposa Leesa.

— Impatiente, comme toujours ! remarqua Nick.

— L'aller-retour sur Brisbane représente un long vol.

— Je sais. C'est notre travail, voilà tout.

Pourquoi se montrait-elle aussi nerveuse envers Nick ? Elle était du genre « tout ou rien ». L'entre-deux de leur relation la satisfaisait de moins en moins.

Ils allèrent à la rencontre de leur voyageuse, Maggie Oldsmith, qui avait reçu un léger calmant car elle appréhendait le vol.

— Bonjour, Maggie. Je suis Leesa, et voici Nick. Nous allons prendre soin de vous pendant le vol.

— Et moi, je suis la vieille Maggie, qui a besoin d'un cœur tout neuf !

— C'est exactement ce que vous aurez quand nous vous ramènerons chez vous, assura Leesa.

— Est-ce que quelqu'un de la famille attend Maggie à Brisbane ? demanda Darren ?

— Oui, son fils est déjà arrivé et l'attend à l'hôpital, répondit Nick qui avait eu le temps de s'informer.

Une fois Maggie installée à bord, il l'examina pendant que Leesa lui parlait pour apaiser son appréhension. Tout cela dut faire effet car à peine le décollage effectué, la vieille dame dormait en ronflant légèrement.

À la grande déception de Leesa, Nick mit à profit ce répit pour se plonger dans l'étude du dossier de Maggie, ce qui signifiait qu'il ne désirait pas lier conversation. Elle le regrettait mais il avait sans doute besoin de calme et elle tenait à respecter son choix.

La vue qu'elle avait depuis le hublot était magnifique. Les plages immenses, l'eau bleue, la Grande Barrière de corail qui attirait les visiteurs de tout le pays et même du monde entier. Elle vivait dans une région extraordinaire. Son bonheur était d'en être consciente et de pouvoir y rester.

Au moment où elle s'apprêtait à aller contrôler l'état de Maggie, Nick se leva lui aussi

— J'y vais, proposa-t-il.

Elle aurait pu lui répondre que, habituellement, c'était elle qui faisait ces vérifications mais à quoi bon ? Que ce soit avec Nick ou avec elle-même, Maggie était entre de bonnes mains.

— Comme tu voudras.

Elle sortit son téléphone de sa poche et prit connaissance de ses mails.

Pendant le vol du retour, Nick observa longuement Leesa à travers ses yeux mi-clos. Qu'elle était belle ! Le simple fait de la regarder lui faisait battre le cœur. Il sentait très bien qu'il était sur la ligne de crête qui sépare une simple liaison d'une relation solide. Son intuition lui disait que si Leesa répondait à son amour, son cœur ne serait pas en danger.

La question était simple : est-ce qu'elle l'aimait ? Il y avait tant de choses qu'il ne lui avait pas encore dites. Et plus il attendait, plus ce serait difficile de le faire. Plus il gagnait à la fréquenter, plus il aurait à perdre quand il lui raconterait son passé, comment il s'était précipité dans le mariage sans vraiment réfléchir.

Il laissa échapper un grognement. Réussirait-il un jour à ne plus regarder en arrière ? À abandonner sa solitude et sa mélancolie ? À ne plus être paralysé par sa peur de souffrir ou de faire souffrir l'autre ?

— Préparez-vous à l'atterrissage, annonça Darren.

— Super ! Je meurs de faim, dit Leesa en rangeant son téléphone dans sa poche.

Hélas, ils venaient à peine de se mettre à table qu'un appel d'urgence leur demandait de partir à Cooktown chercher un pêcheur dont la main avait été prise dans le treuil qui relevait le filet de pêche. Il avait perdu deux doigts.

Une fois l'homme installé dans l'ambulance qui le conduisait à Cairns, Leesa frissonna en pensant à cette mutilation.

— Tu crois qu'il pourra encore travailler ?

— Certainement une fois que les moignons seront cicatrisés. C'est un gars qui a l'air solide et qui adore son métier.

Joy les attendait devant le hangar.

— On a besoin de vous tout de suite avec l'hélico. Un aéronef à voilure fixe avec quatre personnes à bord vient de tomber dans la forêt derrière les chutes de Hartley. Vous êtes les premiers disponibles pour rejoindre celui qui est déjà en route.

— Allez, en route, mauvaise troupe ! lança Leesa, en se levant.

Nick lui emboîta le pas en disant : « Pas de repos pour les braves ! »

Ils trouvèrent Mark déjà installé dans le cockpit.

— Tu me trouves brave ? demanda Leesa en souriant.

— Oui. Vraiment.

Ils prirent place tous les deux et bientôt les moteurs entrèrent en action.

— Attachez vos ceintures. Je vais voler vite et bas.

Cela signifiait qu'ils couraient le risque d'être très secoués par le vent au niveau des montagnes mais étant donné que le site de leur intervention n'était pas éloigné, le choix de Mark était parfaitement raisonnable car il leur éviterait de perdre un temps précieux à prendre de l'altitude.

— On sait quelque chose au sujet des passagers ? demanda Nick.

— Oui. Il s'agit de quatre hommes de retour d'un safari dans le Nord. L'un d'eux est le pilote. L'avion a perdu le contact avec la tour de contrôle il y a une heure. Depuis, on ne sait plus rien.

Nick se laissa aller dans son siège.

— Nous pouvons nous attendre au pire des cas de figure, murmura-t-il. Je déteste ces moments-là.

— C'est la même chose pour nous tous, approuva Leesa.

— Faisons le recensement de ce dont nous aurons besoin.

— Le kit de médicaments... Les brancards... L'oxygène...

Ils continuèrent tous les deux à vérifier la liste réglementaire tout en gardant en tête l'idée qu'ils allaient retrouver les passagers vivants. C'était la seule manière d'appréhender le sauvetage tant qu'ils ne recevaient pas de plus amples informations.

Plus ils se rapprochaient des chutes de Hartley, plus la tension se lisait sur le visage de Leesa.

— Respire ! conseilla Nick.

— C'est ce que j'essaie de faire.

La voix de Mark leur parvint à travers les écouteurs.

— Les quatre hommes sont en vie. Trois d'entre eux sont sévèrement blessés. Le premier hélico va bientôt en prendre deux en charge. Les médecins ont stabilisé leur état et les ont installés sur des brancards.

— On va atterrir nous aussi ?

— Si je trouve un endroit sûr à proximité, oui.

Un instant plus tard un grognement sourd parvint aux oreilles de Nick et Leesa.

— Mark, qu'est-ce qu'il se passe ? demanda Leesa.

Silence.

— Mark ? Dis-nous quelque chose !

— Serrez fort vos ceintures. Nous descendons. Je me sens mal.

— Mark ?

— Mal à la tête...

Avant même que Mark ait terminé sa phrase, l'hélicoptère descendait. Vite. Très vite. À vrai dire, il tombait.

Le cœur dans la gorge, l'estomac serré, Nick jeta un coup d'œil à Leesa. Quelque chose n'allait pas du tout.

Il attrapa la main tremblante de Leesa.

— Ça va aller, Leesa...

Il fallait que ça aille. Rien de mauvais ne devait arriver à Leesa.

La peur s'était emparée de Leesa qui ne put même pas regarder Nick. Son corps était paralysé.

— Bien sûr, articula-t-elle avec difficulté.

Qu'arrivait-il à Mark ? Un malaise ? Elle regarda par le hublot et détourna immédiatement le regard. À quelques mètres au-dessous d'eux, la forêt se rapprochait à une vitesse terrifiante. L'hélicoptère penchait sur le côté. Un bruit abominable de fracas envahit ses oreilles. Choc sourd, bruit de tôles froissées, dégringolade des objets qui se trouvaient dans la carlingue… Elle fut projetée sur le côté, puis en arrière.

Le mouvement s'arrêta.

Nick avait lâché sa main.

— Nick ? appela-t-elle. Nick, réponds-moi !

— Je suis là… Tu vas bien ?

Sa voix parvenait de l'arrière de l'hélico.

Si elle allait bien ? Elle n'en avait pas la moindre idée. Elle essaya d'allonger ses jambes, mais n'y réussit pas car le cockpit avait été enfoncé dans la cabine. Son bras droit lui faisait mal, son cou était raide et douloureux mais cela mis à part, elle lui semblait n'avoir rien de cassé.

— Oui. Et toi ?

En essayant de remuer, Nick laissa échapper un grognement de douleur. Le cœur de Leesa fit un bond dans sa poitrine. Rien ne devait arriver à Nick… Elle défit sa ceinture de sécurité. Quand elle se mit debout, sa tête vint heurter le toit de l'habitacle qui avait été enfoncé. À genoux, elle se fraya un chemin pour parvenir jusqu'à lui.

Le visage de Nick était déformé par la douleur.

— Où est-ce que tu as mal ?

— À la poitrine. J'ai sûrement quelques côtes cassées. Va voir Mark, je te rejoins près de lui.

Elle posa la main sur la poitrine de Nick aussi légèrement que possible. Il grimaça de douleur.

— Quelque chose m'a heurté là… Va voir Mark, il a eu un problème, il a besoin que tu t'occupes de lui.

— OK. Mais toi, reste ici. Ne bouge pas.

Déjà elle rampait en direction de Mark. La douleur que provoquèrent ses mouvements lui confirma qu'elle était bien vivante. Nick aussi avait réchappé de l'accident. Ils étaient vivants tous les deux, quelle chance !

— Mark, tu m'entends ? appela-t-elle.

Silence.

— Avance-toi encore, conseilla Nick. Il a besoin de toi.

— Mark ? Réponds-moi !

Toujours pas de réponse de sa part ; par contre, le bruit des arbres qui craquaient sous le poids de l'hélicoptère et celui du froissement des tôles emplirent les oreilles de Leesa.

Posé en équilibre sur la canopée, l'hélicoptère se balançait de façon inquiétante, jusqu'au moment où il glissa jusqu'à heurter violemment quelque chose de dur. Leesa ferma les yeux, le cœur battant, inquiète de ce qui pouvait encore se produire. Mais rien ne succéda à cette glissade. Ils avaient dû toucher le sol.

Elle prit une profonde inspiration. À ce moment-là, une douleur s'installa dans son crâne, derrière ses yeux. Elle se passa la main sur le cuir chevelu mais n'y repéra pas de blessure. Elle ne se souvenait pas d'avoir reçu de choc sur la tête.

Allons, ça va passer, il faut tenir le coup.

Elle poursuivit son avancée difficile vers le cockpit. Rien ne se trouvait à sa place, tout était sens dessus dessous. Une paire de jambes arrêta sa progression.

— Mark ?

Elle s'agenouilla près de lui, fit courir ses mains le long des jambes pour essayer de remonter jusqu'à la poitrine dans l'espoir de repérer les battements de son cœur. La branche qui avait traversé la vitre du cockpit l'empêchait d'apercevoir la tête de Mark. Enfin, elle rencontra sa main, chercha le pouls. Il était faible, mais il était là. Le soulagement la gagna.

— Mark, que s'est-il passé ?

Elle avait posé la question sans espérer de réponse. Il avait dit : « Mal à la tête... » et depuis, n'avait plus communiqué. Rupture d'anévrisme ? Crise cardiaque ? Aucun moyen de le savoir.

Délicatement et méthodiquement, Leesa entreprit de vérifier l'état de toutes les parties du corps de Mark qui étaient à sa portée en prenant bien soin de ne pas le déplacer au cas où il aurait des blessures internes.

— Alors ? demanda Nick qui s'était avancé derrière elle.

— Je t'avais demandé de ne pas bouger ! lui reprocha-t-elle.

Malgré tout, elle était bien contente qu'il se soit rapproché. Le désastre qu'ils étaient en train de vivre était terrible. La douleur lancinante installée derrière ses yeux se faisait de plus en plus intense. C'était peut-être une simple réaction nerveuse au stress qu'ils étaient en train de vivre.

Nick posa une main sur l'épaule de Leesa.

— Je commençais à me sentir un peu trop seul là-bas au fond !

Elle se tourna vers lui et se mordit les lèvres d'inquiétude. Il était blanc comme un linge, son menton saignait.

— C'est un peu juste pour se tenir à deux ici, mais je suis bien contente que tu sois près de moi.

Elle lui sourit, lui passa un doigt sur le menton.

— Tu as une coupure qui saigne un peu...

— J'ai reçu un coup. Est-ce que Mark est vivant ?

— Autant que j'ai pu voir, il respire. Son pouls bat faiblement. Par contre, je n'ai pas pu l'examiner complètement à cause de cette branche qui gêne.

— Je vais d'abord regarder s'il n'a rien à la colonne vertébrale. Si c'est OK, à nous deux, nous le dégagerons un peu de là.

Après avoir retiré une chaussure à Mark, il lui pinça fortement la plante du pied. Un réflexe léger se manifesta.

— Apparemment, tout va bien de ce côté-là.

C'était une bonne nouvelle. Restait à espérer que d'autres suivraient.

La douleur que Nick ressentait dans la poitrine au moindre mouvement et même seulement lorsqu'il aspirait un peu d'air le confirmait dans son diagnostic de côtes brisées. Par chance, il arrivait malgré tout à respirer, ce qui écartait l'hypothèse d'une perforation du poumon.

— Je me demande dans combien de temps notre absence sera remarquée, reprit Leesa, une main sur le poignet de Mark.

— Le message de Mark disant que nous arrivions sur le site a dû parvenir à la base. Il y aura bien quelqu'un qui s'inquiétera de ne pas recevoir davantage d'informations.

Le bras de Mark était disposé selon un angle bizarre.

— Son épaule a dû être déplacée mais tant que nous n'avons pas plus d'espace à notre disposition, nous ne pouvons rien faire.

— Si nous le mettions en position de récupération ? proposa Leesa.

— Oui, c'est une précaution. Mais tu vas être obligée de faire presque tout le travail. Je ne suis bon à rien du côté gauche.

Mark ne manifesta aucune réaction pendant qu'ils le manipulaient. Par contre, Nick et Leesa souffrirent le martyre tant ils étaient perclus de douleurs dans tout le corps.

— Tu es sûre que tu vas bien ? demanda Nick d'une voix inquiète.

— Je pense n'avoir que des contusions. Nous allons arborer de drôles de couleurs dans les jours qui viennent !

Le cœur de Nick se serra. Que serait-il devenu s'il avait perdu Leesa ? Il ne pouvait même pas l'imaginer. Elle était pour lui quelqu'un de tellement spécial, de tellement...

— J'espère que les nuances de mauve s'accorderont bien avec nos uniformes, ajouta-t-elle en riant.

Poussé par le besoin de passer son bras valide autour de Leesa, il rampa près d'elle en serrant les dents.

— Nous avons beaucoup de chance.

— Oui, approuva-t-elle en se rapprochant pour l'embrasser.

Nick eut un petit rire de soulagement et s'en repentit aussitôt tant ses côtes se rappelèrent à lui douloureusement.

Un bruit d'hélice leur fit dresser l'oreille. Il leur sembla qu'un hélicoptère tournait au-dessus d'eux un moment avant de s'éloigner, sans doute pour trouver un endroit où atterrir.

Au bout d'un moment, une voix familière appela :

— Mark, tu es là ? Leesa ? Nick ?

Kevin, appelé pour cette double urgence, apparut à travers les branches.

— Mark doit être évacué au plus vite, cria Nick.

Leesa se laissa aller un instant à l'émotion en retrouvant son frère pendant que Nick faisait le compte rendu de l'accident et de l'état de santé de Mark.

— Nous allons amener Mark à l'hôpital mais vous deux allez être obligés d'attendre encore un peu.

— Pas de problème ! répondirent Nick et Leesa d'une seule voix.

— Dis à nos parents que nous allons bien tous les deux, ajouta Leesa.

Nick eut chaud au cœur en voyant que Leesa l'incluait dans la famille.

Une fois l'hélicoptère de secours parti, un étrange silence s'ensuivit. Nick tenait Leesa serrée contre lui du côté où il n'avait pas mal.

— J'espère que Mark va s'en tirer, déclara Leesa au bout d'un moment. Il a vraiment fait le maximum pour nous faire atterrir quand il en était encore capable.

— Nous lui devons la vie.

Des larmes coulaient maintenant sur le visage de Leesa. Nick frissonna. Il avait failli la perdre. Comme il avait déjà perdu tous ceux qu'il aimait.

7

Leur position dans la carcasse de l'hélicoptère était aussi inconfortable que possible. Leesa pivota légèrement sur elle-même en faisant attention au côté blessé de Nick.

— Alors, Nick, tu es toujours enchanté du métier ?

— Je fais de nouvelles expériences chaque jour !

— Enchantée de ta réaction. Je serais bien déçue si tu me disais que tu regrettes les ambulances.

Nick eut un petit rire qui le fit une fois de plus grimacer de douleur.

— Ça me plaît bien d'être toujours en mouvement même si je n'imaginais pas que le métier pouvait être aussi sportif. Ça me plaît aussi d'aider le genre de malades qu'on ne voit pas quand on travaille en cabinet. Là, c'est toujours un peu la même routine des angines, des vaccinations, des bobos du quotidien…

— J'aimerais bien comprendre pourquoi tu as tellement souvent changé de poste au cours de ta carrière.

Avec un peu d'appréhension, elle attendait de voir si Nick poursuivait la conversation ou si, fidèle à lui-même, il préférait changer de sujet.

— Leesa, je ne sais pas ce que c'est que de rester longtemps au même endroit, que ce soit dans la même ville ou la même maison.

— C'était comme ça quand tu étais jeune ?

— Oui. Mes parents sont morts quand j'avais un an. Mon

grand-père m'a pris avec lui mais j'avais à peine douze ans quand il est mort lui aussi. Entretemps, j'ai vécu dans divers foyers pour orphelins.

— C'est terrible ! Comment as-tu fait pour survivre normalement avec tous ces deuils et ces déménagements ?

Plus que jamais, elle appréciait sa chance de toujours avoir pu compter sur le soutien des membres de sa famille. Même lors de son mariage avec Connor, qu'ils n'approuvaient pas, personne ne l'avait laissée se débrouiller seule avec le contrecoup de leur divorce.

— Qui te dit que j'ai survécu normalement ?

— Moi. Il suffit de regarder la personne que tu es devenu. Un homme qui s'occupe des autres, un médecin compétent, une personne qui aime les chiens, Baxter tout au moins !

Nick la dévisageait comme si elle racontait des inepties.

— Non, Nick, je n'ai pas perdu la tête. Je pense chacun des mots que je viens de prononcer.

Un coin de la bouche de Nick se releva, comme pour amorcer un sourire.

— Leesa... tu viens de me dire des choses merveilleuses !

— J'ai juste dit la vérité. Tu t'es déjà fait beaucoup d'amis au S.A.S. Et ma famille t'adore. Ma mère n'arrête pas de me demander quand tu reviens dîner.

Zut ! Ça, elle aurait mieux fait de le garder pour elle...

Sa mère insistait tellement sur le sujet que parfois Leesa avait renoncé à l'appeler pour éviter d'en parler.

Elle préféra revenir à Nick pour profiter de ce moment où il lui ouvrait son cœur pour la première fois.

— Où est-ce que tu habitais avec ton grand-père ?

— À Adelaïde. C'était un homme rude mais il m'a inculqué les valeurs essentielles. Quant à mes parents, je n'en ai évidemment aucun souvenir.

— Tu as des photos d'eux ?

— Oui, beaucoup. Ce qui me paraît étrange, c'est qu'ils sont toujours jeunes. Je vieillis mais eux ont toujours le même âge, vingt ans et vingt et un ans.

Comme il se penchait vers Leesa, il fit une grimace de douleur.

— Nick, tu ne dois pas continuer à souffrir comme ça. Je vais chercher le kit de médicaments et te donner une bonne dose d'antalgiques pour que tu sois capable de sortir d'ici et de monter à bord d'un autre hélico.

— Tu as raison. Si jamais tu arrives à mettre la main dessus au milieu de ce chantier.

Évidemment, tout le matériel était en vrac. Un des moniteurs était en miettes alors que l'autre paraissait ne pas avoir souffert de l'accident, les cartons étaient éventrés, les boîtes ouvertes...

À force de tourner et retourner ce qui lui tombait sous la main, Leesa finit par trouver les boîtes de médicaments éparpillées un peu partout.

Il faisait presque noir maintenant. Elle n'avait pas de torche. Comment s'assurer qu'elle choisissait le bon produit ? En faisant un gros effort, elle réussit tout de même à lire les étiquettes des emballages. Elle revint vers Nick à qui elle présenta ses trouvailles.

Bizarrement, le fait d'avoir bougé et de se sentir utile avait allégé son mal de tête.

Pendant que Nick plissait les yeux pour déchiffrer les noms imprimés sur les différentes boîtes, Leesa avisa un paquet de six bouteilles d'eau, intactes. Puis, elle se souvint que les lampes électriques étaient rangées dans le placard situé à côté du lit. Elle s'en approcha difficilement, le trouva par terre, la porte tordue. Malgré ses efforts, elle ne réussit pas à l'ouvrir. Tant pis, ils resteraient dans le noir. Heureusement, Nick avait réussi à trouver ce qui lui convenait.

— J'ai la codéine. Parfait, c'est ce qu'il me faut.

Quand Leesa lui posa une bouteille dans la main, Nick ne put retenir un petit cri de douleur.

Elle sursauta.

— Oh… pardon ! J'ai eu un geste trop brusque.

— Disons plutôt que je suis à ménager… Je crois malheureusement que nous allons être obligés de rester sages pendant quelque temps…, déclara-t-il avec un sourire.

Leesa opina à regret.

Cela dit, il avala les comprimés avec une gorgée d'eau puis s'appuya contre la paroi de métal.

Si Nick n'avait pas été en train de souffrir, Leesa aurait été enchantée de passer ce moment en tête à tête avec lui. Elle se sentait émotionnellement proche de lui comme elle ne l'avait jamais été.

Elle lui prit la main.

— Je suis sûre que tout le monde se démène pour nous porter secours, mais il vaut mieux nous armer de patience. Il faudra certainement pas mal de temps avant que nous recevions de l'aide.

Tout en parlant, elle observait Nick. Il était toujours très pâle et ne respirait jamais profondément mais sa poitrine se soulevait régulièrement. C'était rassurant. Si un de ses poumons avait été perforé par une côte cassée, il serait beaucoup plus mal.

Ils ne pouvaient rien faire d'autre que rester assis tous les deux dans l'espace confiné. L'obscurité était totale. Maintenant qu'ils n'avaient plus rien d'autre à faire que d'attendre, les douleurs causées par leurs multiples contusions se révélaient, de plus en plus vives.

Nick laissa échapper un soupir.

— Tu sais que j'ai eu beaucoup de chance pendant mon adolescence ?

— Non. Tu ne m'en as jamais parlé.

— C'est parce que j'ai honte…

— Honte de quoi ?

— Eh bien… j'ai volé une voiture.

— Tu… quoi ?

— J'ai volé une voiture.

— Et pourquoi ?

— Parce que je n'avais personne autour de moi pour m'apprendre à conduire. Alors j'ai voulu me débrouiller tout seul. Tu imagines les conséquences...

Leesa commençait à comprendre pourquoi Nick avait si longtemps hésité avant de lui parler de sa jeunesse.

— Et alors ?

— Alors j'ai rencontré un homme extraordinaire, le juge qui s'est occupé de moi. Il a cru en moi. C'est grâce à lui que je suis devenu ce que je suis. Il m'a poussé à faire des études et m'a toujours soutenu.

— Vous êtes toujours en contact ?

— Oui. Patrick est mon mentor. Avant de venir ici, je suis allé le voir à Adelaïde. Il est en rémission de son cancer.

— C'est difficile pour toi, j'imagine.

— Oui.

Ils demeurèrent silencieux un moment.

Nick remua avec précaution.

— Si tu me parlais de ton mariage maintenant que je t'ai ouvert mon cœur ?

— Ce sera vite fait. Connor était le plus merveilleux des fiancés. Attentionné, généreux, impatient de faire partie de ma vie. Et une fois loin de sa famille, à Brisbane où nous sommes partis pour son avancement de carrière, il s'est mué en tyran domestique. Rien, absolument rien de ce que je faisais ne lui convenait, qu'il s'agisse de ma façon de préparer ses plats préférés, ma manière de garer la voiture ou de tondre le gazon. Un beau jour, j'ai découvert qu'il m'avait rayée de notre compte bancaire.

À cette évocation, Leesa frissonna. Connor ne l'avait jamais frappée mais elle l'avait redouté certains jours.

— C'est à ce moment-là que tu l'as quitté ?

— Oui, ce fut la goutte qui a fait déborder le vase.

Un accent de fierté perçait dans la voix de Leesa.

— C'était indispensable, sinon j'aurais été soumise à ses caprices jusqu'à la fin de mes jours, et ça, c'était hors de question. Je suis restée à Brisbane parce que Connor avait essayé de me persuader que j'étais incapable de vivre sans lui. J'ai tenu à lui prouver le contraire. Et je voulais aussi lui montrer que je n'avais pas besoin de retourner dans ma famille pour vivre.

— Pauvre Leesa, puisque au travail, tu es tombée sur un autre tyran !

— C'est surtout lui qui n'a pas eu de chance de m'avoir dans son équipe. J'avais appris à réagir.

Nick tapota le genou de Leesa.

— Avec toutes ces mésaventures, j'imagine que ce n'est pas facile pour toi de faire confiance à un homme.

— Exactement.

L'obscurité paraissant propice aux confidences, Leesa poursuivit :

— Et toi, après l'échec de ton mariage, où en est ton degré de confiance envers les femmes ?

— Pas très élevé.

Il soupira.

— J'en suis au point où je me demande si je suis fait pour vivre une relation durable. Ma voie est peut-être de rester célibataire et de bien exercer mon métier.

Au moment où Leesa allait lui répondre, Nick leva la tête.

— Tu entends l'hélico ?

— Oui. Ouf ! soupira Leesa. Je commence à en avoir assez de cet endroit.

— Rien à manger, rien à boire et même pas de télé ! plaisanta Nick.

— C'est vrai, nous nous plaindrons au voyagiste, répondit Leesa en riant.

Leesa se mit à genoux lorsque Kevin lui tendit les mains pour l'aider à sortir de l'habitacle malmené. Quand ce fut au tour de Nick, il se traîna péniblement jusqu'à Kevin en s'efforçant de garder sa douleur sous contrôle. Il s'était abstenu de dire à Leesa que sa cheville gauche avait pâti elle aussi de l'accident. Il s'agissait sans doute seulement d'une entorse et non d'une fracture mais suivre Kevin à travers les broussailles jusqu'à l'hélicoptère de secours ne fut pas une partie de plaisir. Les dents serrées, il se retint de gémir au fur et à mesure qu'ils progressaient sur le terrain accidenté.

Quelques instants plus tard, à peine assis tous les deux dans l'hélico de secours, il prit la main de Leesa dans la sienne et s'endormit.

Le vol de retour se fit sans encombre mais Leesa garda l'estomac noué d'appréhension jusqu'à l'atterrissage.

— Un fauteuil roulant t'attend, expliqua Kevin à Nick. Joy va vous conduire tous les deux aux urgences pour un check-up complet.

— Pas de problème pour vous, Leesa, déclara Laurie. Multiples contusions, mais rien de cassé.

— Et pour Nick ?

— C'est un peu plus compliqué, mais il n'y a rien de grave. Les radios ont montré quatre côtes cassées, une fracture du poignet mais pas de fracture à la cheville. Simple entorse. Les poumons sont intacts, ce qui est bien sûr une excellente nouvelle.

Leesa se sentit soulagée d'un énorme poids. Quand elle réalisa qu'elle aurait pu perdre Nick, ce n'est pas à un simple collègue qu'elle pensa mais à l'homme qui avait franchi toutes les barrières qu'elle avait dressées pour se protéger et qui avait réussi à atteindre son cœur.

Elle le rejoignit à la fin de la consultation.

— Je peux sortir de l'hôpital ? demanda Nick au médecin.

— Oui. On va vous mettre un plâtre léger en attendant que votre poignet désenfle. Pour vos côtes, on ne peut rien faire à part prescrire des antalgiques. Des antibiotiques pour votre menton que je viens de recoudre. Et, j'insiste là-dessus, ajouta-t-elle, pas d'efforts physiques pour ménager vos côtes et votre poignet.

— La douleur sera ma meilleure surveillante !

Ils étaient donc libres de rentrer chez eux tous les deux.

— Nick, viens dormir chez moi, proposa Leesa. Je ne veux pas que tu restes seul cette nuit.

Elle n'ajouta pas qu'elle-même n'avait pas envie de passer la nuit seule après toutes ces émotions. L'accident avait été terrible et maintenant qu'ils se retrouvaient en sécurité, elle se sentait encore plus bouleversée qu'au moment de leur brutal atterrissage. Ses parents l'avaient très gentiment invitée à aller dormir à la ferme mais elle avait refusé. Ce soir, elle voulait être chez elle, avec Baxter que Karin allait lui ramener. Et avec Nick.

Nick la regardait comme s'il ne savait pas quelle décision prendre. Finalement, il hocha la tête.

— Oui, si tu veux.

Mais avec cette réponse laconique, Leesa fut incapable de deviner s'il était content de venir chez elle.

— Nick, intervint Kevin, je te propose que nous fassions un saut chez toi pour prendre des vêtements propres. Tu as tout l'air d'un parfait clodo.

— Merci pour le compliment !

— Pas de quoi, mon vieux. À une condition tout de même, c'est que ce soit moi qui monte chercher ce qu'il te faut. Et je t'en prie, pas question de rouspéter…

— Oui, mais…

— Pas de « mais », coupa Leesa.

— Tu as raison, approuva Nick. Je ne voulais pas m'imposer

parce que tu es bien secouée toi aussi, mais franchement, je me sentirai bien mieux chez toi.

Il avait eu du mal à l'avouer, mais c'était fait !

— Et maintenant, sortons de cet hôpital.

8

Nick regardait autour de lui. Alors qu'il avait imaginé que la maison de la grand-mère de Leesa était petite, il découvrait qu'elle était immense. La salle de séjour aurait pu servir de terrain de foot à un petit enfant. De larges baies vitrées donnaient sur un grand gazon bordé de parterres de fleurs.

— Qui s'occupe du jardin ? demanda-t-il à Leesa.

— C'est moi. Ma grand-mère l'avait installé avec tant de soin et d'amour que j'ai eu à cœur de continuer à l'entretenir.

— Donc, tu aimes jardiner…

Ainsi donc, s'occuper du gazon et des fleurs était l'un des passe-temps de Leesa en dehors de son travail.

— Oui. J'adore planter une pousse ou un bulbe et découvrir comment il fleurit quelque temps plus tard.

Leesa était assise dans un fauteuil en cuir, une assiette de salade de poulet sur les genoux. Jodi avait eu la gentillesse de leur préparer un dîner auquel ils étaient en train de faire le meilleur accueil.

— Moi, je ne connais strictement rien en matière de plantes.

— Tu sais, on peut toujours apprendre.

— C'est vrai. Je m'y mettrai peut-être un jour.

— Un jour ?

— Oui. Si je quitte mon appartement, je serai peut-être tenté de m'installer dans une maison avec un petit jardin.

— Si ?

— Arrête de remettre en question tout ce que je dis ! demanda Nick, agacé.

Leesa le poussait dans ses retranchements alors qu'il ne savait pas comment il s'y prendrait pour continuer son histoire d'amour avec elle.

— Je n'ai pas l'habitude de parler de mes projets, Leesa. Ils sont loin d'être arrêtés, il faut que j'y réfléchisse encore.

Pour lui en effet, envisager d'abandonner sa vie nomade pour s'installer quelque part était une avancée monumentale. Il avait le pressentiment que si jamais il acceptait ce changement de vie, il y avait de fortes chances pour que ce soit définitif. Peut-être avait-il trouvé ce qu'il avait cherché toute sa vie ?

Leesa mordait à belles dents dans un morceau de poulet. Une fois sa bouchée avalée, elle poursuivit :

— Je ne peux pas imaginer qu'on puisse vivre sans avoir une maison qu'on peut appeler « son chez-soi », un endroit où s'occuper d'un jardin, de la décoration, de l'entretien fait partie du quotidien. Tu as manqué beaucoup de bonheur en étant privé de tout ça.

Leesa ne mâchait pas ses mots ! Nick accusa le coup.

Elle avait raison mais pour lui, c'était difficile à accepter. Ce soir, les circonstances l'obligeaient à se remettre en question. Ils venaient de réchapper d'un grave accident, il se sentait perdu. En fait, autre chose aussi le perturbait. Il venait de comprendre qu'il aimait Leesa. Et cette découverte n'était pas sans le bouleverser.

— Tu as raison, Leesa, mais ce n'est pas la peine d'avoir des regrets pour moi.

— Je n'en ai aucun. Au contraire, j'éprouve beaucoup d'admiration pour la façon dont tu as mené ta vie. Il me semble que tu es en train de te rapprocher de ce que tu souhaites réellement.

Elle lisait en lui comme dans un livre ouvert. C'était dérangeant. À part Patrick, qui l'avait tant aidé, personne ne l'avait jamais fait. Est-ce que Leesa pouvait l'aider elle aussi à surmonter ses faiblesses et ses incertitudes ?

— Leesa, il m'a fallu des années pour commencer à penser à mon avenir plutôt que de toujours ressasser mon passé.

Cet aveu constituait pour Nick un véritable tsunami. Reconnaître qu'il était amoureux l'était tout autant. Aujourd'hui, il avait failli perdre Leesa. Il n'était pas encore remis de cette frayeur. C'est cette énorme peur qui le poussait à approfondir sa relation avec elle.

— Je suis contente pour toi, Nick.

Dans le fond, elle en était au même point que lui puisqu'elle aussi s'efforçait de laisser son passé derrière elle. Bonnet blanc et blanc bonnet, voilà ce qu'ils étaient tous les deux.

— Il ne suffit pas de rester assis et d'attendre que le bonheur nous tombe dessus, reprit-elle. Il faut travailler pour l'obtenir.

Les yeux fixés sur Leesa, Nick constatait une fois de plus qu'elle était la femme de ses rêves. Hélas, c'était une chose de le penser, c'en était une autre de le lui avouer.

Que se passerait-il si elle ne souhaitait avec lui rien de plus qu'une amitié amoureuse ?

En voyant Leesa se mettre debout, il en fit autant, ce qui permit à ses côtes cassées de se rappeler douloureusement à son bon souvenir.

— Leesa, attends un peu, j'ai encore quelque chose à te dire.

— C'est important ?

— Oui.

— Alors je t'écoute.

— Ta présence dans ma vie est une priorité. Depuis que je t'ai retrouvée, je ne me suis jamais senti aussi heureux.

Un sourire très las apparut sur le visage de Leesa.

— Ce que tu viens de dire me suffit pour aujourd'hui. Allons nous coucher maintenant. Je suis à bout de forces et à voir ta tête, tu ne vaux pas mieux que moi !

— Kevin m'a dit que ta mère m'a préparé un lit dans la grande chambre d'amis.

Leesa ouvrit de grands yeux surpris.

— C'est vrai ? Ça m'étonne ! J'aurais plutôt cru qu'elle voulait te pousser dans le mien...

Pour Nick, découvrir que Jodi appréciait leur relation avait été une surprise merveilleuse.

— Elle a dû penser que j'avais besoin d'un repos intégral, répondit-il, amusé.

— Viens, je vais te montrer ta chambre.

— J'aimerais bien prendre une douche...

— Pas de problème. Tu trouveras tout ce qu'il faut dans la salle de bains au fond du couloir, dit Leesa en partant vers sa chambre.

Brusquement, elle fit volte-face.

— Je suis idiote de te laisser en plan ! Tu as du mal à marcher avec ta cheville foulée et tu vas avoir besoin d'aide pour retirer ta chemise. Viens plutôt utiliser ma salle de bains. Tu n'auras que quelques pas à faire pour arriver à mon lit.

Nick hésitait.

— Viens, on peut dormir dans le même lit en restant bien sages. Je n'ai envie que d'une chose : m'allonger et dormir. Pas très sexy, je le reconnais, mais c'est tout ce que je peux t'offrir ce soir.

Un petit rire précautionneux lui rappela douloureusement à quel point il était mal en point.

— Je te remercie pour ton invitation mais je te préviens que je ne suis bon à rien ce soir.

— Comme je suis dans le même état, ça me convient très bien, pour ce soir tout au moins, répondit Leesa en riant.

Après avoir aidé Nick, Leesa passa à son tour sous la douche chaude qui fut un véritable bonheur pour son corps contusionné. Elle sentit ses muscles se détendre et une partie de son intense fatigue sortir de son corps malmené par leur terrifiant atterrissage. Elle s'en tirait à bon compte. Nick un peu moins, mais ses blessures étaient sans gravité. Pour Mark, la situation était plus complexe car il souffrait d'une hémorragie cérébrale qui demanderait de longs soins.

Pour la première fois, elle allait passer la nuit avec Nick dans son lit à elle. C'était un sérieux pas en avant dans leur relation. Un instant plus tard, avec mille précautions, elle s'allongeait contre lui. Le souffle tiède qu'elle sentait dans son cou lui parut être le comble du bonheur.

— Réveille-toi, Leesa !

La voix de Nick la fit sursauter.

— Qu'est-ce qu'il se passe ?

— Je crois que tu faisais un cauchemar.

— Oh… l'hélicoptère était en train de tomber au milieu des arbres… c'était horrible…

— C'est fini, Leesa, dit Nick en l'entourant de ses bras.

— Tu as pu dormir ?

— Pas vraiment. La douleur me réveillait au moindre mouvement.

— Il faut que tu reprennes des antalgiques. Je vais en prendre aussi parce que j'ai encore mal à la tête. Ils m'aideront peut-être à dormir.

Après avoir vécu la journée la plus étrange de son existence, elle était heureuse. Nick s'était enfin confié. Restait à lui faire comprendre qu'ils pouvaient avoir un avenir commun. Mais ce serait pour plus tard. Aujourd'hui, ils n'avaient qu'à rester allongés l'un près de l'autre. Pas de sexe, mais une infinie tendresse à partager. C'était presque la perfection.

Le lendemain, Joy vint leur rendre visite avec des petits pains aux raisins.

— Bien contente de vous trouver pas trop mal tous les deux !

Est-ce que l'accident vous a fait changer d'avis au sujet de mon poste ?

— Pour l'instant, je n'en sais rien, avoua Leesa.

— Moi, je maintiens ma demande, assura Nick.

— Mon souci, reprit Leesa, c'est le regard que l'équipe portera sur nous si Nick ou moi obtenons ce poste. Est-ce qu'on ne va pas nous soupçonner de favoritisme dans la répartition des missions ?

— En ce qui me concerne, je vous estime au-dessus de ce soupçon, assura Joy. Je conserve ton dossier, Leesa ?

— Oui. Je n'ai plus envie de monter dans un hélicoptère.

Une fois qu'ils furent seuls, Nick s'inquiéta de voir Leesa demeurer silencieuse.

— Ça t'ennuie que nous soyons en compétition pour le même poste ?

Elle garda le silence un moment avant de répondre :

— Non, ce n'est pas ça qui me tracasse.

— Qu'est-ce que c'est ?

— Eh bien... je n'ai plus tellement envie de monter dans un avion...

— Ça te passera ! C'est normal que tu aies cette réaction après ce qui vient de nous arriver. De toute façon, la nomination ne dépend pas de nous.

— Est-ce que par hasard tu ne préférerais pas que je retire mon dossier ?

— Pas du tout ! Qu'est-ce que tu vas imaginer là ?

Pourquoi en étaient-ils arrivés à cette conversation difficile ? Jusqu'à présent, cela n'avait pas posé de problème.

— Tu serais parfait pour ce poste, déclara Leesa.

— Tu le serais tout autant que moi.

— Nous ne sommes pas les seuls à avoir fait notre demande. Attendons la suite calmement.

C'était certainement la meilleure des attitudes mais était-ce si simple ? Nick sentait que ce poste était un premier pas vers une vie stable. Dans un lieu où vivait Leesa. Est-ce cela qu'il voulait vraiment ?

En le voyant pensif, Leesa osa lui poser la question qui la préoccupait.

— À quoi tu penses en ce moment ?

— Je me demande si je suis capable de me fixer quelque part pour plus d'un an ou deux.

En même temps, après la frayeur de la veille, il comprenait qu'il était amoureux de Leesa et ne supporterait pas de la perdre comme il avait perdu d'autres personnes qui comptaient pour lui.

— Avant de continuer, écoute-moi, Nick. La meilleure chose qui me soit arrivée, ça a été de te rencontrer mais comme toi, j'ai des problèmes pour gérer mon passé…

— Tu crois que je serais capable de te maltraiter ? demanda Nick d'une voix blanche.

— Non, mais j'en suis au même point que toi quand tu te demandes si tu peux t'installer quelque part. J'ai envie de suivre mon intuition mais comme elle a été prise en défaut autrefois, j'ai tendance à m'en méfier.

Le mécontentement de Nick disparut.

— Je comprends.

— Nick… j'ai peur. Je suis amoureuse de toi.

À ces mots, Nick crut que son cœur allait s'arrêter de battre.

— Leesa…

Elle l'arrêta d'un geste de la main.

— Écoute-moi jusqu'au bout. J'ai passé des années à croire que jamais un homme qui me respecterait croiserait mon chemin. Un homme avec qui je pourrais fonder la famille dont je rêve. Et maintenant, je t'ai rencontré, toi.

Nick écoutait, la gorge sèche, l'estomac serré.

— Je connais tes angoisses, je sais que ta confiance a été abusée par ton ex-épouse. Moi, je prends un risque en te parlant comme je le fais mais en ce moment, j'écoute mon cœur. Alors si tu n'es pas intéressé, je t'en prie, dis-le-moi tout de suite.

Nick prit une profonde inspiration.

Leesa n'est pas Ellie...

Leesa ne lui avait jamais menti.

Laisse parler ton cœur toi aussi !

Mais c'était bien là le problème, il ne savait pas comment s'y prendre.

Le silence retomba entre eux.

Leesa regardait par la fenêtre. Au bout d'un moment, elle se retourna. Nick fut frappé par la tristesse qu'il lut sur son visage.

— Je comprends que tu ne te sentes pas prêt. Sache que je ne veux rien entendre de ta part dont tu ne sois sûr à cent pour cent.

Que répondre à cela ? Que dire ?

Leesa attendait sa réponse en tortillant une mèche de ses cheveux.

Au bout d'un moment, comme Nick demeurait silencieux, elle secoua la tête.

— Rentre chez toi maintenant, Nick, et mets à profit tes jours de repos pour tirer au clair ce que tu attends vraiment de ta vie. Et si jamais je ne dois pas en faire partie, fais-le-moi savoir le plus vite possible.

Sur ce, elle quitta la pièce sans se retourner.

Nick laissa échapper un énorme soupir.

Leesa avait raison, il avait besoin de réfléchir.

9

— Salut, Leesa, lança Jess. Ça fait plaisir de te voir de retour. Dis donc, tu as de drôles de couleurs aujourd'hui !

Leesa se mit à sourire en pensant à tous les hématomes qu'elle avait sur le corps.

— Il y a de quoi faire peur à mes patients.

— Comment tu te sens ? demanda Darren.

— Percluse de douleurs...

Et le cœur en miettes. Je n'ai pas de nouvelles de Nick depuis deux jours.

— Je suis devenue méfiante envers les hélicoptères mais prête à repartir en avion. Ils me paraissent plus sûrs.

— Ce n'est pas l'hélico qui a eu un problème, malheureusement, c'est Mark, reprit Darren. Le malheureux a fait des prouesses pour vous rapprocher du sol avant de perdre conscience.

Leesa hocha la tête.

— Je lui suis immensément reconnaissante de son courage et de sa présence d'esprit.

— Et Nick ? demanda Jess, comment va-t-il ? Joy m'a dit qu'il avait dix jours de repos à cause de ses côtes cassées. C'est sûr que porter des brancards n'est pas ce qu'il lui faut en ce moment.

Dix jours de congé ?

C'était plus que ce que Laurie avait estimé nécessaire. Leesa en déduisit qu'il n'était pas pressé de venir la retrouver. Pourtant, il aurait pu se rendre utile en se consacrant à des tâches qui ne demandent pas d'efforts physiques.

— Il pourrait venir donner un coup de main à Joy, suggéra Darren, loin de se douter qu'il apportait de l'eau au moulin de Leesa.

Ils virent Joy s'approcher d'eux en apportant un gros gâteau au chocolat sur un plateau.

— Bonjour à tout le monde !

— À ta santé, Leesa, et au plaisir de te voir de retour parmi nous.

Elle posa le plateau sur la table.

— Tu sais que vous nous avez fait une sacrée frousse tous les trois ?

Leesa n'avait pas pensé aux conséquences que leur accident pouvait avoir sur leurs collègues. L'émotion tout à coup lui serra la gorge.

— Merci beaucoup pour votre accueil. Vous me faites chaud au cœur.

Puis, avisant le gros gâteau :

— On en met un peu de côté pour Nick et Mark ?

— Non, déclara Joy en disposant assiettes et couverts. Chacun aura son propre gâteau le jour de son retour.

Leesa se sentait perdue.

Si Nick ne revient jamais...

Devait-elle l'appeler pour prendre de ses nouvelles ? Elle décida que non. Cela le bouleverserait à un moment où il avait besoin de calme pour faire le point. Mais jour et nuit, il lui manquait à un point insupportable. Le soir, dans son lit, elle enfouissait son visage dans l'oreiller qu'il avait utilisé pour y retrouver son parfum épicé. Le plus enivrant du monde. De son monde à elle en tout cas.

Joy regarda Leesa.

— Quand nous aurons terminé notre collation, j'aimerais que tu me consacres un peu de temps, sauf s'il y a une urgence, bien sûr.

— Pas de problème, répondit Leesa.

Elle mentait.

C'est l'estomac lourd qu'elle alla retrouver Joy un moment plus tard. Joy savait-elle ce que Nick projetait ? Lui avait-il annoncé qu'il quittait Cairns ?

— Quitte cette tête d'enterrement, conseilla Joy une fois qu'elles se retrouvèrent toutes les deux dans le bureau de cette dernière. Je tiens à te répéter que vous pourrez très bien continuer à travailler ensemble même si mon poste échoit à l'un de vous deux.

— Nick t'a donné de ses nouvelles ?

— Il m'a juste dit qu'il souhaitait prendre quelques jours de repos en plus. Tu penses que ce souhait cache quelque chose ?

— Seulement le fait qu'il a besoin de réfléchir à son avenir.

Quant à elle, que Nick reste dans sa vie ou pas, elle venait de comprendre que changer de poste n'était pas ce qui la rendrait vraiment heureuse. Même si sa candidature était retenue pour succéder à Joy, elle avait compris qu'elle ne voulait pas passer sa vie enfermée la plupart du temps. Elle voulait vivre au grand air.

Les doigts croisés sur ses genoux, elle avala sa salive avant de se lancer :

— Joy...

— Oui ?

— Je retire ma candidature.

Joy parut fort surprise de cet aveu non sollicité.

— Je peux te demander pourquoi ?

— Jusqu'à présent, j'ai vécu essentiellement pour mon travail. Il me semble que je peux trouver d'autres centres d'intérêt à ma vie.

— Même si je te dis que les membres du conseil d'administration sont disposés à te confier mon poste ?

Leesa ouvrit de grands yeux.

— C'est vrai ?

— Puisque je te le dis !

Une vague de fierté déferla sur Leesa. Elle était reconnue dans son métier, c'était un honneur insigne.

— Je suis très honorée, Joy, mais cela ne me fait pas changer d'avis.

Sa décision était prise et bien prise.

— Désolée de vous mettre dans l'embarras avec ce refus.

— Ce n'est pas la peine, Leesa, car nous avons un deuxième postulant tout à fait à la hauteur.

Sur ce, elle se leva. L'entretien était terminé.

— Je regrette tout de même ta décision. Tu aurais été parfaite à ce poste. Peut-être plus tard, après une coupure ?

Malgré sa fierté d'avoir été reconnue par ses supérieurs et appréciée par ses collègues, Leesa en doutait fort.

— Nous verrons. Merci pour ta patience, Joy.

Tout en se dirigeant vers l'avion, elle pensait à son avenir. Elle n'avait pas la moindre idée de ce qu'il serait. Si Nick en ferait partie ou pas. Cela lui échappait, elle n'avait aucun pouvoir sur ses choix. Mais c'était épouvantablement difficile d'attendre sa décision. Si jamais il s'en allait, elle en serait très malheureuse mais mieux valait le savoir le plus tôt possible. Elle surmonterait cette déception. Elle était forte.

En avouant à Nick qu'elle l'aimait, elle avait fait un pari. Si elle le perdait, sa consolation serait de penser qu'elle avait fait tout ce qui était en son pouvoir.

Le doigt de Nick restait en suspens sur l'icône « Payez maintenant » de son billet pour Adelaïde. Avait-il vraiment besoin d'aller voir Patrick pour lui parler de ses sentiments envers Leesa ? Pour lui expliquer dans quel dilemme il se trouvait ? Il savait déjà ce que lui dirait son ami le juge : « Suis ton rêve et arrête de gaspiller ta vie ! »

Toujours indécis, Nick jeta un coup d'œil autour de lui. Cet appartement était semblable à tous les autres. À tous ceux dans lesquels il avait vécu depuis la fin de ses études. La vue aperçue depuis les fenêtres changeait, mais pour le reste, c'était toujours pareil : un endroit où dormir après son travail. Point final. Rien d'enthousiasmant. Rien d'agréable. Il en avait assez de cette uniformité. Assez de cette platitude. De ce manque de charme au quotidien. Il se sentait prêt à emménager définitivement à Cairns. Avec Leesa.

C'était inutile de tergiverser plus longtemps. Inutile d'aller voir Patrick. Il connaissait la réponse. Il avait envie d'une existence que le travail seul ne remplirait pas.

Il voulait aimer Leesa sans avoir peur de penser qu'il risquait de la quitter ou de lui faire de la peine. Tout le monde prend des risques à un moment ou à un autre. Son tour était venu.

Son téléphone sonna sur ces entrefaites. Numéro inconnu.

— Oui ?

— Salut, Nick, c'est Kevin. Comment tu vas ? Tes côtes continuent à te faire mal ?

Pourquoi donc le frère de Leesa l'appelait-il ?

— Oui, mais ce n'est plus qu'une question de quelques jours.

— Je t'appelle parce que je pars quelques jours sur mon bateau pêcher des crevettes. J'avais envie d'avoir de tes nouvelles avant d'embarquer. Est-ce que je peux faire quelque chose pour toi ?

Nick restait sous le coup de la surprise. Kevin était aussi aimable et généreux que le reste de sa famille.

— Non, je te remercie. Tout va bien, mais promets-moi que nous prendrons une bière ensemble à ton retour, OK ?

— Super ! Quand tu auras retrouvé la forme, je t'inviterai à passer une paire de jours avec moi pour te montrer comment on pêche ta nourriture préférée.

Voilà qui plaisait infiniment à Nick.

— Excellente idée, mon vieux. Au fait, tu as des nouvelles de Leesa ?

Il avait posé la question sans réfléchir. Parce que en fait, Leesa était sans cesse présente à son esprit.

— Tu ferais mieux de le lui demander toi-même ! rétorqua

Kevin. Je sais qu'elle a repris le travail et se remet doucement du choc émotionnel de l'accident.

— Ça me fait plaisir d'entendre ça.

— Qu'est-ce que tu attends pour l'appeler ?

— Eh bien… j'ai quelques petites choses à tirer au clair avant de le faire.

— Ne traîne pas trop quand même. Je suis sûr que tu lui manques. À mon retour, au début de la semaine prochaine, je te passe un coup de fil pour cette bière.

— Oui, très bien.

Sur l'écran de l'ordinateur, l'icône « Payez maintenant » venait de disparaître pour laisser la place à « Temps imparti écoulé ».

— Bye !

Kevin avait raccroché.

Nick jeta un coup d'œil sur son ordinateur.

Le temps imparti est écoulé.

Quoi de plus vrai ? Sa décision était prise, il resterait à Cairns. Il aimait Leesa. Tout était clair maintenant.

Pour la première fois depuis l'accident, il avait envie d'une bière. Il alla en chercher une dans son réfrigérateur et alla la boire sur son balcon. De là, il avait une vue globale de Cairns et de l'aéroport. Ce serait désormais sa ville. Un sentiment de complétude entièrement nouveau l'envahit.

Le coup de fil de Kevin lui avait fait beaucoup de bien. Il lui avait donné la certitude qu'il était chez lui ici. Et cela, au lieu de l'angoisser comme cela l'aurait encore fait quelque temps auparavant, le remplissait de bonheur. Il avait enfin trouvé ce qu'il cherchait depuis si longtemps. L'amour. Leesa. C'était impossible de s'en éloigner.

Son téléphone sonna à nouveau. Cette fois, il reconnut le numéro de Joy.

— Salut, boss ! Quoi de neuf ?

— Eh bien… je t'annonce que tu as été retenu pour prendre ma suite. Félicitations.

Le cœur de Nick s'arrêta de battre un instant. Était-ce là ce qu'il souhaitait vraiment ?

— Et Leesa ?

— Elle a retiré sa candidature.

— Mais quand ? Pourquoi ?

— Hier. Je laisse à Leesa le soin de t'expliquer son choix.

Pourquoi ?

Pourvu que ce ne soit pas à cause de lui !

— Je…

Il ne savait plus que dire. Quelques jours auparavant, il était prêt à renoncer à postuler. Mais maintenant qu'il avait décidé de rester à Cairns, grimper dans l'échelle professionnelle lui donnait une bonne raison de s'installer ici et de mener avec Leesa l'existence dont il avait si longtemps rêvé.

— Faut-il que je vienne à ton bureau pour remplir des documents ?

— Non, tu es en congé maladie. Nous ferons tout ça à ton retour. J'annoncerai ta promotion quand tu auras eu le temps d'y réfléchir.

— Oui, c'est très bien comme ça. Pour l'instant, est-ce que quelqu'un me remplace ?

— Nous nous débrouillons. Chacun fait son possible pour ménager Leesa. Elle dit qu'elle va très bien mais c'est évident qu'elle est encore très fatiguée.

— Compte sur moi à partir de lundi. Je n'ai pas besoin de toutes ces journées de récupération.

Il n'avait pas besoin non plus de parler à Patrick. Maintenant, il savait ce qu'il voulait.

Après être allé se chercher une autre bière, il s'installa avec son ordinateur pour étudier les possibilités de logement dans le secteur.

À la campagne ou près de la plage ? Il hésitait mais à coup sûr, il ne voulait pas s'installer en ville. Il lui fallait quelque chose d'aussi différent que possible des appartements ennuyeux qu'il avait occupés jusque-là. Quelque chose qui convienne à Leesa aussi, avec un jardin pour Baxter et le chien qu'il avait l'intention d'adopter.

Mais n'allait-il pas trop vite ? Leesa aimait vivre dans la maison de sa grand-mère. Elle n'aurait peut-être pas envie de la quitter ? Il n'y avait qu'un moyen de le savoir. Elle avait dit qu'elle l'aimait. Il lui faisait confiance. Alors il allait faire son possible pour la rendre heureuse.

Leesa soupira de soulagement en arrivant chez elle. Enfin, la semaine était terminée. Premier arrêt : le réfrigérateur et un verre de pinot blanc pour se détendre. Les journées de travail s'étaient avérées épuisantes. D'autant plus qu'elle n'avait pas le cœur à l'ouvrage.

Elle n'avait cessé de se demander si Nick se trouvait toujours en ville ou s'il avait déjà fait ses bagages pour s'en aller.

Baxter courait à travers la maison, pressé de recevoir sa nourriture.

Bon... à tout seigneur, tout honneur, elle s'occuperait d'elle ensuite.

— Une minute, Baxter, j'attrape tes croquettes...

L'œil brillant, la gueule entrouverte d'impatience, Baxter remua la queue de plus belle. C'était tellement facile de le contenter ! Avec lui, la gratification était immédiate.

La sonnette de la porte retentit sur ces entrefaites.

Qui pouvait venir à une heure pareille ?

Baxter se précipita dans le couloir, tout excité, en poussant des jappements joyeux.

— Salut, Baxter ! cria la voix de Nick.

Baxter l'avait reconnu.

— Leesa, tu es chez toi ?

— J'arrive. Un instant...

Tout à coup, elle avait peur. Elle avait préjugé de ses forces quand elle avait imaginé être capable de supporter son refus de s'engager avec elle.

Elle ouvrit.

Nick se tenait face à elle, souriant, un bouquet de tulipes à la main. En quel honneur ? Les fleurs pouvaient très bien être un cadeau d'adieu. Son visage heureux était peut-être la preuve qu'il était soulagé d'avoir fait un choix dans lequel elle n'avait pas sa place ?

— Leesa, tu m'as manqué.

Le cœur de Leesa tambourinait dans sa poitrine. Elle regarda Nick dans les yeux.

— Toi aussi, tu m'as manqué.

Il lui tendit le bouquet.

— Leesa, je t'aime.

Elle les prit d'une main tremblante.

— Comment sais-tu que les tulipes sont mes fleurs préférées ?

— C'est Jodi qui me l'a dit.

Il avait pris la peine de parler à sa mère...

— Entre. J'allais me servir un verre de vin, tu m'accompagnes ?

— Attends... j'ai quelque chose à te dire auparavant.

Le cœur de Leesa s'arrêta. Elle n'avait plus la force d'essayer de deviner.

— Qu'est-ce que c'est ?

— Je ne quitte pas Cairns. Je m'installe à Cairns. Je veux partager ma vie avec toi.

— Vraiment ?

— Je t'aime, Leesa.

Le bouquet de tulipes souffrit quelque peu de leur étreinte.

— Hey... doucement ! cria-t-il.

Aïe ! Elle avait oublié les fractures.

— Désolée, Nick !

— Ne t'inquiète pas, nous trouverons un moyen de contourner le problème.

Il la regardait en souriant, complètement détendu maintenant.

— Tu sais que j'avais peur de venir te trouver ? J'avais peur que tu ne sois pas contente de me voir.

— Quelle idée ! Je t'ai dit que je t'aimais.

Il s'approcha d'elle tout en réservant une petite distance entre eux afin de préserver ses côtes et commença à l'embrasser comme un fou.

Puis, comme Baxter qui n'avait toujours pas eu son dîner ne cessait de se frotter aux jambes de Leesa, il eut pitié de lui.

— Bon chien, Baxter ! Tu as été très patient. Je vais m'occuper de toi.

Pendant ce temps, Leesa arrangea les tulipes dans un vase.

Un peu plus tard, quand ils furent assis sur la terrasse, un verre de vin à la main, Nick commença à parler.

— On m'a proposé le poste de Joy et je l'ai accepté. Elle m'a dit que tu avais retiré ta candidature. J'aimerais savoir ce qui t'a décidée à le faire.

— Eh bien... si Mark n'avait pas été aussi mal en point, je le remercierais presque pour l'accident. Il m'a ouvert les yeux sur des choses essentielles. Je ne veux pas être responsable de l'organisation des missions. Je veux simplement passer une journée à travailler et ensuite rentrer chez moi m'occuper de choses qui me font plaisir...

— Comme par exemple jardiner ou promener Baxter ?

— Entre autres. Tu vois, cette maison où je vis n'est pas vraiment mon chez-moi. Je veux la transformer à mon goût.

— Tu veux continuer à habiter ici ?

— Je ne suis pas encore tout à fait décidée. J'attendais d'abord de connaître tes projets et de savoir si tu souhaitais que nous vivions ensemble.

Nick lui adressa ce sourire qui la faisait immanquablement fondre.

— Écoute un peu ce que j'ai fait ces derniers temps... J'ai cherché des maisons.

— Non !

— Si.

— Alors ?

— J'en ai trouvé une sur la côte et une à l'intérieur des terres, avec pas mal de terrain, plus la possibilité d'acheter la propriété voisine.

— C'est vrai ? Tu as fait ça ?

— Il était temps, non ?

— Lequel de ces biens a ta préférence ?

— J'hésite entre deux, la propriété de l'intérieur et une superbe maison près de Trinity Beach. Mais il faut d'abord que tu viennes les visiter. Tu n'en aimeras peut-être aucune des deux.

— Tu me demandes mon opinion ?

— Bien sûr.

— Nick... est-ce que cela signifie ce que je crois ?

— Évidemment. Mais avant ça, j'ai encore une question à te poser : est-ce que tu acceptes de sortir avec moi quelque temps ? Pour que je puisse enfin te faire la cour.

Les mains de Leesa tremblaient autour de son verre.

— Avec le plus grand des plaisirs. Je n'envisage pas ma vie sans toi.

— Ça tombe bien, c'est pareil pour moi.

— Nous irons visiter les maisons que tu as choisies.

— L'une des deux maisons que je préfère comporte cinq chambres. L'autre n'en a que trois.

— Je choisis celle qui en a cinq.

— Donc, nous irons habiter à Trinity Beach.

— Magnifique. Les chiens adorent courir sur la plage !

Un long baiser scella leur conversation.

Épilogue

Le regard plongé dans les yeux de sa fille, Leesa chantonnait une berceuse, à côté de Nick qui se reposait sur une chaise longue.

— Comme tu es belle, Courtney !

Depuis que sa petite fille était venue au monde, Leesa ne cessait de s'extasier devant elle.

Ils étaient mariés depuis dix-huit mois et depuis, aucune ombre n'était venue ternir leur bonheur.

Leesa regardait le gazon verdoyant qui s'étendait devant la maison. C'était le fruit d'une année de travail, mais elle avait eu à cœur d'obtenir un résultat magnifique. Les progrès du jardin avaient ralenti à la fin de sa grossesse, quand elle avait eu du mal à se mettre à genoux ou à manipuler la pelle et le râteau, mais elle avait recommencé à s'en occuper avec ferveur.

— Il faut que je plante des bulbes de tulipe si je veux avoir des fleurs au printemps.

— Tu en trouveras un carton dans l'abri de jardin, déclara Nick.

— Tu en as déjà acheté ?

— Bien sûr ! Je sais que ce sont tes fleurs préférées. Il m'a semblé aussi que tu serais contente de faire tes plantations avant que nous attaquions l'aménagement de la seconde chambre.

Leesa se mit à rire.

— Tu entends, Courtney ? Tu auras un jour un petit frère ou une petite sœur. Mais il faut attendre encore un peu.

Courtney n'avait que trois mois et ils souhaitaient en profiter quelque temps avant d'agrandir leur famille.

Ils éprouvaient aussi l'un et l'autre le besoin de ralentir un peu le rythme de leur vie car depuis que Nick avait fait sa demande en mariage, tout était allé très vite.

— Oui, remettons-nous d'abord du tourbillon de ces derniers mois, approuva Nick.

— J'aime bien les tourbillons quand tu es dedans avec moi, plaisanta Leesa.

En effet, ils avaient acheté leur maison, organisé une grande fête à la ferme chez Jodi et Brent en l'honneur de leur mariage et passé leur voyage de noces aux îles Fidji.

À leur retour, Leesa avait découvert qu'elle était enceinte.

C'était une belle surprise de la vie.

— Au fait, reprit Nick, Kevin a téléphoné tout à l'heure pour annoncer qu'il viendrait dîner. Il amènera des crevettes et sa copine. Dans cet ordre !

— Si tu es d'accord, on peut aussi inviter Jodi et Brent ? Ils adorent les crevettes eux aussi.

— Bien sûr, approuva Nick. Tout ça, c'est du bonheur !

Il prit sa petite fille dans ses bras et passa un bras autour de la taille de Leesa.

— Je vous adore toutes les deux.

Son bonheur était tel qu'il avait parfois du mal à le croire. Chaque matin, il se levait, la joie au cœur. Chaque soir, il s'allongeait à côté de Leesa, la femme de sa vie, dans leur grand lit accueillant.

Leur vie était parfaite. Elle n'avait rien d'extraordinaire, mais c'était exactement celle qui leur convenait car elle débordait d'amour.

Quel chemin il avait accompli depuis Adelaïde ! Grâce à Leesa, il avait fondé une famille et vivait dans une maison qu'ils avaient choisie ensemble et où grandiraient leurs enfants.

Il se félicitait encore souvent d'être allé participer à ce barbecue à Brisbane pour laisser un peu de tranquillité à son ami et à sa fiancée. Sans cela, jamais il n'aurait rencontré l'amour de sa vie.

Autour d'eux, un grand jardin plein de couleurs avait remplacé ce qui n'était qu'un terrain livré à l'abandon. Baxter et Levi, le chien qu'il avait adopté, s'en donnaient à cœur joie en attendant d'y être rejoints par Courtney et le frère ou la sœur qui viendrait un jour compléter leur famille.

Les yeux clos, le cœur gonflé de reconnaissance, Nick remercia la vie de lui offrir un tel bonheur.

JC HARROWAY

Un baiser royal

Traduction française de
EVELINE CHARLES

BLANCHE

HARLEQUIN

Titre original :
NURSE'S SECRET ROYAL FLING

© 2024, JC Harroway.
© 2025, HarperCollins France pour la traduction française.

1

Clara Lund avait besoin de ce travail. Quelle que soit la situation *délicate* qui l'attendait derrière l'impressionnante porte en bois, dans l'aile réservée aux invités du palais d'hiver de Varborg, elle saurait la gérer.

Elle lissa son uniforme d'infirmière avant d'appuyer sur le bouton de l'Interphone. Comme il demeurait silencieux, elle recommença.

— C'est bon, c'est bon. Entrez, s'il vous plaît, aboya une voix masculine.

Un peu brutal... mais au moins, il avait dit « s'il vous plaît ».

La porte automatique s'ouvrit devant elle. Clara pénétra dans la suite, tâchant de se focaliser sur le second salaire qui l'aiderait à rembourser l'hypothèque de sa maison de famille. Avec un peu de chance, cela permettrait d'effacer les rides soucieuses autour des yeux de sa mère.

La suite était luxueuse et empreinte d'une élégance toute scandinave. Si Clara n'avait pas été aussi obsédée par ses soucis financiers, elle aurait été impressionnée.

— Il y a quelqu'un ? lança-t-elle en entrant dans la chambre à coucher déserte.

Un clapotis lui parvint depuis la salle de bains.

— Par ici ! fit la voix de baryton, derrière la porte entrouverte.

— Tout va bien, monsieur ?

L'homme semblait plus jeune qu'elle ne l'avait imaginé. Il paraissait un peu irrité, comme si elle l'avait fait attendre.

— J'ai cru comprendre qu'il s'agissait d'une urgence, ajouta-t-elle.

— Elle l'est pour moi.

— J'ai sonné *deux fois*, remarqua Clara.

Elle commençait à être légèrement agacée. Cet homme semblait en parfaite santé.

— Je suis au courant. En fait je suis en quelque sorte… coincé.

Clara leva les yeux au ciel. Elle n'était pas femme de chambre, mais une infirmière qualifiée. C'était sans doute un détail, pour un invité de haut rang ou un ambassadeur étranger.

Rappelle-toi que tu le fais pour l'argent… pense à l'argent.

— Je n'ai pas l'intention de vous faire perdre votre temps, continua l'homme sur un ton autoritaire. Pouvez-vous entrer, afin que nous réglions cette… *situation* ?

— D'accord. Vous êtes visible ?

— Je suis nu, si c'est votre question, répliqua-t-il d'une voix amusée. Mais rassurez-vous, je n'ai rien d'un exhibitionniste.

Clara réprima un sourire.

— Tant mieux. Je préfère ne pas être en butte au harcèlement sexuel dès ma première garde de nuit.

Pour toute réponse, l'homme émit un petit rire qui suscita curieusement une envolée de papillons dans le ventre de Clara.

Elle passa la tête dans l'embrasure de la porte.

Il n'y avait rien de risible chez ce Viking des temps modernes allongé dans l'imposante baignoire.

La bouche de Clara s'assécha immédiatement, son rythme cardiaque s'accéléra. Ses sourcils blonds levés, l'homme posa sur elle un regard bleu-gris.

— Euh… bonjour, fit Clara d'une voix enrouée.

Elle se sentit rougir, maudissant la vague de chaleur qui se répandait dans son corps.

— Vous êtes infirmière ? remarqua-t-il avec une sorte de surprise.

— Quelle perspicacité ! répondit-elle sèchement.

Elle se détourna, non parce qu'il était nu puisqu'un nuage de mousse dissimulait cette nudité jusqu'à la taille, mais parce qu'il dégageait une aura virile qui éclipsait ce qui l'entourait.

Clara inspira profondément. Même sa voix était sexy, bien que fortement autoritaire. Ce type était du genre à provoquer une ruée d'hormones chez n'importe quelle femme.

Pourtant Clara évitait délibérément de remarquer les spécimens du sexe opposé. Elle estimait que les relations amoureuses n'avaient aucun intérêt. Et la seule fois où elle avait fait l'amour, elle en avait gardé un sentiment de vulnérabilité et d'humiliation.

Mais il aurait fallu être sous anesthésie pour ne pas être fascinée par cet homme.

— L'intendant de l'aile est m'envoie, expliqua-t-elle en cherchant du regard des traces de sang ou de trauma. Je partirai volontiers, si vous attendez quelqu'un d'autre… un plombier, peut-être ?

De nouveau, il émit un rire grave.

— Vous êtes blessé ? demanda Clara.

Elle jeta ostensiblement un regard à sa montre avant de scruter la poitrine musclée recouverte d'une toison claire, teintée de reflets roux. Ses épaules étaient larges, son torse bronzé.

— Surtout, ne vous gênez pas pour me détailler longuement, dit-il en posant ses bras sur le rebord de la baignoire.

Clara se redressa, vexée.

— Ainsi que vous l'avez remarqué, j'appartiens au corps médical. J'essaie d'évaluer vos blessures.

— Vraiment ?

— Vraiment, répliqua-t-elle en redressant le menton. Et je suis ravie de constater que vous semblez aller très bien.

— C'est exact.

Clara semblait avoir oublié un instant la raison de sa présence.

Je ne comprends pas pourquoi ce type me fait un tel effet !

Clara avait seize ans quand son père avait quitté sa femme et ses deux filles. En tant qu'aînée, elle avait travaillé à mi-temps pour contribuer aux dépenses de la famille. À dix-neuf ans, alors qu'elle faisait ses études pour devenir infirmière, sa mère, Alma, avait eu un cancer du sein et n'avait pas pu travailler pendant plusieurs mois. Le salaire de Clara avait servi à maintenir un toit sur leur tête et les factures avaient été payées sans aucune aide du père.

Le comportement paternel avait éloigné la jeune Clara de toute aspiration à des relations amoureuses. Surtout après qu'Alma avait découvert que Lars avait hypothéqué la maison pour la seconde fois afin de se lancer dans des combines qui l'avaient mené tout droit en prison.

À vingt-quatre ans, le seul but de Clara était d'obtenir son indépendance financière. Elle ne serait jamais la marionnette d'un homme, même s'il avait l'apparence d'un Viking.

— Je dois retourner travailler, dit-elle. Alors, à moins que vous ne saigniez à mort...

Elle se tut, feignant une indifférence qu'elle était loin d'éprouver.

— Pas de sang, désolé de vous décevoir, dit l'homme avec un sourire amusé.

Il était sans nul doute habitué à exercer son charme sur de pauvres femmes vulnérables. Seulement, Clara avait vu les ravages de l'amour. Sa mère avait tout pardonné à son mari encore et encore au nom de l'amour.

— Quel dommage ! répliqua-t-elle avec un sourire suave.

— La prochaine fois, je tâcherai de vous satisfaire, dit l'homme en braquant sur elle des yeux bleus pétillants de malice.

— Espérons qu'il n'y aura pas de prochaine fois. Dites-moi plutôt ce que je peux faire pour vous, dit-elle en croisant les bras sur sa poitrine.

— D'habitude, c'est le genre de proposition que j'adore, venant d'une jolie femme. Nous avons déjà exclu le harcèlement sexuel, bien que vous deviez cesser de me regarder comme si vous convoitiez le dernier cookie dans la boîte à gâteaux.

Malgré elle, Clara rougit fortement.

— Vous avez dit que vous étiez coincé. Et pour info, je n'ai aucun goût pour les cookies, mentit-elle en détournant son regard de la poitrine musclée.

— En ce cas, je ne vous retiendrai pas plus longtemps.

— C'est très aimable de votre part. Je serais navrée de vous laisser en difficulté pour m'occuper d'une *réelle urgence*. Je suis sûre que l'eau doit commencer à être froide.

Il se mit à rire, mais elle crut déceler un éclair de respect dans ses yeux. Clara sentit l'excitation courir le long de ses nerfs. Elle serra les poings, furieuse contre son corps rebelle. Si les circonstances avaient été différentes, s'ils avaient été égaux, si elle n'avait pas besoin de ce job lucratif, elle aurait tourné les talons et elle l'aurait laissé frissonner dans son bain glacé.

Au lieu de cela, elle pinça les lèvres. Si l'hypothèque n'était pas remboursée, sa famille perdrait la maison.

Comme s'il était las de jouer avec elle, cet homme exaspérant se redressa. Les gouttelettes d'eau glissèrent le long de ses hanches minces, exerçant sur Clara un pouvoir hypnotique.

Il la fixa avec un amusement qui fit comprendre à Clara qu'il l'avait prise en flagrant délit de curiosité.

— Je me demande si vous auriez la bonté de m'éviter la honte de devoir ramper sur les dalles... bref, auriez-vous l'amabilité de me passer ma jambe ?

2

Le prince Andreas Cronstedt, héritier du trône de Varborg, était rarement surpris par les gens qu'il rencontrait. Mais sa requête inhabituelle ne suscita pas le moindre étonnement chez la beauté enchanteresse qui venait d'entrer dans sa salle de bains.

— Bien sûr, dit-elle en scrutant la pièce de ses grands yeux bleus. Votre jambe… où pourrais-je bien la trouver ?

Le ravissement se déversa comme une lave dans les veines d'Andreas. Elle était exceptionnelle. Et visiblement, elle ignorait qu'il descendait d'une longue lignée de princes scandinaves.

— Dans ma chambre, éventuellement. Je vous suggère de regarder sous les rideaux. Je m'impressionne moi-même, d'avoir réussi un tel tir.

Elle lui lança un regard dénué de toute compassion, qu'il trouva très excitant.

— Vous trouvez cela malin ?

La réprimande et la façon dont elle le fixait avec un mélange d'intérêt et de consternation accrurent l'excitation d'Andreas.

— Je l'ai projetée le plus loin possible sans réfléchir, dans un rare moment de frustration, admit-il.

— Donc vous reconnaissez que vous êtes le seul à blâmer, dit-elle, une main sur la hanche.

Quelqu'un l'avait-il jamais trouvé ridicule auparavant ?

Une femme avait-elle jamais suscité sa curiosité de façon aussi… intense ?

— Malheureusement, oui.

Il sourit, remarquant qu'elle pinçait les lèvres, comme pour réprimer un rire.

— Intéressant, dit-elle en s'éloignant.

N'étant que le second fils du prince Henrik, Andreas avait été autorisé à poursuivre la carrière de son choix. En tant que médecin, il avait rencontré de nombreuses infirmières, mais aucune d'entre elles n'était d'une beauté aussi frappante… et aussi insolente. Où le palais avait-il dégoté une personnalité aussi rafraîchissante ?

Par la porte ouverte, il la vit chercher sa prothèse. Lorsqu'elle se pencha pour regarder derrière les lourdes tentures, il ne put s'empêcher d'admirer la rondeur de ses hanches et de son derrière.

Sa réaction immédiate l'incita à faire couler de l'eau froide pour calmer sa libido… mais cela aurait été moins amusant.

Ce soir, après que le secrétaire personnel de son père lui eut rappelé ses devoirs de prince héritier, il méritait bien une petite distraction avec une femme pour qui il n'était qu'un homme ordinaire.

Il n'avait jamais rencontré quelqu'un comme elle. Les femmes qui fréquentaient la cour rentraient dans deux catégories : celles qui le flattaient et celles que son titre intimidait. Quant à ses maîtresses, elles se contentaient d'exprimer le plaisir qu'elles éprouvaient entre les draps.

Il détestait qu'on lui manifeste une compassion qu'il estimait infantilisante parce qu'il était amputé. Il avait peut-être perdu une jambe, mais le reste fonctionnait parfaitement bien, comme l'attestait d'ailleurs son érection, suscitée par cette délicieuse inconnue.

— Je l'ai trouvée, annonça-t-elle en revenant dans la salle de bains. Vous avez de la chance.

En effet, il en avait… que ce soit elle qui ait répondu à son appel. S'il l'avait su, il aurait accepté plus facilement de revenir au palais, bien qu'il ait insisté pour s'installer dans l'aile réservée aux invités. Il n'était pas prêt à dormir dans la suite qui avait autrefois appartenu à Oscar. Il n'aurait pas non plus supporté de n'être que le serviteur de la Couronne. Il voulait bien aider son père à assumer cette fonction, mais il avait pris un poste de médecin dans un hôpital privé. Son travail était la seule chose qui l'emplissait de fierté.

— Merci, dit-il. Comment vous appelez-vous ?

Il savoura les traits exquis, la chevelure couleur caramel brûlé et la lueur espiègle qui dansait dans les yeux bleus. Laissant son regard vagabonder plus bas, Andreas tâcha de deviner les lignes du joli corps, sous la blouse.

— J'aurais dû vous poser cette question plus tôt, étant donné les circonstances, ajouta-t-il.

Elle lui tendit la prothèse.

— Les circonstances, répéta-t-elle avec amusement. C'est ainsi que vous désignez un lancer de jambe causé par un accès d'impatience ?

Comme il ne prenait pas la prothèse, elle poursuivit :

— Je m'appelle Clara. Clara Lund.

— Ravi de vous rencontrer, Clara Lund.

Son nom caressa la langue d'Andreas, lui faisant imaginer le goût de ses baisers : haletants, effrontés, intrépides comme elle. Une femme qui ne se souciait nullement de savoir s'il était quelqu'un d'assez important pour occuper une aile du palais.

Elle frissonna, comme si lui révéler son nom avait suscité en elle un plaisir inconvenant.

— Merci de l'avoir retrouvée, dit-il en prenant la prothèse.

Il nota avec satisfaction qu'elle évitait de regarder les bulles de savon qui dissimulaient le bas de son corps.

— Sachez que peu de personnes ont le pouvoir de me surprendre, Clara.

— Eh bien, je suis contente que grâce à moi vous n'ayez pas eu à ramper sur les dalles.

Andreas sourit plus largement. Plus ils parlaient, plus il sentait que cet instant resterait un souvenir doux-amer. Elle l'aidait à oublier qu'un jour il devrait abandonner la carrière médicale qu'il aimait et succéder à son père. Peu importait qu'il ne soit nullement taillé pour ce rôle. Peu importait que le peuple ait adoré Oscar, tout comme le prince Henrik... et tout comme Andreas lui-même.

Il n'aurait pas le choix.

— Je dois partir, dit Clara. Y a-t-il quelque chose... ?

Elle jeta un coup d'œil à la porte, comme si elle avait hâte de s'en aller. Il faudrait bien qu'il le lui permette, mais pas tout de suite.

— En effet, répondit Andreas en posant la prothèse sur le bord de la baignoire avant de tirer sur le bouchon.

Il fit mine de se lever, incapable de résister à une dernière provocation, ne serait-ce que pour la voir détourner ses jolis yeux.

— Je vous laisse, dit-elle en rougissant.

Jetant un dernier regard à la poitrine d'Andreas, elle prit la fuite.

— J'apprécierais que vous attendiez un instant, lança-t-il. Je souhaiterais vous remercier convenablement face à face... du moins quand je ne serai plus nu.

Il perçut un gloussement nerveux venant de la pièce voisine, mais son instinct lui dit qu'elle attendrait.

Il se hissa hors de l'eau et s'empara d'une serviette, impatient d'apprendre tout ce qu'il y avait à savoir sur l'infirmière récemment engagée par le palais. Peut-être la seule femme sur terre qui ne l'avait pas reconnu, une femme avec qui il pourrait être un homme ordinaire.

Après avoir fixé sa prothèse sous le genou de sa jambe gauche, il noua la serviette autour de sa taille, réprimant un sentiment d'échec familier.

Si seulement il avait pu sauver son frère !

Des souvenirs terribles se pressèrent dans sa mémoire… la tôle froissée d'une épave, l'odeur du métal brûlant et de l'essence, l'urgence de secourir son frère et ses tentatives de massage cardiaque. Ensuite, rien, le trou noir jusqu'à ce qu'il se réveille dans un hôpital.

Pourquoi n'était-il pas mort à la place d'Oscar ?

L'avenir de Varborg aurait été assuré, si celui qui avait été élevé pour assumer le rôle de dirigeant était resté en vie.

Il retrouva Clara dans le salon de la suite. Tournant le dos à la cheminée, elle contemplait les montagnes qui se dressaient à l'horizon.

— C'est magnifique, n'est-ce pas ?

Clara se tourna vers lui et laissa échapper un cri.

— Vous n'êtes pas habillé ! dit-elle en parcourant du regard son torse nu, encore ruisselant de gouttelettes qu'il n'avait pas pris la peine d'essuyer.

— Pas tout à fait, répliqua-t-il en haussant les épaules. Je vous offre quelque chose à boire ?

— Non merci. Je suis censée travailler.

Elle repoussa une mèche dorée derrière son oreille tout en s'efforçant vaillamment de détourner les yeux de la serviette nouée très bas sur ses hanches.

Andreas devina qu'elle ressentait la même attirance primale qu'il éprouvait lui-même. Ils ne pouvaient ni l'un ni l'autre nier cette alchimie intense, même si elle était totalement inopportune ou peu judicieuse.

— J'ai besoin de me réchauffer, après ce bain tiède, remarqua-t-il en la rejoignant près du feu.

— Vous pourriez aussi mettre quelques vêtements.

— Effectivement, mais en ce cas, vous cesseriez de me regarder de cette façon.

— Je ne vous regarde pas. Je me demande juste quand je pourrai retourner travailler.

— C'est noté. Mais avant que vous partiez, j'aimerais savoir si vous travaillez ici à plein temps.

— À mi-temps seulement. J'ai un poste dans un hôpital local.

— Vous avez deux jobs ! s'exclama Andreas avec étonnement.

— Certaines personnes y sont contraintes, si elles veulent mettre un toit au-dessus de leur tête.

Elle le fixa avec défi avant de balayer du regard la pièce élégante, une moue de dédain aux lèvres.

Évidemment ! Le palais n'avait rien de commun avec la façon dont vivait le commun des mortels.

— Pardonnez-moi, je vous ai retenue suffisamment longtemps.

Mais maintenant, il souhaitait tout savoir à propos de Clara Lund. Il voulait comprendre d'où elle venait, ce qui la motivait, quels étaient ses rêves. Cette rencontre était le cadeau de bienvenue auquel il ne s'était pas attendu.

— Ce fut un plaisir de vous rencontrer, Clara, dit-il en lui tendant la main. Merci pour votre aide.

— J'espère que dorénavant vous serez un peu plus prudent, quand vous jetterez votre prothèse, répliqua-t-elle en la serrant.

Que voyait-elle, lorsqu'elle le regardait ? Andreas fut soudain curieux de le savoir.

— Vous ne m'avez pas demandé comment j'ai perdu ma jambe. La plupart des gens le font.

Mais elle ne ressemblait pas aux autres gens, il le savait déjà.

— Si vous souhaitiez vous confier à une parfaite inconnue, vous me l'auriez dit, répliqua-t-elle.

Elle n'aurait pas pu mieux répondre.

— De toute façon, continua-t-elle, en quoi est-ce essentiel ? Nos cicatrices ne définissent pas qui nous sommes.

Cette affirmation étonnante le transperça. Elle ne pouvait pas savoir qu'il souffrait du syndrome de l'imposteur parce qu'il avait su dès sa naissance qu'il n'était pas aussi important que son frère aîné.

— Vous avez raison.

Quelles cicatrices avaient déterminé la personnalité de cette jeune femme fascinante ?

Ses propres cicatrices rappelaient chaque jour à Andreas qu'il avait été incapable de sauver Oscar et qu'il devrait un jour abandonner un métier qu'il aimait.

Il tendit la main pour rejeter en arrière une mèche qui tombait sur la joue de Clara.

— Je peux ?

Hochant la tête, elle fixa la bouche d'Andreas pendant quelques secondes révélatrices. Lorsqu'il repoussa la mèche soyeuse derrière son oreille, ses doigts s'attardèrent sur les cheveux dorés. Il était suffisamment près d'elle pour voir le piercing minuscule sur l'aile de son petit nez.

Oh ! Clara, Clara, Clara... Pourquoi est-il si difficile de vous laisser partir ?

Comme si elle lisait dans ses pensées, elle saisit son poignet et maintint sa main en place. Andreas sentit son cœur s'emballer. Il devait lui dire de s'en aller, sauf que son parfum l'enivrait

— Vous devriez partir.

— Je devrais.

Bon sang, je veux juste la goûter !

L'attirant contre sa poitrine nue, il s'empara de sa bouche et pressa le corps souple de Clara contre le sien. Il fut submergé par un désir si intense qu'il en perdit l'esprit. Les lèvres de Clara étaient douces, elle émit un gémissement désespéré qui résonna si fort en lui qu'il se demanda s'il avait jamais autant désiré une femme.

Elle entrouvrit les lèvres et caressa la langue d'Andreas de la sienne, glissant ses jolis doigts dans ses cheveux. Leur baiser se fit plus passionné et la serviette glissa le long des hanches d'Andreas jusqu'au sol, mais il était bien trop absorbé par le duel de leurs langues pour s'en soucier.

Poussant un cri, elle se libéra de ses bras et le repoussa, puis elle porta la main à sa bouche, mais pas avant qu'Andreas ait vu ses lèvres gonflées.

— Je suis désolée, balbutia-t-elle en baissant les yeux vers son sexe dressé, je n'aurais pas dû faire ça. Vous êtes un hôte, ici.

— Non… Je suis ici… pour affaires. C'est à moi d'être désolé.

— S'il vous plaît, ne me faites pas renvoyer, souffla-t-elle, j'ai besoin de ce travail.

Renvoyer ? La culpabilité submergea Andreas.

— Il n'est pas question que vous soyez renvoyée.

Il avait profité de la situation, gardé son identité secrète et s'était laissé aller avec une femme ravissante qui était au service de son père. Oui, elle lui avait rendu son baiser avec une passion égale à la sienne, mais il aurait dû se contrôler.

Comme elle se détournait pour gagner la porte, il lança :

— Attendez !

Nouant sa serviette autour de sa taille, il se lança à sa poursuite. L'espace d'un instant intemporel, il s'était senti libre, il avait goûté la liberté d'être cet homme ordinaire que Clara avait trouvé séduisant, avec qui elle avait flirté.

Mais le temps qu'il atteigne la porte d'entrée, elle avait disparu. Andreas laissa échapper un juron. Il referma la porte et revint sur ses pas. Le salon semblait avoir rétréci, les murs l'oppressaient. Il toucha ses lèvres, sur lesquelles demeurait le goût de Clara.

Avec une certaine amertume, il songea que les choses auraient pu être différentes s'il avait été un autre homme.

3

Le lendemain, Clara avait espéré disposer d'un peu de temps pour analyser son comportement de la veille, si peu conforme à son caractère.

Cet espoir fut déçu car le patient dont elle s'occupait à l'hôpital s'évanouit sous ses yeux, victime d'un infarctus. Aussitôt, Clara déclencha l'alarme et commença un massage cardiaque. Quelques secondes plus tard, l'équipe d'urgence composées de deux autres infirmières et d'une interne, arriva. Cette dernière ventila immédiatement le patient avec un ballon d'oxygène pendant que Clara exposait brièvement les problèmes médicaux du vieil homme.

— M. Engman est âgé de soixante-treize ans, il a été hospitalisé cette nuit en raison de vertiges. Nous avons surveillé son arythmie cardiaque et je venais tout juste de le prendre en charge quand il s'est évanoui.

Elle ne voulait pas dicter son métier à l'interne, mais le moniteur cardiaque semblait indiquer une fibrillation ventriculaire, un rythme anormal du cœur lorsque les ventricules ne parvenaient plus à se contracter. D'autres membres du personnel arrivèrent et se groupèrent autour du lit. De telles urgences suscitaient une sorte de chaos contrôlé qui garantissait un nombre de mains suffisant pour assurer la réanimation du patient.

Clara se concentra sur le massage cardiaque, l'estomac noué

par la peur à l'idée qu'il ne puisse pas survivre en raison de sa fragilité.

— On dirait une fibrillation ventriculaire, fit une voix masculine dans son dos.

Elle était trop focalisée sur sa tâche pour se demander si elle l'avait déjà entendue.

— Vérifiez le pouls, s'il vous plaît, ordonna le propriétaire de la voix.

Il y eut une pause durant laquelle le personnel vérifia si le cœur de M. Engman s'était spontanément remis à battre. Clara retint son souffle et leva les yeux vers l'homme qui avait donné l'ordre.

Elle se figea.

C'était *lui*.

Le VIP dénudé, l'homme au corps de dieu grec.

Il la regardait sans manifester la moindre surprise, comme s'il s'attendait à ce que leurs chemins se croisent de nouveau.

Clara se détourna, aussi furieuse qu'humiliée. Lorsqu'elle le suppliait de ne pas la faire renvoyer, il lui avait caché une information importante. C'étaient donc là les *affaires* auxquelles il avait vaguement fait allusion. Il était *médecin*. Pourquoi ne pas le lui avoir dit, la veille ? Elle avait cru qu'il était un diplomate ou un ambassadeur en visite, mais il n'avait pas précisé son statut. Elle lui avait révélé qu'elle travaillait dans un hôpital tout proche juste avant qu'il l'attendrisse avec son regard vulnérable et qu'elle se lance dans ce discours sur les cicatrices.

Ensuite, il y avait eu ce baiser désastreux qui aurait pu lui coûter un job lucratif au palais.

— Pas de pouls, constata le VIP dénudé. Vous êtes prête à poursuivre le massage, mademoiselle Lund ?

Hochant la tête, elle reprit les compressions. C'était pour cette raison qu'elle ne faisait pas confiance aux hommes. La seule fois où elle avait fait l'amour avec l'un d'entre eux, il l'avait ignorée le lendemain. Depuis elle s'était juré de ne plus jamais donner à quelqu'un le pouvoir de la blesser et de l'humilier.

Jusqu'à la nuit dernière...

Elle aurait pourtant dû avoir un peu plus de jugeote. Après tout elle avait appris à ne compter que sur elle-même après que son père, le seul homme qui aurait dû lui offrir un soutien inconditionnel, l'avait déçue à plusieurs reprises. Dans son enfance, elle ne savait jamais si son père allait rentrer, si les factures qui tracassaient tant sa mère allaient être payées ou si la dernière affaire douteuse de son père plongerait la famille entière dans un océan de dettes et de désespoir.

Pendant qu'une infirmière plaçait des électrodes sur la poitrine de M. Engman, le VIP dénudé – elle avait vraiment besoin de découvrir comment il s'appelait – positionnait les palettes du défibrillateur.

— On dégage... deux cents joules, annonça-t-il.

Clara avait du mal à le regarder. Il était vraiment trop canon, dans cette tenue bleu marine.

— Aucun résultat, dit-il en fixant l'écran du moniteur.

— Cela fait trois minutes, précisa Clara.

Elle reprit le massage cardiaque, contente d'avoir une excuse pour détourner le regard de cette bouche fascinante.

Hochant la tête, il prit un flacon d'adrénaline sur le chariot. Quelques secondes plus tard, il en administrait une dose au patient par intraveineuse afin de rétablir un rythme cardiaque normal.

Pourquoi l'avait-elle embrassé ?

Parce qu'elle avait été affaiblie par un désir d'une puissance inconnue... Mais elle devait à tout prix cesser de penser à lui nu. Ce n'était qu'un homme de plus en qui elle ne pouvait pas avoir confiance.

— Arrêtez, s'il vous plaît, dit l'homme en question.

Tous les regards se tournèrent vers le moniteur, chaque

membre du personnel attendant les prochaines instructions du VIP dénudé.

— Il est toujours en fibrillation ventriculaire, dit-il. Dégagez, on choque une seconde fois.

Ce second choc eut l'effet désiré car le cœur du patient reprit un rythme sinusal et il se mit à respirer tout seul. Il y eut un soupir de soulagement collectif. Prise de vertige, épuisée par l'effort physique et la poussée d'adrénaline, Clara s'affaissa légèrement.

— Très bien, dit le médecin, on transfère M. Engman en soins intensifs. Mademoiselle Lund, vous pouvez prévenir son parent le plus proche ?

— Bien sûr.

Clara plaça un masque à oxygène sur le visage du patient, ce qui l'obligea à se rapprocher du *Dr* VIP dénudé.

Grosse erreur. Il sentait délicieusement bon, lui rappelant ce qu'elle avait éprouvé entre ses bras puissants.

— Vérifiez le taux d'enzymes cardiaques, dit-il à l'interne, et on fait un électrocardiogramme. Nous devons exclure un infarctus du myocarde ou une cardiomyopathie.

— Je peux me charger de l'électrocardiogramme, déclara Clara à l'interne, visiblement fatiguée, elle aussi.

Celle-ci acquiesça avec reconnaissance et sortit, laissant Clara avec le patient et *lui*.

Un silence gênant s'installa.

Clara sentit qu'il l'observait pendant qu'elle tirait la couverture sur le patient.

Elle leva les yeux et croisa son regard.

— Vous souhaitez que je fasse d'autres analyses, *docteur* ?

Elle insista sur le titre pour lui montrer, et surtout à elle-même, que ce qui s'était passé ne se reproduirait pas.

Un souvenir de sa mère malade lui revint. Alma avait subi tellement d'épreuves ! Elle avait travaillé dur pour assurer à Clara et à sa sœur cadette, Freja, un foyer confortable sans recevoir aucune aide de son mari.

Clara se serait volontiers giflée. Comment avait-elle été assez stupide pour tout risquer pour un homme, et en particulier le salaire qui leur permettait à toutes les trois de rester dans leur maison.

— Non merci, mademoiselle Lund. Mais je crois que nous devrions parler.

— Est-ce que nous n'en avons pas eu l'occasion, hier soir ?

— Hier soir, j'étais... distrait.

Le pouls de Clara se mit à battre follement. La peur la submergea. Malgré toutes les raisons qui lui disaient d'être prudente, qui lui rappelaient qu'elle aurait pu perdre son travail la nuit précédente, elle mourait d'envie qu'il l'embrasse à nouveau.

— Eh bien, aujourd'hui, ma propre tête fonctionne correctement, affirma-t-elle en souhaitant que ce soit vrai.

Ce ne fut que plus tard, lorsqu'elle quitta le service, que Clara put respirer normalement. Quoi qu'il ait à lui dire, quels que soient son nom ou ses raisons de lui cacher son identité, il n'était qu'un homme de plus lui rappelant qu'elle ne pouvait avoir confiance qu'en elle-même.

4

Plus tard, dans la matinée, Andreas attendait Clara devant la porte des urgences. Elle la poussa et se dirigea vers les ascenseurs. Ce jour-là, les infirmières portaient une tenue bleu marine dont la coupe ajustée rappelait à Andreas ce qu'il avait ressenti en serrant contre lui ce joli corps et quand leurs langues avaient entamé un duel passionné.

Il s'approcha d'elle, le cœur battant plus vite à la vue des cheveux dorés réunis en chignon, révélant un cou mince. Seigneur ! Alors qu'il avait une montagne d'explications à lui donner, tout ce qu'il voulait, c'était lui ôter les épingles et glisser ses doigts dans la masse soyeuse avant de l'embrasser encore et encore.

— Clara, dit-il en la rejoignant devant l'ascenseur. Est-ce que c'est un bon moment, pour parler ?

— C'est l'heure de ma pause déjeuner, docteur.

— Je comprends, mais ce que j'ai à vous dire ne prendra pas longtemps. Permettez-moi de vous accompagner jusqu'à la cafétéria, je pourrai vous expliquer certaines choses.

— Comme le fait que vous êtes médecin, et non diplomate ? Je l'ai compris, merci. La blouse et la tenue sont des indices.

Elle appuya pour la deuxième fois sur le bouton, visiblement pressée de s'échapper.

Andreas fit une petite grimace, mais sa colère valait mieux que de l'indifférence.

— C'est… compliqué, dit-il, regrettant de ne pas s'être expliqué la veille, en privé.

Techniquement, un prince *était* un diplomate, un représentant de la nation qu'il servait.

— En réalité, je suis les deux, du moins pour l'instant.

Mais il était frustré à l'idée qu'il devrait abandonner la médecine pour se consacrer à ses devoirs royaux. Le ressentiment lui serra la poitrine. Il aimait son métier, il avait travaillé dur pour devenir un bon médecin.

— Cela explique tout, dit Clara.

Andreas sourit intérieurement. Il ignorait si elle était encore bouleversée par leur baiser ou si elle lui en voulait parce qu'il avait caché sa profession.

— Je sais que j'aurais dû mentionner le fait que je suis médecin, hier soir, dit-il quand les portes de l'ascenseur s'ouvrirent. Je viens seulement d'accepter un poste de remplaçant en gériatrie.

— C'est vrai, vous auriez dû. Mais maintenant que c'est fait, je vous souhaite une bonne journée, docteur.

Il la suivit dans la cabine.

— Écoutez, Clara, je tiens à m'excuser pour hier soir.

— Vraiment ?

Elle le toisa du regard, visiblement peu impressionnée par ses excuses. Son petit nez effronté rappela à Andreas une expression suédoise affectueuse, *sötnos*, signifiant « charmant nez ».

— Ne vous inquiétez pas, continua-t-elle, je regrette aussi ce qui s'est passé.

Elle appuya sur le bouton du second étage, visiblement pressée de le fuir. Andreas s'approcha d'elle, les yeux fixés sur la jolie bouche pincée par l'agacement.

— Pour ma part, dit-il, je ne regrette absolument pas ce baiser, *sötnos*.

— Ne m'appelez pas ainsi, répliqua-t-elle sèchement.

Mais ses pupilles étaient dilatées, une veine battait follement au niveau de son cou et elle regardait les lèvres d'Andreas toutes les deux secondes comme si elle aussi se rappelait chaque détail brûlant de la nuit précédente.

— Vous le regrettez peut-être maintenant, dit-il. Mais hier soir, vous avez adoré m'embrasser. Je vous rappelle que j'y étais. J'ai senti votre corps contre le mien, vos doigts dans mes cheveux… j'ai entendu vos petits gémissements sexy.

— C'est bien possible, admit calmement Clara. J'ai aussi entendu les vôtres, ajouta-t-elle en posant ses mains sur ses hanches.

— Je n'ai pas l'intention de le nier. Je voulais vous embrasser à la minute où vous vous êtes moquée de moi parce que j'avais lancé ma prothèse.

— Pour autant, cela ne m'a pas plu suffisamment pour que j'envisage de perdre mon job ou de le refaire.

— C'est bien pour cela que je vous prie de m'excuser. Si vous avez pu croire que vous risquiez de perdre votre travail, c'est impardonnable. Je n'aurais jamais permis que vous subissiez les conséquences de ce baiser, alors que j'en étais le premier responsable.

— Ne vous attendez pas à ce que je vous en sois reconnaissante. Et sachez que je préférerais me retrouver à la rue plutôt que de recommencer. Alors si vous pensez que je vous dois quelque chose pour votre discrétion, oubliez.

— Quel genre d'homme croyez-vous que je sois ! s'exclama Andreas, légèrement vexé.

Il était clair qu'elle ne lui faisait pas confiance, mais de là à imaginer qu'il pourrait exercer un chantage sur elle…

Clara redressa le menton.

— Je ne vous connais pas. Jusqu'à maintenant, vous m'avez montré que vous étiez peu fiable. Vous avez eu l'occasion de me dire que vous étiez médecin, hier, mais vous ne l'avez pas fait. Et même aujourd'hui, vous restez dans le vague. Il se peut que vous soyez un manipulateur invétéré. Peut-être attendez-vous de moi un peu plus qu'un baiser.

— Vous avez raison, vous ne me connaissez pas, alors laissez-moi vous éclairer : je n'ai pas besoin de faire du chantage ou de manipuler les femmes pour les attirer dans mon lit. Elles y viennent volontiers et en sortent satisfaites.

Clara eut une moue de dégoût.

— Je n'en doute pas ! Mais je n'ai aucune intention d'être l'une de ces femmes.

Mais lorsque Andreas s'approcha plus près, Clara se mit à respirer très vite.

— Vous en êtes certaine, *sötnos* ? Parce que vous me regardez de nouveau comme si j'étais le dernier cookie dans la boîte à gâteaux.

Mais Andreas avait conscience qu'il devait maîtriser le désir qu'elle lui inspirait. En dehors du fait qu'elle travaillait au palais et à l'hôpital, il ne savait rien de son éducation ou de son passé. Rien de ce qui comptait : rien de ses valeurs ou de sa loyauté.

Sa propre position exigeait de la discrétion de la part des gens qu'il faisait entrer dans sa vie. Il était parfaitement acceptable que des collègues se fréquentent en dehors de l'hôpital, mais Clara ignorait toujours sa véritable identité. Se comporterait-elle différemment, lorsqu'elle saurait qu'il était l'héritier du trône de Varborg ?

Alors qu'ils se fixaient mutuellement avec défi, l'ascenseur s'arrêta à l'étage réservé au personnel. Les portes s'ouvrirent, brisant ce moment intense.

Andreas recula, le cœur battant. Comment cette conversation avait-elle pris un tour aussi inattendu ? Pourquoi avait-il tant de mal à s'écarter de cette femme ? Et qu'est-ce qui avait causé son cynisme et sa défiance à l'égard des hommes ?

Nils, le garde du corps d'Andreas, l'attendait devant l'ascenseur.

— Votre Altesse, il y a une faille de sécurité aux urgences. Vous devez venir avec moi, Sire.

Nils jeta un coup d'œil à Clara, qu'il connaissait en tant que membre du personnel de l'hôpital et infirmière du prince Henrik.

Voyant la confusion de Clara, Andreas éprouva un intense sentiment de défaite.

— Qui est-ce ? demanda-t-elle. Et comment vous a-t-il appelé ?

Elle lui avait déjà fait clairement comprendre qu'elle n'avait pas confiance en lui, et maintenant il avait raté l'occasion de lui dire lui-même qui il était.

— Accordez-moi une minute, dit-il à Nils, qui s'éloigna de quelques pas.

Andreas se tourna vers Clara, sentant que désormais la situation lui échappait complètement. Si elle ne voulait plus entendre parler de lui alors qu'elle lui reprochait simplement de lui avoir caché sa profession, apprendre sa véritable identité allait certainement empirer la situation.

Prenant Clara par le coude, il l'entraîna dans une alcôve située près des ascenseurs.

— C'est pour cette raison que je souhaitais vous parler. J'avais l'intention de vous expliquer… mon héritage, mon rôle au palais… malheureusement nous avons été interrompus.

Troublé par le contact de sa peau douce, il la lâcha presque immédiatement.

Clara porta la main à sa bouche.

— Ce n'est pas une blague ? Vous êtes vraiment un prince…

— Oui, malheureusement.

— Votre visage m'était vaguement familier. Pourtant… vous êtes médecin ! Mais vous habitez dans l'aile réservée aux invités… je ne comprends pas !

Elle s'efforçait visiblement de donner un sens aux bribes d'information dont elle disposait.

Résigné, Andreas laissa échapper un soupir.

— J'ai refusé d'occuper la suite qu'on m'avait attribuée dans l'aile familiale. Elle… appartenait autrefois à mon frère, précisa-t-il d'une voix étranglée.

La veille, quand Clara avait fait irruption dans sa vie de privilégié, telle une tornade… et de nouveau ce matin, lorsqu'ils avaient travaillé ensemble, il s'était follement agrippé à l'espoir qu'il pourrait entamer une relation avec cette femme exceptionnelle qu'il ne parvenait pas à oublier.

Mais maintenant qu'elle connaissait la vérité, il ne serait plus un homme et un médecin ordinaire, à ses yeux.

— Vous m'avez laissé croire que vous étiez un homme quelconque, dit Clara en secouant la tête avec incrédulité. J'ai embrassé un prince !

À son ton méprisant, on aurait pu croire qu'elle avait embrassé un crapaud.

Soudain embrasé par le désir, Andreas s'approcha d'elle.

— Prince ou non, je me rappelle chaque seconde de ce baiser et j'ajouterai que vous aussi.

Clara battit des paupières.

— C'est vrai, mais cela ne se reproduira plus.

— Si je comprends bien, vous flirtiez volontiers avec moi et vous m'embrassiez quand vous supposiez que je n'étais qu'un invité de la famille royale. Maintenant que vous connaissez ma véritable identité, vous ne voulez plus rien avoir à faire avec moi. Je me trompe ?

Tout comme l'idée d'abandonner sa carrière le révulsait, il refusait de renoncer à elle. Il aurait voulu lui rappeler la force de l'attraction qui les avait réunis l'espace d'une étreinte.

Clara jeta un regard à Nils.

— Je… est-ce qu'on ne pourrait pas oublier ce qui s'est passé ?

— On peut toujours essayer, si c'est ce que vous voulez, répliqua-t-il avec scepticisme.

De toute façon, il devrait trouver le moyen de travailler avec elle jusqu'à ce qu'il soit temps pour lui de raccrocher son stéthoscope pour de bon.

Devinant l'impatience de son garde du corps, il lui adressa un signe de tête résigné.

— Nous reparlerons de ce baiser une autre fois car je dois partir.

Il lui lança un dernier regard et réprima sa frustration avant de s'engager dans l'escalier afin de rejoindre le véhicule blindé qui l'attendait dehors.

5

Deux jours plus tard, Clara retourna au palais pour sa nuit de garde, l'estomac noué par la peur et l'humiliation. Elle souhaitait désespérément éviter de revoir Andreas… le *prince* Andreas… et en même temps, elle n'avait aucune idée de ce qu'elle voulait vraiment.

En suivant le valet de pied jusqu'aux appartements du prince Henrik, elle rougit de honte à l'idée qu'elle avait flirté avec l'héritier du trône et l'avait insulté. Elle réprima un grognement incrédule.

Andreas avait raison sur un point : elle se rappelait chaque seconde de ce baiser et il n'y avait aucune chance pour qu'elle l'oublie. Elle ne lui faisait pas confiance, mais son corps s'en moquait visiblement.

Grâce à son père et aux années d'adolescence perdues, elle avait très peu d'expérience dans le domaine sentimental. Grâce aussi au garçon qui avait pris sa virginité et l'avait ignorée ensuite. Son attirance pour Andreas n'en était que plus risible.

Le seul comportement à adopter était de garder ses distances avec lui. Bien résolue à respecter cette décision, Clara attendit que le valet ait frappé à la porte de son maître. Elle inspira profondément, se préparant à faire la connaissance de son patient, le père d'Andreas. Lorsqu'elle avait signé un accord de confidentialité, on lui avait remis le dossier du prince.

Le pronostic n'était pas bon. Après un court traitement pour lutter contre un cancer de la prostate, les médecins avaient prescrit au prince Henrik des séances de radiothérapie pour combattre des métastases douloureuses au niveau des os.

Le cœur de Clara saignait pour son patient, et aussi pour son fils. Elle avait soigné sa propre mère qui souffrait d'un cancer du sein quelques années auparavant, et elle savait exactement ce qu'endurait la famille du malade… bien que rien n'indiquait qu'Andreas avait connaissance de l'état de son père, sinon qu'il avait précisé qu'il était à la fois diplomate et médecin *du moins pour l'instant*.

Savait-il qu'il devrait bientôt abandonner sa carrière ?

La compassion serra le cœur de Clara. Elle-même avait commencé ses études pour être infirmière quand sa mère était tombée malade. Elle avait envisagé de tout abandonner pour prendre soin d'elle, mais Alma n'avait rien voulu entendre. Au moins, elle avait pu poursuivre son rêve, alors qu'Andreas n'avait pas le choix. Il ne pouvait pas gouverner Varborg et être médecin.

La porte s'ouvrit et le majordome du prince Henrik, du nom de Moller, parut sur le seuil et fit entrer Clara à l'intérieur.

— Sa Majesté est souffrante et ne parvient pas à dormir, dit-il. Je crois qu'il faut revoir le traitement pour la douleur.

Clara acquiesça d'un signe de tête, s'efforçant de chasser le fils de son patient de son esprit. Mais elle ne parvenait pas à oublier la vulnérabilité qu'elle avait lue dans ses yeux lorsqu'il lui avait dit qu'elle ne se comportait pas de la même façon avec lui parce qu'il avait grandi dans ce palais, entouré de privilèges.

Pourquoi cette faille éveillait un tel écho en elle ? Elle secoua la tête, dégoûtée d'elle-même, et suivit le majordome jusqu'à la chambre du prince. C'était un patient comme un autre et elle devait faire son travail.

Le prince Henrik était assis devant une cheminée au manteau de marbre. Clara s'approcha et fit une révérence, ainsi qu'on le lui avait appris. Ensuite, elle attendit qu'il lui adresse la parole.

— Vous vous appelez Clara ?

Son visage était très pâle, ses yeux cerclés de rouge.

— Oui, Votre Altesse.

Elle l'avait vu à plusieurs reprises dans les journaux et à la télévision. Son profil était gravé sur les timbres et les pièces de monnaie. Mais en personne, il ressemblait à son fils, dont la beauté virile faisait battre le cœur de Clara.

Aïe ! Ses bonnes résolutions ne servaient à rien.

— Puis-je vous aider, Sire ?

— Je souffre énormément. Mes os me font mal et ce fichu machin ne fonctionne pas.

Il désigna le cathéter fixé à son bras par un bandage.

— Je peux examiner votre bras ? demanda Clara, pleine d'empathie pour le vieil homme qui avait transmis à Andreas ses yeux bleu-gris.

Le prince Henrik était adoré par la nation qu'il avait dirigée pendant cinquante ans avec dévouement et dignité bien qu'il ait eu son lot de malheurs. Son épouse était décédée quand ses fils étaient adolescents et récemment il avait perdu l'aîné, Oscar.

Hochant la tête, il releva la manche de son peignoir en velours bleu. Après avoir ôté son pansement, Clara découvrit une zone rouge, là où le cathéter était sorti de la veine.

— Le tube est sorti de votre veine, je vais devoir le réintroduire, si vous êtes d'accord.

— Bien sûr. Au point où j'en suis, je n'en suis pas à une aiguille près, répondit-il avec un sourire triste qui rappela Andreas à Clara.

Ces deux hommes fiers savaient-ils à quel point ils se ressemblaient ? Tâchant de ne pas penser au fils de son patient, Clara enfila des gants, puis elle prit un cathéter neuf, des lingettes antiseptiques et un nouveau bandage.

— On m'a dit que vous avez fait la connaissance de mon fils, dit le prince.

Il posa sur elle un regard affûté qui révélait une intelligence aiguë et sa capacité à lire facilement dans l'esprit des gens.

Clara s'enjoignit de ne pas bouger.

— C'est exact. Nous travaillons ensemble au Nordic Care.

Il ne lui restait plus qu'à espérer que son patient ignorait ce qu'elle avait fait une certaine nuit avec son fils dénudé.

Depuis qu'elle avait découvert l'identité d'Andreas, elle avait fait quelques recherches sur Internet et trouvé plusieurs anecdotes sur sa carrière militaire, son travail de médecin et des photographies qui le montraient au bras de ravissantes jeunes femmes de la haute société. En proie à une jalousie fulgurante, elle avait éteint son ordinateur.

Le prince soupira et ferma les yeux pendant que Clara nettoyait la zone enflammée.

— Ah oui... Dites-moi, c'est un bon médecin ?

— Oui, répondit-elle simplement. Il est très respecté et c'est le préféré des patients, à ce qu'on m'a dit.

Beaucoup d'entre eux lui avaient dit à quel point l'héritier du trône était un homme compatissant et attentif. Il se comportait de façon très naturelle envers eux et leur témoignait de l'empathie et du respect.

Mais pourquoi le prince lui posait-il cette question, alors qu'elle était très récemment rentrée à son service ? Il devait bien parler avec son fils de son travail ?

— Je n'en ai plus pour longtemps, Sire.

Le prince hocha la tête et Clara introduisit le tube sous sa peau, après quoi elle le fixa avec un pansement hermétique et stérile. Ensuite, elle le relia au pousse-seringue et dosa les antalgiques.

La relation d'Andreas avec son père mourant ne la regardait pas, pas plus que les femmes avec qui il sortait. Il était beau, intelligent et c'était un *prince*. Une prise de choix pour n'importe quelle femme acceptant d'oublier son indépendance.

Elle ne pouvait pas être cette femme.

Alma avait aimé Lars Lund, malgré tous ses défauts. Enfant, Clara l'avait aimé aussi et elle avait recherché son attention. Mais contrairement à sa mère, qui lui avait pardonné un nombre incalculable de fois son parcours professionnel erratique et son irresponsabilité, Clara avait été très affectée par chaque nouvelle déception. Elle avait vu sa mère faire bonne figure quand Lars avait perdu un nouvel emploi ou qu'il prétendait que tout allait bien alors qu'on leur avait coupé l'électricité. Clara avait pris soin de sa petite sœur après l'école, tandis qu'Alma faisait des heures supplémentaires. Elle avait compris qu'aimer l'homme qu'il ne fallait pas avait rendu sa mère vulnérable.

Après que son père les avait quittées afin de poursuivre les affaires douteuses qui l'avaient amené en prison, elles avaient découvert de nouvelles dettes. Après sa mort, elles avaient appris qu'il avait hypothéqué la maison pour la seconde fois.

— Nous ne nous entendons pas très bien, mon fils et moi, déclara le prince Henrik, la prenant par surprise.

Clara se figea, ne sachant que répondre.

— Il m'en veut, vous comprenez, continua le vieil homme en ouvrant les yeux. J'ai dû lui rappeler sa naissance et ses devoirs envers la Couronne.

Elle retira ses gants sans répondre. Elle ne savait rien des relations qu'Andreas entretenait avec son père ou des devoirs induits par sa position de prince.

— Vous vous sentez mieux, maintenant, Sire ? demanda-t-elle en remontant la couverture sur les genoux du prince Henrik.

Il avait de nouveau fermé les yeux et il semblait se détendre sous l'effet des antalgiques.

— Je lui ai accordé trop de liberté lorsqu'il était jeune, vous voyez, reprit-il. Je l'ai autorisé à choisir une carrière alors que j'aurais peut-être dû attendre davantage de lui en tant que prince.

Ces confidences suscitaient en Clara un certain malaise, comme si elle écoutait aux portes. Dans leurs moments les plus vulnérables, les patients exprimaient toutes sortes de choses. Elle aurait voulu s'éloigner, mais si le prince souhaitait lui parler en tant que patient, elle l'écouterait.

— Avant sa mort, j'ai promis à sa mère que dans la mesure du possible, les garçons pourraient mener une vie normale. Ça n'a pas toujours été évident pour Oscar, mais Andreas... j'ai fait de mon mieux, mais leur mère me manquait tellement...

Le cœur serré, Clara battit des paupières pour réprimer les larmes qui lui montaient aux yeux. Le prince Henrik était un homme comme les autres. Il pleurait encore son épouse et il se demandait s'il avait été un bon père pour ses fils.

Ne sachant que répondre, elle regarda autour d'elle pour voir si le majordome se tenait sur le seuil. Ensemble, ils pourraient peut-être persuader son patient de se coucher. Repérant un bouton près du fauteuil, elle appuya brièvement dessus.

Quelques secondes plus tard, le majordome apparut. Clara lui expliqua ce qu'elle avait fait pour soulager son maître, gardant pour elle ses confidences. Mais lorsqu'elle regagna la pièce réservée au personnel, elle avait le cœur lourd.

Plus elle en apprenait sur Andreas, plus le tableau était sombre. En voulait-il à son père de l'avoir rappelé à Varborg ? Savait-il que le prince Henrik était proche de la mort ? Il serait certainement dévasté et comment supporterait-il de devoir abandonner la médecine ?

Mais la question la plus délicate était de savoir pourquoi elle se souciait à ce point de lui alors qu'elle s'était juré de le tenir à distance ?

6

Le jour suivant, l'enveloppe dorée aux armoiries gravées était arrivée… une invitation du prince Henrik au banquet donné en l'honneur de son jubilé, après cinquante ans de règne.

Peu de temps après, Clara avait reçu une boîte contenant une robe. Elle avait supposé que cela faisait en quelque sorte partie de son salaire et elle n'avait pas résisté à l'envie d'essayer la tenue la plus extravagante qu'elle avait jamais possédée.

Et maintenant, trois jours plus tard, elle portait pour de bon ce fourreau noir orné de perles et de dentelles qui moulait son corps et s'évasait au niveau des jambes.

Le cœur battant, elle fut introduite dans une salle immense. Immédiatement, le fantasme ridicule qu'Andreas et elle pouvaient avoir quoi que ce soit en commun s'évapora.

Cette partie du palais d'hiver était souvent ouverte au public, mais ce soir, elle étincelait de tous ses feux. Le marbre froid des colonnes et des corniches était réchauffé par six énormes lustres suspendus au plafond et par les lampes innombrables évoquant des étoiles dans un ciel nocturne. De chaque côté de la salle, on avait dressé des tables sur lesquelles étaient disposés des verres de cristal, des centres de table dorés et des compositions florales. Un orchestre de chambre occupait une estrade et jouait des chansons populaires scandinaves près de la piste de danse où évoluaient les invités.

Clara gagna discrètement l'extrémité de la salle, espérant se fondre parmi les tentures bleu nuit suspendues aux murs.

Elle chercha du regard ses collègues parmi l'élite de Varborg. Son cœur battait la chamade et elle était en proie à une peur irraisonnée.

Était-*il* présent… le prince Andreas ?

Elle ne l'avait pas revu depuis le jour où elle avait découvert son identité et elle s'était promis de rester strictement professionnelle et déférente lorsqu'elle le verrait.

Elle venait de repérer l'une de ses collègues infirmières, de l'autre côté de la piste de danse, quand ses yeux se posèrent sur l'homme le plus canon de la salle.

Andreas.

La bouche sèche, elle se figea. Submergée par l'euphorie, elle ne pouvait détourner son regard de lui. Comment avait-elle pu le confondre avec un homme ordinaire ? Nu, il était d'une beauté exceptionnelle, vêtu d'une blouse médicale, il était extrêmement sexy, mais dans sa tenue officielle il avait tout d'un prince intouchable.

Telle une lave brûlante, le désir se répandit dans ses veines.

Une rangée impressionnante de médailles ornait sa poitrine, le blason des Cronstedt était brodé sur sa poche de poitrine. Sa chemise d'un blanc immaculé contrastait avec son smoking sombre. Presque tous les autres hommes étaient rasés de près, mais il arborait une barbe taillée très court et ses cheveux blonds étaient rejetés en arrière, rehaussant la beauté de son visage aristocratique.

Un véritable Viking.

Cette vue excita incroyablement Clara, qui chercha un coin d'ombre pour se cacher. Pourquoi son corps la trahissait-il à ce point, alors que son esprit avait déjà pris sa décision ?

Elle s'agrippa aux plis de velours d'un rideau, souhaitant disparaître parmi les tentures pour ne plus voir le sourire étincelant qu'il adressait aux femmes de la société élégante dont elle ne faisait pas partie.

Andreas adressa quelques mots à son garde du corps, Nils, puis il se tourna vers une blonde ravissante qui portait une tiare de diamants... une tiare qui valait sans doute une année de son salaire.

Clara se crispa. Elle n'était pas à sa place dans le monde d'Andreas ! Peut-être n'était-il pas trop tard pour s'enfuir avant qu'il l'aperçoive ? Elle n'aurait jamais dû venir. Elle se sentait incapable de l'affronter. Il verrait certainement sous le déguisement la petite fille terrorisée, abandonnée par son père et forcée de mûrir plus vite pour soutenir sa mère.

Le garde du corps chuchota quelques mots à l'oreille d'Andreas qui se retourna et regarda dans la direction de Clara.

Elle laissa échapper un petit cri.

Il avait demandé à Nils de la repérer. Sans doute la salle était-elle remplie de ses espions.

Elle était trop loin pour déchiffrer son expression. Était-il ennuyé de la voir, après leur dispute infantile dans l'ascenseur ?

Arborant l'air indifférent qu'elle avait mis plusieurs jours à perfectionner, Clara redressa le menton et agrippa la pochette qui contenait son invitation à la façon d'un bouclier.

Sans la quitter des yeux une seconde, Andreas se dirigea vers elle.

Les paumes de Clara devinrent moites.

Il traversait la salle à grandes enjambées.

Les gens commençaient à remarquer la trajectoire d'Andreas. Elle rougit sous leurs regards curieux. Des murmures se propageaient, comme un virus contagieux. Le cœur de Clara battait frénétiquement, la tête lui tournait. S'efforçant de détourner son regard, elle inspira profondément, mais son corps refusait de répondre à ses ordres. Elle ne put qu'attendre qu'il s'approche d'elle avec pour seule armure sa détermination à rester insensible à son magnétisme irrésistible.

— Vous êtes venue, dit-il avec un petit sourire.

Elle fit la petite révérence à laquelle elle s'était exercée dans l'après-midi, vêtue de sa robe de bal et en hauts talons.

— Votre Altesse Royale.

Lorsqu'elle leva la tête, les prunelles d'Andreas avaient pris la couleur grise de l'orage.

— S'il vous plaît, ne faites plus jamais ça, dit-il très bas.

Clara battit des paupières. Comment espérait-il qu'elle se comporte ? Elle ignorait l'étiquette et ne savait comment s'adresser à un prince qu'on avait vu tout nu et embrassé. Mais il était trop tard pour se demander de quel faux pas *social* elle s'était rendue coupable.

Andreas lui tendit la main.

— Mademoiselle Lund, acceptez-vous de m'accorder cette danse ?

Clara poussa un gémissement intérieur. Elle ignorait totalement comment on dansait sur ce genre de musique. Elle allait se ridiculiser et le ridiculiser du même coup sous les yeux de ses pairs.

Elle ouvrit la bouche, espérant ne pas commettre un crime de lèse-majesté en refusant de danser avec un prince, mais Andreas la devança.

— Avant que vous refusiez, puis-je vous rappeler que nous avons été d'accord pour parler d'un sujet très urgent ?

Il s'exprimait avec un tel calme qu'ils auraient pu aussi bien parler de la météo. Mais il n'espérait tout de même pas discuter avec elle du baiser qu'ils avaient échangé devant tous ces gens !

— Votre Altesse Royale, j'espérais éviter de vous marcher sur les pieds en public. J'ignore tout de ces danses.

— Je vous guiderai, répliqua-t-il avec assurance. Vous n'avez qu'à me regarder dans les yeux.

La foule s'écarta devant eux quand Andreas la conduisit jusqu'à la piste de danse. Après s'être incliné brièvement devant elle, il posa une main sur son dos et de l'autre saisit celle de Clara.

— Laissez-moi m'inquiéter de vos pieds.

— C'est facile à dire pour vous, marmonna Clara qui se sentait fondre à son contact. Mais je préfère de loin m'en occuper moi-même.

Avant qu'elle puisse émettre un grief supplémentaire, il l'entraîna parmi les danseurs. Excitée par cette proximité, elle laissa échapper un cri. Il dégageait une délicieuse odeur épicée teintée de fumée de bois, avec une touche de pin. Transportée dans un monde imaginaire, Clara oublia qu'ils étaient observés par des centaines de spectateurs. Elle s'abandonna à la musique sans craindre de faire un faux pas grâce aux bras puissants qui l'enlaçaient.

Elle aurait aussi bien pu voler...

Quand le rythme ralentit, Clara revint à la réalité... les articles de journaux qui stigmatisaient son nom à cause des actions de son père, sa situation financière... Peu importait le désir que lui inspirait Andreas, il ne pourrait jamais rien y avoir entre eux.

Sentant son changement d'humeur, Andreas se raidit légèrement.

— Je dois m'excuser pour la façon dont j'ai dû quitter rapidement l'hôpital, l'autre jour. Quelle que soit l'importance de mon métier à mes yeux, je dois accorder la priorité à ma famille.

Elle hocha la tête, surprise par le regret qu'elle percevait dans sa voix.

— Vous n'avez pas à vous excuser, Votre Altesse Royale. C'est à moi d'être gênée, puisque je ne vous ai pas reconnu.

— Vous m'avez accusé d'être un manipulateur, mais en vérité, j'appréciais cet anonymat libérateur. Vous me fasciniez... votre cran me fascinait.

Clara le fixa avec une sorte d'incrédulité.

— Je n'ai pas mâché mes mots, mais cela pourrait être considéré comme une offense, sans parler du... baiser. Il y a deux cents ans, j'aurais sans doute été jetée en prison ou envoyée à la guillotine.

Andreas sourit, une lueur d'espièglerie dans les yeux.

— Vous n'avez pas été insolente, mais juste honnête envers moi, ce qui m'arrive rarement. Je n'ai jamais rencontré une femme comme vous. Et ce soir, j'ai eu envie de revivre cet instant. Je voulais seulement être moi-même avec vous. Je sais, c'est égoïste. En tout cas, ajouta-t-il avec un petit sourire, je vous garantis que de nos jours, embrasser un prince ne mérite pas une telle punition.

En dépit de son trouble, mélange de désir et de gêne, Clara ne put s'empêcher de rire.

Pourtant, elle préféra changer de sujet :

— Vous semblez très... royal. Vous avez vraiment gagné toutes ces médailles ?

— Oui, répondit-il simplement, visiblement peu désireux d'aborder le sujet de sa carrière militaire. Vous êtes très belle, dans cette robe. Je savais qu'elle vous irait.

Clara se crispa.

— *Vous* avez choisi cette robe ?

Il haussa légèrement les épaules, comme si cela n'avait aucune importance.

Clara eut l'impression qu'une pointe aiguë venait de transpercer sa poitrine. Elle était trop naïve !

— Pourquoi ? s'enquit-elle.

— J'ai pensé qu'elle vous plairait, répliqua-t-il en fronçant les sourcils. Prenez-la comme un cadeau, une excuse pour vous avoir laissé croire que vous risquiez de perdre votre travail.

L'humiliation submergea Clara. Bien entendu, il ne pouvait pas comprendre le symbolisme de ce qui pour lui n'était apparemment qu'un geste innocent.

— Très bien, mais j'insiste pour vous la rembourser.

Comme si la robe était infectée et sa peau irritée.

Un muscle tressaillit au niveau de la mâchoire d'Andreas.

— Ce n'est pas nécessaire.

— Ça l'est pour *moi*. Je ne veux être redevable envers personne.

Elle n'aurait pas dû venir ce soir. Elle n'appartenait pas à ce monde et elle n'avait pas l'intention de jouer les cendrillons en portant une robe empruntée.

— Pourquoi tant d'indépendance, *sötnos* ? J'ai seulement cru que ce cadeau vous plairait. Après tout, vous travaillez si dur !

— Sachez que je contribue à l'entretien de ma famille depuis l'âge de seize ans, quand mon père nous a quittées en ne nous laissant que des dettes.

Andreas afficha immédiatement une expression contrite.

— Je suis désolé et je vous prie d'accepter mes excuses. Cela ne se reproduira pas.

Les larmes aux yeux, Clara tenta de lui reprendre sa main.

Elle ne pleurait *jamais*.

— J'aurais dû le savoir, dit-elle. Pendant une minute, je me suis convaincue que nous étions vraiment égaux, d'une certaine façon, mais je me leurrais moi-même.

Les yeux d'Andreas prirent la couleur de l'acier.

— Nous *sommes* égaux, affirma-t-il… deux humains attirés l'un par l'autre.

Clara émit un petit rire narquois.

— Vraiment ? En ce cas, comment allons-nous procéder ? Je vous rembourse la robe, ou vous préférez la rendre au couturier ? Je pourrais même la retirer tout de suite, en fait.

Cessant de danser, elle se força à faire une pause et fit mine de défaire la fermeture Eclair qui se trouvait sous son aisselle.

Andreas la fixait avec fureur.

— Vous n'oseriez pas, gronda-t-il en lui prenant le bras.

Arborant un sourire aimable, il la guida hors de la piste de danse et l'entraîna vers une porte dissimulée derrière une tenture.

Honteuse d'avoir explosé, se maudissant d'avoir été assez naïve pour tomber sous le charme d'Andreas au point de danser avec lui au vu et au su de l'assemblée, Clara accepta son sort. Il pouvait la mettre dehors et s'en laver les mains.

Et ce serait très bien ainsi. Elle n'avait rien à voir avec ce monde.

L'abîme qui les séparait avait été simplement mis en évidence par l'extravagance de cette superbe robe.

Mais pendant un instant vertigineux, lorsqu'elle tournoyait dans ses bras, rien d'autre n'avait paru important, ni les titres d'Andreas, ni les dettes de sa famille ou même cette attirance malheureuse qu'elle ne parvenait pas à combattre.

Ils avaient juste été un homme et une femme.

Sauf que la réalité l'avait rattrapée.

Ils étaient issus d'univers trop différents, celui d'Andreas empreint de paillettes et de magie, le sien ancré dans le monde réel.

7

Ralentissant le pas, Andreas s'engouffra dans la chambre bleue, le sang en feu. Depuis le moment où il avait repéré Clara de l'autre côté de la salle de bal, vêtue de cette robe noire sophistiquée qui moulait son corps ravissant, il avait été submergé par un torrent de désir.

Il avait franchi la distance qui les séparait, mû par l'urgence. Il aurait voulu que tous les autres hommes présents deviennent aveugles. Mieux encore, il mourait d'envie d'annuler la réception et de renvoyer tous les invités chez eux afin d'avoir Clara pour lui tout seul.

Sauf qu'elle ne voulait pas de lui…

La porte se referma derrière eux, sans doute l'œuvre de Nils qui allait jouer les sentinelles.

Clara lui arracha sa main.

— Qu'est-ce que vous êtes en train de me faire ? demanda-t-il d'une voix haletante. Vous me menacez de retirer cette robe ?

Comme de leur propre volonté, ses yeux parcoururent les courbes voluptueuses de Clara. La soie et les dentelles n'étaient pas un obstacle pour qu'il imagine les délices cachés.

— Vous auriez dû inviter une autre femme à danser, dit-elle sèchement. Je vous avais dit que j'en étais incapable.

— Vous l'étiez jusqu'à ce que vous arrêtiez de me faire confiance, et ce n'est pas une question de danse ou de robe. Je vous ai blessée.

Baissant la tête, elle pinça ses lèvres ravissantes.

— Je suis désolé, continua-t-il. Si j'avais su que vous offrir cette robe vous insulterait, je me serais abstenu.

La culpabilité lui serrait la gorge, mais pas assez pour faire taire le désir qu'elle lui inspirait. Il passa la main sur son visage.

— Apparemment, je ne cesse de m'excuser.

Il reconnaissait intérieurement avoir été égoïste. Il n'aurait jamais dû l'inviter parce que dès l'instant où elle avait été dans ses bras, il ne lui avait plus été possible de prétendre qu'il contrôlait leur alchimie. Lorsqu'elle avait menacé d'ôter sa robe, à la fois vulnérable et intraitable, il avait failli tomber à genoux.

— Ce n'est pas important, dit-elle en relevant la tête.

Andreas aurait voulu cogner quelque chose, de préférence lui-même.

— Ça l'est pour moi. Au début j'ai pensé qu'il y avait une connexion entre nous mais vous avez semblé dégoûtée par mon titre. J'avais l'intention de vous laisser tranquille, quand j'ai appris que vous étiez invitée ce soir. J'ai vu cette robe et je l'ai imaginée sur vous. Ensuite, vous êtes arrivée, éblouissante et la seule personne que j'avais vraiment envie de voir.

Clara fronça les sourcils.

— Pourquoi moi ? La salle était remplie de femmes qui appartiennent à votre monde, ce qui ne sera jamais mon cas.

Elle avait raison. En l'invitant, il l'avait attirée sous les projecteurs et exposée aux rumeurs, ce qu'elle ne méritait vraiment pas. Il allait devoir passer le reste de la soirée à limiter les dégâts, jouer son rôle de play-boy et danser avec toutes les femmes célibataires de l'assemblée, afin de faire taire les ragots.

Andreas endossait le rôle de remplaçant, ce soir plus que jamais, quand son père souffrait d'une migraine et ne pouvait assister à la réception donnée en son honneur.

Il s'était arrangé pour ruiner sa première apparition publique à la place de son père, pourtant il ne parvenait pas à le regretter.

L'espace d'un instant, quand Clara lui faisait confiance, sur la piste de danse, il s'était senti invincible.

— Parce que je suis égoïste. Parce que vous êtes différente et que vous ne semblez pas vous soucier de tout cela, dit-il en balayant du regard la pièce luxueuse où ils se trouvaient. Auprès de vous, je peux être le vrai Andreas.

Le regard de Clara s'adoucit.

— Et qui est le vrai Andreas ? Le médecin plein de compassion qui tient la main d'un vieux patient ? Ou le prince mondain qu'on voit sur Internet, invité à toutes les réceptions.

Il s'approcha d'elle et respira son parfum avec délice.

— J'avoue avoir été les deux, parfois. Vous êtes jalouse, *sötnos* ?

— Pas le moins du monde ! Je suis juste désorientée. Je me demande ce que je fais ici et comment je dois m'adresser à vous.

— Vous pouvez m'appeler Andreas, répliqua-t-il.

Il fixa les lèvres entrouvertes sur lesquelles elle devait avoir appliqué un gloss couleur cerise qu'il aurait voulu goûter.

Oh ! Combien il aurait voulu les entendre prononcer son nom… de préférence le crier pendant l'amour ! Mais maintenant qu'elle connaissait son identité, s'abandonnerait-elle à son désir, comme elle l'avait fait cette première nuit ? Ou se comporterait-elle comme une timide petite souris ?

— Ce serait irrespectueux, étant donné les circonstances, répondit-elle, le menton dressé.

Il croisa son regard empreint de défi…

Andreas chanta victoire intérieurement. Non ! Clara ne serait jamais une timide petite souris.

— C'est pour cette raison que j'insiste, dit-il. Quand je suis avec vous, je suis juste moi. Vous êtes la seule personne capable de s'adresser à moi avec une honnêteté brutale. Ne me laissez pas tomber, *sötnos*. Plus que jamais, j'ai besoin d'une alliée entre ces murs.

Clara laissa échapper une exclamation étonnée. Dans ses yeux, la colère fit place à la compassion.

— Pourquoi avez-vous besoin d'une alliée sous votre propre toit ? murmura-t-elle. Vous êtes ici chez vous.

Sauf qu'il avait passé la plus grande partie de sa vie à jouer un autre rôle, à forger son propre destin, croyant pouvoir être un homme ordinaire, appartenant au même monde que Clara.

— C'est vrai, admit-il, mais je n'étais pas né pour succéder à mon père. Je n'ai pas été élevé dans ce but et il y a beaucoup de gens, y compris mon père, peut-être, qui pensent que je ne suis pas taillé pour cette fonction. Normalement, mon frère aîné, Oscar, aurait dû être là ce soir. C'est lui qui aurait charmé les foules et dansé avec la plus belle femme de la réception.

— Ce n'est pas vrai, souffla Clara, horrifiée.

— Ah bon ? N'oubliez pas que je suis la pièce de rechange. Mon père me l'a fait clairement comprendre, quand j'étais enfant.

— C'est pour cette raison que vous êtes encore dans l'aile réservée aux invités ? Vous devriez discuter avec votre père. Il se peut que vous vous trompiez totalement sur ses sentiments.

Elle lui effleura le bras, réveillant le désir qui n'était jamais loin.

— J'apprécie votre franchise, *sötnos*, ainsi que vos suggestions, mais est-ce que nous nous connaissons assez bien pour que vous me donniez un tel avis ? Moi-même, je pourrais vous demander pourquoi vous cumulez deux jobs, quand la plupart des gens se contentent d'un seul, ou pourquoi vous tenez tant à rembourser les dettes de votre père.

Clara rougit, mais elle tint bon.

— C'est *mon* choix.

— Je préférerais poursuivre mon propre chemin plutôt que d'endosser le destin de mon frère, mais on ne fait pas toujours ce que l'on veut. Parfois on se doit d'être ce que d'autres ont besoin que nous soyons.

Clara écarquilla les yeux, comme si ces mots avaient un écho en elle.

— Vous pensez toujours qu'on a peu de choses en commun ? demanda-t-il.

Il soupçonnait qu'ils avaient plus de similitudes que de différences, sauf que contrairement à lui, Clara était libre de choisir sa vie.

De nouveau, Andreas passa la main sur son visage.

— Si je vous ai invitée à danser, c'est parce que j'espérais apaiser les tensions entre nous. Sauf que, une fois de plus, j'ai sous-estimé notre alchimie. Même quand je dois me donner en spectacle, jouer ce rôle qui me donne le sentiment d'être un imposteur, je ne parviens pas à réprimer le désir que vous m'inspirez. Quand nous étions au Nordic Care, vous m'avez dit que nous devrions oublier cette attirance. Vous êtes toujours de cet avis ?

— Je m'efforce vraiment de l'oublier, répondit-elle en rougissant.

— Quant à moi, je ne pense qu'à vous, y compris lorsque ma priorité devrait être de représenter mon père temporairement. Vous voyez, je suis franc, moi aussi, et cela vous choque peut-être. Préféreriez-vous que je vous mente ? Que je cache à quel point je vous désire ? Que je vous manipule pour vous attirer dans mon lit, comme vous m'en avez accusé un jour ?

Clara secoua énergiquement la tête.

— Non, mais...

— Soyez honnête, *sötnos*, comme vous l'avez toujours été. Parce que nos corps ne se soucient guère de nos différences. Sur ce point, nous sommes totalement égaux.

Clara inspira profondément.

— Je vous désire aussi, mais je ne peux pas perdre mon travail et toute liaison entre nous serait dangereuse.

S'approchant d'elle, il lui prit la main et la posa sur sa poitrine.

— Je vous promets que vous n'avez rien à craindre. Vous avez ma parole en tant que prince et chevalier de Varborg.

Pendant un long moment, Clara le fixa en silence.

— Personne ne doit être au courant, dit-elle enfin.

Le cœur battant la chamade, Andreas acquiesça d'un signe de tête.

— Je n'ai jamais voulu vous blesser comme je l'ai fait ce soir. Je ne trahis jamais les personnes qui me font confiance. Dites-moi ce que je dois faire pour que ça marche.

Elle leva la tête, si bien que son haleine frôla les lèvres d'Andreas.

— Je ne cherche pas une relation sentimentale, donc ça ne peut être que purement physique.

— D'accord.

Il savait que dans un avenir plus ou moins lointain, il devrait se marier, avoir un héritier et se concentrer sur les intérêts de la principauté.

— Juste une aventure, conclut-il.

— Une brève aventure, corrigea-t-elle.

Il hocha la tête, forgeant déjà un plan pour préserver l'intimité de Clara. Il ne voulait pas que sa notoriété lui fasse peur avant même le début de leur liaison.

— De mon côté, dit-il, j'ai une dernière condition non négociable.

Une lueur malicieuse dans les yeux, elle rétorqua :

— Quel tyran vous faites !

Andreas sourit. Comme il l'avait fait le premier soir, il repoussa une mèche de cheveux soyeux derrière son oreille avant de dessiner délicatement la courbe de sa joue.

Elle frissonna.

— Plus de révérences, dit-il, plus de « Votre Altesse Royale », dit-il en plongeant dans ses yeux avant de fixer la jolie bouche qu'il brûlait de goûter.

— Pourtant, c'est tout à fait approprié.

Elle lui adressa un petit sourire de défi.

Il passa brusquement au tutoiement :

— Pas quand je serai en toi et que je te ferai jouir.

Elle poussa un gémissement qui le galvanisa. La soulevant de terre, il s'empara de ses lèvres. Au contact du corps souple serré contre le sien, Andreas sentit les feux de l'enfer se répandre dans ses veines. Enivré par son parfum, il caressa la langue de Clara de la sienne.

Glissant les doigts dans sa chevelure, il la porta jusqu'à un canapé, l'esprit et le corps enflammés comme la première fois, puis il retroussa sa robe jusqu'à ses hanches et fit glisser ses doigts le long d'une cuisse soyeuse.

— Andreas, gémit-elle.

Rejetant la tête en arrière, elle offrit sa gorge à ses baisers.

Entendre son prénom dans la bouche de Clara était plus délectable qu'il ne l'aurait imaginé. Il s'allongea entre ses jambes entrouvertes, puis il lui mordilla l'oreille et respira son odeur avec délice, remplissant tous ses sens de son goût et léchant sa peau douce.

Les mains de Clara étaient sous son smoking, ses paumes contre sa chemise étaient tout aussi chaudes que la braise. Comme il recommençait à l'embrasser sur la bouche, elle les posa sur ses fesses, attirant ses hanches vers les siennes de façon à se frotter contre son sexe en érection.

Andreas crut devenir fou. C'était absurde ! Il fallait arrêter ! Mais au lieu de cela, il fit descendre le slip de dentelle le long de son derrière et oublia toute raison.

— S'il te plaît, Andreas...

Les yeux fermés, elle avait rejeté la tête en arrière. Elle était si belle qu'Andreas en avait presque mal. Les marques qu'il avait laissées sur sa peau réveillaient la partie la plus primitive de son cerveau. Si elle continuait de prononcer son prénom de cette voix haletante, il ignorait ce qu'il allait faire ensuite.

Après un dernier baiser, il s'arracha à sa bouche.

— Regarde-moi, *sötnos*. Ouvre les yeux.

Glissant les doigts sous le slip, il caressa son clitoris.

Clara battit des paupières et poussa une série de doux gémissements.

De sa main libre, il prit son poignet et pressa sa paume sur son sexe en érection.

— Dis-moi que nous sommes égaux, maintenant. Je suis si dur que j'en ai mal et tu es humide pour moi. Dis-le-moi, j'ai besoin de l'entendre. J'ai besoin de savoir que tu me crois.

— Nous sommes égaux, articula-t-elle avec difficulté.

— C'est ce que nous sommes, murmura-t-il contre ses lèvres.

Glissant un doigt en elle, il la caressa de plus en plus vite.

— Sauf que, dit-il en la regardant dans les yeux, je n'ai jamais désiré aucune femme autant que toi.

Ces paroles semblèrent amener Clara au sommet de l'extase. Elle jouit et frissonna entre ses bras tandis qu'il l'embrassait. Lorsque ce fut terminé, elle enfouit son visage contre le cou d'Andreas et reprit lentement son souffle.

Il retira sa main d'entre ses jambes et tira sur le bord de sa robe de façon à masquer toute tentation. S'il entrevoyait une cuisse nue ou de la dentelle noire, il risquait de ne pas retourner au banquet.

À cet instant, quelqu'un frappa avec insistance à la porte. Il avait demandé à Nils de lui laisser le plus de temps possible.

— Un instant, cria-t-il.

Clara méritait mieux que des caresses clandestines. Elle méritait la séduction, les draps de satin et l'adoration. Mais son absence au banquet risquait d'être remarquée et ses devoirs royaux l'appelaient.

— Je dois y retourner, dit-il en s'écartant avec regret.

Passant un doigt sous son menton, il déposa un baiser sur ses jolies lèvres.

— Je vais devoir bavarder avec des gens et faire un discours après le dîner. Espérons que la migraine de mon père sera passée et qu'il pourra nous rejoindre pour la soirée.

Comment avait-il pu effacer de sa mémoire la visite de

dignitaires qui attendaient une audience ? Clara dans ses bras, il aurait oublié jusqu'à son nom.

— Bien sûr, dit-elle en se levant. Il faut que tu y ailles.

Elle était toute rose, après l'orgasme, et plus belle que jamais. Elle le regarda de haut en bas et ajusta la rangée de médailles qui avaient été bousculées pendant leurs ébats.

— Voilà… c'est parfait.

Prenant sa main, il la porta à ses lèvres.

— C'était un plaisir de négocier avec vous, mademoiselle Lund. J'ai hâte de vous revoir… plus que vous ne pouvez l'imaginer.

Elle sourit, les paupières lourdes. Il aurait voulu pouvoir l'emporter vers un lieu privé où ils seraient seuls.

Mais la réalité s'imposait à eux. Jetant un dernier regard à Clara, dont la beauté lui coupait le souffle, il ajusta sa veste, passa une main dans ses cheveux et quitta la pièce. Il était temps de remettre son masque de prince et de rejoindre ses invités.

Elle avait raison : ils étaient issus de deux mondes différents. Celui de Clara était moins privilégié, en revanche elle jouissait d'une plus grande liberté. Mais tant qu'il ferait en sorte de ne jamais la blesser ou l'abandonner, il la protégerait contre les spéculations émises par les observateurs et les critiques de la presse qui suivait ses moindres mouvements.

Ainsi, ils pourraient se retrouver sur un pied d'égalité.

8

Trois nuits après la réception, alors qu'Andreas faisait un rêve érotique dont le principal personnage était son infirmière préférée, il fut réveillé en sursaut par l'Interphone.

— Andreas, c'est Clara. Je dois te parler.

Il y avait une telle urgence dans sa voix qu'il fut pris de panique.

— Entre, dit-il en s'asseyant.

Il déclencha le système d'ouverture de la porte, puis il prit sa prothèse, le cœur battant. Il était habitué à être arraché au sommeil en pleine nuit, mais pas chez lui.

— Quel est le problème ? demanda-t-il quand Clara surgit dans sa chambre quelques secondes plus tard. Tu es blessée ?

Pour quelle autre raison serait-elle venue le voir à cette heure ?

— Je m'inquiète pour le prince Henrik, et j'ai besoin d'un second avis. Il y a une tempête de neige, dehors, et le médecin traitant de ton père est coincé. J'ai laissé le prince avec l'autre infirmière parce que je voulais te réveiller moi-même.

Andreas se leva et enfila son peignoir, trop inquiet pour se réjouir de la façon dont Clara avait regardé son corps nu avant qu'il noue la ceinture.

— Tu as eu raison de venir me chercher, *sötnos*.

Il lui toucha le bras, profondément touché qu'elle lui demande son aide. Il passa ensuite la main sur son visage pour effacer les dernières traces de sommeil et prit sa sacoche médicale.

De quoi pouvait souffrir son père ? Il se rappela leur dernière conversation. Le prince paraissait fatigué, mais en dehors de cela, il avait l'air en bonne santé. Ils avaient parlé de la visite du Premier ministre suédois, des galas de charité requérant le patronage royal et des fêtes de Noël.

— Dis-moi ce qui t'inquiète.

— Le prince Henrik a commencé à avoir des difficultés respiratoires, il y a un petit moment. Sa température est normale, son pouls rapide et sa tension élevée. Pas de douleur de poitrine, mais j'ai craint une pneumonie ou une embolie pulmonaire, bien que l'auscultation ne m'ait donné aucune indication dans ce sens.

Masquant sa propre inquiétude, Andreas posa la main sur l'épaule de Clara et la pressa légèrement.

— Tu as mesuré sa saturation en oxygène ?

— Elle est à 95.

Andreas laissa échapper un soupir de soulagement.

— Quelqu'un va amener le médecin en scooter des neiges, continua Clara, mais cela peut prendre une heure. Je sais qu'on n'est pas censé traiter un membre de sa famille, mais je me suis dit que c'était possible en cas d'urgence.

Andreas lui adressa un sourire reconnaissant. Il aurait voulu la prendre dans ses bras, mais son père avait besoin de son aide.

— Je te remercie de prendre aussi bien soin de lui.

Plus tard, il lui dirait à quel point il appréciait son dévouement et l'humilité dont elle faisait preuve en lui demandant son avis, elle qui était si farouchement indépendante.

Lorsqu'ils parvinrent devant la porte de la suite royale, elle posa une main sur son bras.

— Tu supporteras de voir ton père dans cet état ? Il est très angoissé.

L'espace d'une seconde, il eut l'impression qu'elle voulait dire autre chose, mais il n'en fut rien.

— Je te remercie d'avoir autant de considération pour mes sentiments, mais ça va aller, merci.

Ce que Clara ignorait, c'est que la mort d'Oscar amplifiait les craintes d'Andreas pour son père. La dernière fois qu'il s'était efforcé d'aider médicalement un proche, les conséquences avaient été dévastatrices pour lui, sa famille et la nation. Il avait fait tout ce qu'il pouvait pour ranimer son frère, mais cela n'avait pas été suffisant.

Il ne pouvait pas échouer aujourd'hui. Il fallait qu'il reste calme et objectif !

Un instant plus tard, le majordome leur ouvrit. Son visage pâle et ses traits tirés disaient combien il était inquiet pour son maître. Il les fit entrer dans la chambre du prince, une pièce dans laquelle Andreas n'avait plus mis les pieds depuis son adolescence.

Malgré les avertissements de Clara et son expérience de médecin, il fut choqué par l'aspect de son père. Ce dernier était assis sur le bord de son lit, un masque à oxygène sur le visage. Ses mains étaient crispées sur ses cuisses, sa respiration lente et laborieuse.

Le cœur serré, Andreas s'approcha de lui.

— Papa, je vais devoir t'ausculter.

S'il parvenait à traiter son père comme n'importe quel autre patient, il pourrait réprimer la peur qui s'emparait de lui. Il prit son pouls, notant qu'il était rapide mais régulier.

— Tu ne ressens aucune douleur au niveau de la poitrine ?

Le prince Henrik secoua négativement la tête. Son regard était angoissé et des gouttes de sueur perlaient à son front.

— Vertige, dit-il en agrippant la main de son fils.

Clara tendit un stéthoscope à Andreas, qui écouta longuement la respiration de son père. Il se reprochait de ne pas s'être renseigné davantage sur la santé du prince lorsqu'il était revenu. Il n'en voulait pas à Clara et au personnel médical d'avoir été discrets, mais en tant que médecin, avait-il manqué de voir une évidence ?

Le sentiment familier de ne pas être à la hauteur l'oppressa. Quelque chose, dans les yeux de Clara, lui disait qu'elle en savait davantage qu'elle ne le lui disait.

La culpabilité le transperça. Depuis son retour à Varborg, il s'était focalisé sur la difficulté qu'il y avait à être à la fois médecin et héritier du trône. Mais aujourd'hui, son instinct lui disait que son père ne souffrait pas seulement d'une légère indisposition, comme il le lui avait affirmé le soir de la réception. En tant que fils et héritier, Andreas avait pourtant le droit de savoir si la vie de son père était en danger.

— Tu as raison, dit-il à Clara en lui rendant le stéthoscope, les bruits respiratoires sont normaux. Il n'y a pas de signe d'infection ou de problèmes cardiaques. Pas de pneumothorax ou d'épanchement pleural, mais sans radio ou scan, on ne peut pas poser un diagnostic plus fin.

— Qu'est-ce qu'on fait, en ce cas ? demanda Clara en le regardant avec une confiance évidente.

— Je pense qu'il s'agit d'une attaque de panique, dit-il.

Il espérait avoir raison pour le bien de son père, car le problème serait facile à résoudre sur place.

— Si nous pouvons ralentir sa respiration, nous saurons si j'ai raison, conclut-il.

Il s'assit sur le lit près de son père et prit sa main dans la sienne.

— Papa, tu respires trop vite, pince les lèvres comme pour éteindre une bougie… c'est ça. Maintenant inspire et expire lentement. Un, deux, trois, inspire. Quatre, cinq, six, expire.

Pendant qu'Andreas répétait les instructions d'une voix calme, Clara était debout en face du prince et suivait les consignes pour lui donner l'exemple.

Cela prit quelques minutes, mais son père se calma. Peu à peu, l'angoisse disparut de son regard. Andreas demanda au majordome et à l'infirmière de garde de sortir de la chambre.

— Papa, tu es d'accord pour que Clara t'aide à t'installer confortablement ?

Son père hocha la tête, recouvrant lentement son sang-froid. Clara tapota les oreillers et à eux deux, ils recouchèrent le prince Henrik.

— Je pense que tu as fait une attaque de panique, papa. Ton médecin est en route et il fera sans doute d'autres examens au cas où nous aurions raté quelque chose.

— Merci, mon fils. C'était... angoissant. Je suis content que tu aies été là. Je ne comprends pas ce qui m'est arrivé.

Surpris, Andreas détourna le regard de l'homme qu'il avait admiré toute sa vie. Dans son souvenir, le prince Henrik ne s'était jamais appuyé sur lui. Ni après la mort de son épouse, quand il s'était focalisé sur Oscar, ni après l'accident qui avait pris la vie de son fils aîné. Chacun de leur côté, ils avaient fait leur deuil sans jamais en parler.

— Inutile de me remercier, papa. Je suis toujours là pour toi. Je vais attendre que ton médecin arrive.

Il avait besoin de comprendre ce qui avait causé la détresse de son père ce soir-là.

Clara posa un verre d'eau fraîche près du lit.

— Je peux vous apporter quelque chose d'autre, Sire ?

Le prince lui adressa un sourire affectueux. Bien sûr, il la respectait. C'était une infirmière exceptionnelle, douée et intelligente, humble et pleine d'empathie. Plus important encore, elle était loyale.

— Non merci, mon petit.

Clara lança un regard à Andreas.

— Je vais vous laisser. Appelez-moi, si vous en avez besoin.

Sa compassion effraya Andreas, qui la retint par le bras et l'entraîna à quelques mètres du lit.

— Merci d'être venue me chercher, dit-il simplement, alors

qu'il aurait voulu la serrer dans ses bras. Le prince a de la chance de t'avoir parmi son personnel.

— Et il a de la chance de t'avoir comme fils, répliqua-t-elle. Tu devrais t'asseoir près de lui et bavarder un peu.

La gorge serrée par la peur, Andreas retourna auprès de son père. Ce qui venait de se passer prouvait en effet qu'ils devaient se parler. Voir son père dans cet état lui avait rappelé la situation. Même si le prince Henrik n'était pas gravement malade, personne n'était immortel. Son père était humain, vulnérable à la maladie, à la faiblesse et aux cicatrices physiques comme émotionnelles.

Il mourrait un jour, c'était dans l'ordre naturel du monde, et Andreas prendrait sa place sur le trône. Il ne pourrait pas poursuivre la carrière qu'il aimait, qui lui donnait un sentiment de fierté et d'accomplissement. Il perdrait aussi sa liberté, tout comme il devrait mettre un terme à sa relation avec Clara.

Qu'il soit d'accord ou non, qu'il y soit prêt ou non, il devrait faire un jour ces sacrifices pour assumer pleinement le rôle dont il hériterait.

Et ce serait peut-être plus tôt qu'il ne l'avait imaginé.

9

Le lendemain, Clara ouvrit les yeux après seulement deux heures de sommeil. Légèrement désorientée, elle parcourut du regard sa chambre, située dans les logements réservés au personnel.

Sa première pensée fut pour Andreas.

La nuit dernière, elle avait constaté qu'il ignorait que son père était dans la phase terminale de son cancer, ainsi qu'elle le supposait. Elle avait vu à quel moment il avait compris qu'on lui cachait quelque chose. Elle s'était détournée, déchirée entre sa loyauté envers lui et celle qu'elle devait à son père.

Avant de prendre sa douche, elle écarta les rideaux. La neige, qui était tombée toute la nuit, formait une couche épaisse. Sa petite voiture ne parviendrait pas jusqu'aux routes principales. Elle envoya un message au Nordic Care, pour prévenir qu'elle ne pourrait pas venir travailler.

Sous le jet d'eau chaude, elle revit les événements de la nuit. Dans ces circonstances exceptionnelles, il était naturel qu'elle avertisse Andreas, qui était gériatre, que son père n'allait pas bien.

« Ne me laissez pas tomber, *sötnos*. Plus que jamais, j'ai besoin d'une alliée entre ces murs. »

Les mots qu'il avait prononcés, le soir du banquet, lui nouaient l'estomac. Un poids énorme pesait sur les épaules d'Andreas. Son père n'allait pas tarder à disparaître et il devrait abandonner sa carrière médicale pour endosser le rôle le plus important de sa vie, celui de souverain.

Comment pourrait-elle l'aider ?

Tandis qu'elle enfilait un jean et une jolie veste tricotée par sa mère, le téléphone resta obstinément silencieux. Elle venait d'appliquer un peu de gloss sur ses lèvres, quand on frappa à la porte. Pensant qu'il s'agissait d'une infirmière ou du chef du personnel venu l'informer de l'état des routes, elle alla ouvrir.

Andreas se tenait sur le seuil, les traits tirés.

— Tu connais le pronostic, bien sûr, dit-il, les yeux hagards.

Même submergé par le chagrin, il était incroyablement beau, vêtu d'un jean sombre et d'un sweater vert forêt, les cheveux rejetés en arrière. Clara aurait voulu le prendre dans ses bras, mais au lieu de cela, elle jeta un coup d'œil au couloir désert.

— Je suis désolée, il est mon patient, souffla-t-elle.

Andreas savait bien qu'elle était liée par le secret professionnel, mais elle déplorait qu'il ait été le dernier à savoir.

— Je ne te blâme pas, mais il est *mon* père. *Quelqu'un* aurait dû me mettre au courant. *Il* aurait dû me mettre au courant. Il tolère que je monte sur le trône parce qu'il n'a pas le choix. Mais il n'a pas suffisamment confiance en moi, son héritier, son fils, un médecin, pour me parler. Mais j'aurais dû voir les signes, conclut Andreas en fermant brièvement les yeux.

— Tu n'as rien à te reprocher. Et c'est peut-être *parce que* tu es son fils, *parce qu'il t'aime*, qu'il a souhaité t'épargner.

Andreas fronça les sourcils, visiblement sceptique.

Sa relation avec son père ne regardait pas Clara. Ils n'étaient pas amis et à peine amants, mais elle comprenait exactement ce qu'il traversait. Sa propre mère avait tenté de lui cacher la vérité jusqu'à ce qu'elle doive être opérée et ne puisse plus cacher les symptômes.

— Comment va le prince, ce matin ? demanda-t-elle.

— Il se sent un peu mieux, mais il refuse que je prenne

connaissance de son dossier médical, répondit Andreas sur un ton amer. C'est comme s'il ne me comprenait absolument pas. Je suis médecin, je pourrais... aider.

Clara hocha la tête avec compassion. Elle comprenait ce sentiment d'inutilité, mais en dehors du soutien apporté à son père, il ne pouvait pas faire grand-chose.

Andreas lui jeta un coup d'œil implorant.

— Je me sens impuissant, je n'arrive pas à réfléchir. J'ai besoin de m'éloigner d'ici pour m'éclaircir les idées. Tu veux bien venir avec moi ?

Clara retint un « oui » immédiat. Mais comment lui refuser quelque chose d'aussi simple, alors qu'elle comprenait sa vulnérabilité ?

— J'irais n'importe où avec toi, répliqua-t-elle. Mais tu as vu la neige ?

— Fais-moi confiance.

— D'accord.

Il se détendit visiblement.

— Prends tes bottes.

Clara se hâta d'aller les chercher, ainsi que son téléphone. Ensuite, Andreas la conduisit dans une partie du palais qu'elle n'avait jamais visitée auparavant. Dans un grand vestiaire, il prit une parka fourrée sur laquelle le blason de la Couronne était brodé, et en donna une autre à Clara.

Malgré sa tristesse, elle éprouva une grande excitation. Allaient ils skier ? Peu lui importait. Il était venu vers elle dans un moment de détresse et elle aurait fait n'importe quoi pour lui apporter son aide.

Dans la cour, la neige avait été enlevée à la pelle. Un scooter de neige bleu royal se trouvait dans l'allée. Il était orné d'une couronne et portait les mots « Maison de Cronstedt ».

— Tu sais le conduire ? demanda-t-elle en se coiffant du casque qu'il lui tendait.

Andreas lui adressa un grand sourire pour la première fois.

— Bien sûr que oui ! Tu ne peux aller nulle part en hiver si tu n'en as pas un. Oscar et moi faisions la course assez souvent.

Prenant la main gantée de Clara, il la guida jusqu'au scooter.

— Évidemment ! dit-elle en riant. Ça semble terrifiant.

Il lui adressa un clin d'œil sexy.

— Allez, monte.

Elle prit place à l'arrière pendant qu'Andreas enjambait son siège et mettait le contact.

— Tiens-toi bien !

Elle entoura la taille d'Andreas de ses bras et posa la joue sur son dos. Le moteur rugit sous elle et elle poussa un petit cri lorsqu'ils démarrèrent.

Un instant plus tard, ils s'éloignaient du palais, frôlant à peine la neige qui scintillait au soleil, tel un drap en diamant, et se dirigeaient vers la forêt toute proche. Andreas conduisait avec une facilité impressionnante et zigzaguait entre les sapins.

Le vent fouettait les joues et les cheveux de Clara. Elle souriait si largement que ses dents étaient glacées. Cela lui rappelait le soir du jubilé, lorsqu'elle avait eu l'impression de voler en dansant avec Andreas. Pour la seconde fois, elle éprouvait cette sensation intense de liberté.

Serrant plus fort la taille d'Andreas, elle enfouit de nouveau son visage entre ses larges épaules pour se protéger du vent. D'autres femmes se seraient sans doute laissé emporter par le côté romantique de cette situation, mais Clara n'oubliait pas la réalité, même lorsqu'elle glissait sur la neige à la vitesse de l'éclair.

Andreas appartenait à Varborg, et en second lieu à sa future princesse. Laquelle se contenterait de marcher à ses côtés, de se tenir dans l'ombre et de donner un héritier à la principauté. Clara en avait conscience, mais cela ne l'empêchait pas de souhaiter vivre avec lui un interlude dans son lit.

Finalement, il parvint dans une clairière. Andreas ralentit

son engin, puis il s'arrêta et coupa le moteur. S'écartant du dos solide qui la protégeait, Clara poussa un cri d'admiration à la vue du chalet en rondins niché parmi les arbres.

— Oh ! C'est magnifique. Qui habite ici ?

Tout comme la forêt environnante, le chalet se dressait parmi une épaisse neige qui brillait au soleil.

— Personne, répondit Andreas en lui prenant la main pour l'aider à descendre du scooter. C'est une sorte de pavillon de chasse construit par l'un de mes ancêtres.

Il paraissait nettement moins tendu qu'au palais, comme s'il se sentait davantage chez lui à cet endroit que dans la grande demeure.

— Oscar et moi, nous venions ici, adolescents. C'était le seul endroit où nous nous sentions libres de jouer, de faire des feux de camp, de construire des cabanes et de camper en été. En hiver, nous patinions sur le lac, pas très loin d'ici.

Clara imagina le jeune prince qu'il avait été, galopant derrière son grand frère, loin du strict protocole et des observateurs.

L'espace d'un instant, le chagrin crispa le visage d'Andreas.

— Maintenant je suis le seul à passer un peu de temps ici.

Clara était profondément touchée qu'il l'ait emmenée dans ce lieu si spécial pour lui.

— C'est idyllique, dit-elle, les larmes aux yeux.

Pourtant, elle ne pleurait *jamais*… pas même quand Alma avait révélé son cancer à ses filles. Ou quand, des semaines plus tard, la jeune Clara de dix-neuf ans avait ravalé son orgueil et supplié son père de revenir à la maison et de les aider pendant le traitement, sa mère, sa sœur et elle. Bien entendu, Lars n'avait pas donné suite.

Elle aurait pourtant dû le savoir !

— On rentre à l'intérieur ? demanda-t-elle.

— Bien sûr. J'ai demandé à la gouvernante d'allumer les feux et de remplir le réfrigérateur.

Il lui prit la main et ils gravirent ensemble les quelques marches qui menaient à la véranda couverte où étaient disposés quelques sièges taillés dans de vieux troncs de bois.

— Tu as faim ? s'enquit-il.

Il l'aida à retirer sa parka et la suspendit près de la sienne à un portemanteau de bois, près de la porte.

Clara se figea, fascinée par l'intérieur somptueux qui s'offrait à sa vue. Le feu rugissait dans la cheminée, réchauffant la salle de séjour dont le plafond était traversé d'énormes poutres. Il y avait de grandes baies vitrées et des meubles somptueux. Un petit déjeuner pour deux était servi sur la table.

Ce fut Andreas qui rompit le silence :

— Je n'ai jamais amené personne ici.

Tendant le bras, il repoussa une mèche qui barrait la joue de Clara. Ce qu'il venait de dire lui donnait l'impression d'être précieuse et que malgré son passé de play-boy, elle était différente des autres femmes à ses yeux.

— En ce cas, je te remercie.

Se dressant sur la pointe des pieds, elle posa ses lèvres froides sur la bouche tiède d'Andreas, respirant au passage l'odeur de pin et de neige qui semblait lui coller à la peau.

Lorsqu'elle recula, il prit son visage entre ses paumes et chercha ses yeux du regard.

— C'est à moi de te remercier de m'avoir fait confiance en me suivant aveuglément dans cette escapade.

— Je voulais te le dire au palais, murmura-t-elle, mais je comprends ce que tu subis en ce moment. Ma mère a eu un cancer du sein quand j'avais dix-neuf ans.

— Je suis désolé, *sötnos*.

— Elle va bien, maintenant, mais à l'époque, il n'y avait que moi et ma sœur de quinze ans pour nous occuper d'elle. Je l'aidais à la maison, je l'accompagnais à sa chimiothérapie, je restais éveillée lorsqu'elle souffrait trop la nuit.

La voix de Clara se brisa. La maladie de sa mère bien-aimée figurait parmi ses pires souvenirs. Par bonheur, Alma avait eu de la chance.

— La situation est différente, continua-t-elle, mais tu n'es pas seul, Andreas. Ton trouble, ta peine et ta colère sont des réactions normales.

— Merci de m'en avoir parlé. Ta compréhension et le fait que je peux me confier à toi m'aident plus que tu ne le sauras jamais. Ta force intérieure est une source d'inspiration, Clara.

— La tienne aussi. Tu as traversé tellement d'épreuves !

— Pour l'instant, je ne me sens pas vraiment fort, dit-il en prenant la main de Clara pour la poser sur son cœur. J'ai énormément de mal à me contrôler, alors que je n'ai qu'une seule envie, t'embrasser, te caresser et m'enfoncer en toi jusqu'à me perdre, ne serait-ce que quelques instants.

Clara laissa échapper un soupir tremblant en reconnaissant le besoin urgent qu'elle sentait en elle-même. Le désir qu'elle éprouvait pour Andreas était quasiment incontrôlable. C'était comme si leur alchimie devenait d'autant plus puissante que le temps leur était compté.

Bientôt, quand Andreas serait forcé d'abandonner sa carrière, ils ne travailleraient plus ensemble au Nordic Care. Après la mort du prince Henrik, sa présence ne serait plus requise au palais et ils n'auraient plus aucune excuse pour se voir. Elle pouvait faire l'amour avec un prince, surtout quand pour elle il était simplement Andreas, mais pas avec le souverain de Varborg.

— Alors fais-le, dit-elle. C'est exactement ce que j'attends de toi.

Son corps était en feu, le feu qu'il avait allumé le premier soir, quand elle l'avait vu dans son bain, tel un splendide Viking.

Il fronça les sourcils, comme si ses mots étaient trop beaux pour qu'il y croie.

Clara se jeta dans ses bras.

— Je dois te dire une chose, dit-elle, nous avons dit que nous étions égaux dans ce domaine. En vérité, j'ai beaucoup moins d'expérience que toi. Je n'ai fait l'amour qu'une seule fois avec un garçon que j'ai rencontré à la fac. Il me courtisait, m'achetait des fleurs, me conviait à des rendez-vous romantiques. J'avais l'impression d'être spéciale, avec lui. Mais dès que je lui ai cédé, il a perdu tout intérêt pour moi. J'ai découvert qu'il avait joué le même jeu avec d'autres filles de ma promotion, ce qui était… humiliant. Après cela j'ai évité de fréquenter les hommes pour ne pas être déçue ou blessée. Sans compter que ce n'était pas si bien qu'on me l'avait dit, alors…

Andreas posa un doigt sur sa bouche.

— Je me moque bien que tu n'aies pas d'expérience. Ça n'a aucune importance et ce type est un idiot.

— C'est important pour *moi*. Je m'étais juré que lorsque je serais intime avec quelqu'un, nous serions sur un pied d'égalité. Et surtout que je contrôlerais la situation.

Il hocha la tête.

— Le soir du banquet, tu m'as fait éprouver des sensations inconnues, continua-t-elle. Je me sentais joyeuse et vivante. Jamais je n'avais expérimenté cela avec quelqu'un d'autre. Je voudrais te faire ressentir les mêmes choses. Est-ce que tu me montreras ce que tu aimes ? conclut-elle.

Les pupilles dilatées, Andreas inspira profondément. Avec un grondement qui résonna dans tout le corps de Clara, il la souleva, la pressa contre lui et s'empara de sa bouche.

Pendant quelques instants, elle se perdit dans la passion farouche de ce baiser. Ses pieds touchaient à peine le sol et elle en oubliait même de respirer, au point que la tête lui tourna. Elle n'aurait su dire où son corps finissait et où le sien commençait.

— Tu me tues, gémit-il contre ses lèvres. Juste quand je me disais que tu ne pouvais pas être plus parfaite que tu ne l'es déjà.

— Je suis loin de l'être, répliqua-t-elle avec un petit rire. Et je suis certaine que tuer l'héritier du trône est sévèrement puni.

— En ce cas, c'est une bonne chose qu'à cet instant précis et avec toi, je sois juste Andreas.

Sur ces mots, il la prit par la main et l'emmena dans la chambre principale.

10

Le corps en feu, Clara regarda autour d'elle. Des tapis en fourrure recouvraient le parquet en bois, devant la cheminée où le feu crépitait, diffusant une lueur chaude dans la pièce. Un lit imposant en bois massif et aux draps blancs comme la neige dominait la chambre.

Clara se retourna pour faire face à Andreas, puis elle se dressa de nouveau sur la pointe des pieds pour presser ses lèvres sur les siennes. Elle ne voulait penser à rien d'autre qu'au désir qu'il suscitait en elle, préférant oublier les risques qu'elle prenait en s'y abandonnant.

Pour l'instant, ils allaient réaliser la promesse qu'ils s'étaient faite, être seulement une femme et un homme ordinaires et égaux.

— J'ai envie de toi, dit-elle en glissant les mains sous la veste d'Andreas pour explorer sa peau tiède et dorée et caresser les muscles qu'elle avait entrevus quand il était dans la baignoire.

Elle souleva son sweater, impatiente de voir ce corps magnifique une fois de plus.

— Nous ne sommes pas pressés, dit-il en faisant passer son sweater par-dessus sa tête avant de le jeter sur la chaise la plus proche.

Il l'attira ensuite dans ses bras où elle s'embrasa littéralement à son contact.

— Je ne peux pas m'en empêcher, soupira-t-elle. N'oublie pas que je t'ai vu nu… *deux fois*.

Elle parcourut des yeux la poitrine d'Andreas. Il était si beau et si viril qu'en elle, la femme était impatiente de lui appartenir.

Un sourire satisfait étira la bouche d'Andreas.

— J'ai bien vu comment tu me regardais, l'autre nuit. Aussi, ce ne serait que justice, si je pouvais contempler à mon tour le corps qui me torture depuis la première fois que je t'ai vue.

À son tour, il glissa les mains sous la veste de Clara et dégrafa habilement son soutien-gorge. Ensuite il l'embrassa longuement, exacerbant l'excitation qu'elle sentait entre ses jambes.

Comment cet homme suscitait-il en elle un tel besoin ? Était-ce parce qu'il la regardait comme si elle était exceptionnelle ? Ou parce qu'elle avait si longtemps réprimé sa libido qu'un seul regard de lui réveillait ses hormones ?

Ils saisirent ensemble le bas de son pull et Andreas le lui retira en même temps que son soutien-gorge. Elle frissonna sous l'effet d'une délicieuse anticipation. Elle s'aperçut qu'elle avait la chair de poule, pourtant elle brûlait littéralement de l'intérieur. Peau contre peau avec Andreas, elle eut l'impression qu'elle allait être réduite en cendres d'un instant à l'autre.

— Touche-moi, supplia-t-elle.

Une lueur ardente dans les yeux, il lui caressa les seins.

— Tu es belle à couper le souffle, dit-il d'une voix rauque. Je t'ai désirée la première fois que je t'ai vue, continua-t-il en taquinant les tétons de Clara avec ses pouces. Dans ton uniforme, avec ton petit chignon, tu incarnais un fantasme d'infirmière que j'ignorais avoir.

Clara se mit à rire, puis elle se mordit la lèvre pour réprimer la montée de plaisir qui faisait fléchir ses jambes.

— Moi aussi, je t'ai désiré, avoua-t-elle en rejetant la tête en arrière pour offrir sa gorge à ses baisers. J'aurais voulu te rejoindre dans cette grande baignoire.

— Je savais que ce serait ainsi, entre nous, dit Andreas en pressant les pointes dressées de ses seins entre ses doigts. J'ai senti cette alchimie la première fois que tu m'as regardé comme si tu te moquais de savoir qui j'étais.

Clara émit un gémissement et l'embrassa sur la bouche. Avec une audace qu'elle ne se connaissait pas, elle fit glisser sa paume le long du torse d'Andreas et la posa sur son jean, là où son sexe gonflait le tissu.

Ce fut au tour d'Andreas de gémir. Sans cesser de l'embrasser, il la serra contre lui, l'enfermant entre ses bras puissants.

L'entraînant vers le lit, il ordonna :

— Allonge-toi. Je veux te contempler.

Clara s'exécuta et lorsqu'il se pencha sur elle pour prendre un téton dans sa bouche et le sucer, elle fut prise de vertige. Au bout de quelques minutes de pur délice, elle voulut lui faire perdre tout contrôle comme il le faisait avec elle. De nouveau, elle tendit la main pour la poser sur son sexe.

Soulevant les hanches, il lui prit la main et immobilisa son poignet contre le drap.

— Je crois qu'il y a un déséquilibre à corriger, en matière de nudité, dit-il en lui adressant un sourire malicieux. Tu m'as vu nu deux fois, après tout.

Sur ces mots, il captura entre ses lèvres la pointe de l'autre sein et le caressa de sa langue.

— Andreas...

Elle se tortilla sur le lit tandis qu'il poursuivait la torture.

— Appelle-moi encore ainsi, *sötnos*.

Après avoir abaissé la fermeture Eclair du jean de Clara, ils tirèrent ensemble sur les jambes du pantalon avec une sorte de frénésie. Elle brûlait d'envie qu'il se déshabille et qu'il s'allonge sur elle totalement nu avant de la pénétrer.

— C'est presque bien, dit-il.

Prenant les bords de son slip, il le fit glisser le long des jambes de Clara tout en fixant sa nudité d'un regard avide.

Elle voulut teinter ce moment intense d'une pointe d'humour.

— Ne te gêne pas, surtout, fit-elle d'une voix enrouée par le désir. Prends tout ton temps.

— C'est ce que je vais faire, ne t'inquiète pas. J'ai bien l'intention de te contempler et d'embrasser chaque centimètre de ton corps jusqu'à ce que tu sanglotes en prononçant mon nom. Jusqu'à ce que tu n'envisages plus jamais de m'appeler autrement qu'Andreas. Jusqu'à ce que pour toi, je sois l'homme qui te désire au point d'avoir du mal à respirer, en ce moment.

Il traça un sillon de baisers sur son ventre, jusqu'à son nombril et plus bas. Clara poussa un cri lorsque la bouche d'Andreas se posa sur son sexe, propulsant en elle des ondes de plaisir. Instinctivement, elle glissa les doigts dans ses cheveux pour le retenir, emportée dans un tourbillon voluptueux. Il continua jusqu'à ce qu'elle dise son prénom entre deux sanglots, comme il l'avait prédit.

Il s'arrêta brusquement.

— Je veux être en toi quand tu jouiras.

Il se releva pour retirer son jean et son boxer, libérant son sexe en érection.

Voulant exercer sur lui le même pouvoir qu'il avait sur elle, Clara s'assit et le prit dans sa main, puis elle se pencha pour l'embrasser.

— Clara...

À son tour, il plongea sa main dans ses cheveux pour l'attirer vers lui.

— Tu aimes ? demanda-t-elle en caressant la peau douce de son sexe avant de la lécher du bout de la langue.

— J'adore ! dit-il entre ses dents serrées.

Soudain, il l'écarta et ouvrit un tiroir de la table de nuit pour en sortir un préservatif.

— Je m'amusais bien, protesta Clara lorsqu'il l'enfila.

— Moi aussi.

La suivant sur le lit, Andreas ôta sa prothèse et la jeta sur le sol.

— Viens là.

Il s'allongea sur le lit et attira Clara de façon à ce qu'elle soit au-dessus de lui.

— J'aime ton odeur, dit-il. Tu sens l'herbe au printemps.

D'une main, il exerça une légère pression sur la nuque de Clara pour que leurs bouches se rencontrent et gémit quand elle introduisit sa langue entre ses lèvres.

Elle était assise à califourchon sur ses hanches. Posant ses paumes sur ses fesses, il fit en sorte que la partie la plus sensible de son anatomie rentre en contact avec son sexe en érection.

Clara cessa un instant de respirer.

— Andreas...

Il imprimait à ses hanches un mouvement de haut en bas. Cette torture délicieuse dura jusqu'à ce que leurs deux respirations se fassent haletantes. Avec dextérité, il fit alors basculer Clara sur le côté, si bien qu'elle se retrouva sous lui. Les traits crispés par le désir, il se pencha pour sucer un mamelon.

— Tu me rends si dur ! dit-il en se redressant.

Du pouce, il continua de taquiner la pointe dressée tout en écoutant ses cris de plaisir.

— Je veux te satisfaire, répliqua-t-elle. Je veux que tu oublies le reste du monde.

Le sentant entre ses jambes, elle les écarta, comme pour l'inviter à la pénétrer.

Il déposa sur les lèvres de Clara une pluie de baisers.

— J'aime qui je suis quand je suis avec toi. Tu me donnes l'impression de pouvoir être moi-même.

— Tu le peux, murmura-t-elle.

Andreas s'introduisit en elle lentement jusqu'à ce qu'ils ne fassent plus qu'un.

Chacun des muscles d'Andreas était tendu. À chaque seconde, il lui semblait qu'il pouvait exploser et cesser d'exister. Clara gémissait de plaisir contre ses lèvres, elle le fixait comme s'il était la réponse à des prières qu'elle ignorait elle-même avoir formulées.

Glissant ses doigts dans les cheveux d'Andreas, elle supplia :

— N'arrête pas !

Il se retint au prix d'un énorme effort, voulant par-dessus tout lui donner tout le plaisir possible, après qu'elle avait été là pour lui au moment où il en avait le plus besoin.

— Tu es extraordinaire, murmura-t-il en accélérant le rythme.

Il refusait de penser à ce qu'il aurait fait si elle n'avait pas été bloquée au palais par la neige.

— Andreas ! cria-t-elle.

Elle le fixait dans les yeux, lui donnant tout ce qu'il pouvait souhaiter : la connexion, l'acceptation, l'union. Mais c'était Clara, farouchement loyale, profondément compatissante et d'une bravoure extrême. Il bougeait en elle tout en l'embrassant passionnément. Son cœur, son esprit et son âme fusionnèrent à l'instant précis où il se perdit en elle.

Andreas... Andreas...

La façon dont elle prononçait son prénom avait un écho au plus profond de son être, lui procurant une paix intérieure qu'il ne connaissait qu'avec elle. Peut-être parce qu'elle le prenait pour ce qu'il était et n'attendait rien d'autre de lui que cela.

— Abandonne-toi totalement, Clara, dit-il contre sa nuque.

La température monta d'un cran, les cœurs battirent follement. Un cri rauque sortit de la gorge de Clara. Au moment où elle jouissait et enfonçait ses ongles dans le dos d'Andreas, il introduisit sa langue dans sa bouche. Les sanglots étouffés de Clara furent une douce musique à ses oreilles.

Elle était... sa perfection.

Il la suivit presque aussitôt, le corps secoué par les spasmes puissants de l'orgasme tandis qu'ils s'agrippaient l'un à l'autre, haletants et en sueur.

— Je ne savais pas que ça pouvait être comme ça, dit Clara après quelques minutes. J'en avais entendu parler, je l'avais lu dans des romans, mais... waouh !

— Waouh, je suis bien d'accord, *sötnos*. Ce n'est pas toujours ainsi, mais je dirais que cela fait définitivement de nous des égaux.

Andreas déposa plusieurs baisers sur les lèvres souriantes de Clara, ses joues roses et ses paupières closes pendant que son cœur s'efforçait de reprendre sa place dans sa poitrine.

Il s'allongea près d'elle, un bras autour de ses épaules pour la serrer contre lui tandis qu'il reprenait conscience et que la réalité commençait à s'imposer à lui.

L'espace de quelques heures, Clara lui avait permis d'oublier ce qui l'attendait. Mais il ne pouvait s'échapper avec elle à jamais. Il ne pouvait pas rester indéfiniment dans ce chalet, quelle que soit l'envie qu'il en avait. Il devrait retourner au palais, soutenir son père et abandonner son métier.

Le chagrin lui serra la gorge. À cause de son père, sa seule famille, mais aussi parce qu'il allait devoir renoncer à sa liberté... et sacrifier Clara.

La tête sur son épaule, Clara lui caressait le ventre d'une façon qui ne tarderait pas à réveiller son désir, si elle continuait.

— Tu crois que ton ancêtre, celui qui a fait construire cet endroit, y amenait sa maîtresse ? demanda-t-elle d'une voix endormie.

— Le prince Erno, mon arrière-arrière-grand-père ? Sans doute. Il avait une maîtresse très belle, d'après ce qu'on dit. Sauf que tu n'es pas ma maîtresse.

— Non, dit-elle simplement, un petit sourire aux lèvres.

— Ça me plairait bien pourtant, dit-il avant de lui voler un baiser.

Clara se mit à rire, puis elle jeta un coup d'œil au feu, dans la cheminée.

— Il est en train de s'éteindre. Je vais remettre deux bûches.

Avant qu'il puisse la retenir, elle sortit du lit et traversa la pièce, complètement nue.

Andreas croisa les bras sous sa nuque et profita du spectacle. Ils venaient à peine de faire l'amour, pourtant il la désirait déjà. Quelle sorte de pouvoir avait-elle sur lui ?

Clara déposa deux bûches sur les braises et revint se coucher, son joli corps auréolé par la lueur orange projetée par les flammes.

— Si ce n'était déjà mon endroit préféré au monde, dit Andreas d'une voix enrouée, ça le serait à partir d'aujourd'hui. Je ne pourrai plus jamais voir ce feu sans évoquer ton corps magnifique.

— Je suis votre servante, Votre Altesse Royale, répliqua-t-elle en souriant.

Sur ces mots, elle esquissa une petite révérence avant de le rejoindre sous les draps.

Il prit son menton de façon à attirer sa bouche contre la sienne.

— Ne fais pas ça. Nous avions conclu que le protocole ne te concerne pas.

Il l'embrassa, caressant sa langue de la sienne pour tenter de calmer l'urgence de son désir. Mais les mots et le geste de Clara avaient rompu le charme.

Il ne pouvait pas se cacher avec elle toute sa vie. Les responsabilités et un avenir difficile l'attendaient.

Le prince Henrik avait besoin de lui… ainsi que la nation. Mais supporterait-il de tout perdre à la fois, son père, son métier *et* Clara ?

— Je suis désolée, murmura-t-elle. Il est trop tôt pour plaisanter, n'est-ce pas ?

Andreas soupira et l'attira contre lui.

— Normalement, j'ai le sens de l'humour. C'est juste que ce chalet est le seul endroit où j'ai toujours eu le sentiment de pouvoir être moi-même. Et c'est ce que je veux, avec toi.

Hochant la tête, elle le fixa avec compassion.

— Je suis heureuse que tu te sentes en sécurité et libre quelque part, dit-elle. Tu te sens proche d'Oscar, ici, non ?

Andreas déposa un baiser sur ses lèvres.

— Tu as un don pour lire dans les pensées des gens, tu es au courant ?

Il avait toujours apprécié sa franchise, mais maintenant qu'il devait affronter l'idée que son père n'allait pas tarder à disparaître, maintenant qu'il avait pu s'échapper avec Clara dans ce lieu magique et unique pour qu'ils se donnent enfin l'un à l'autre... il n'avait pas la moindre envie d'évoquer ses erreurs passées.

— Je me sens très proche d'Oscar, ici, dit-il pourtant avec un soupir. Nous y avons passé les meilleurs moments de notre enfance.

— Il doit te manquer terriblement, murmura Clara.

— Enfants, nous nous entendions très bien. L'adolescence nous a un peu éloignés, mais nous nous sommes rapprochés à l'âge adulte, avant sa mort.

Attirant Clara contre lui, Andreas fixa le plafond sans le voir. S'il se confiait à elle, il refusait de lire dans ses yeux de la pitié ou des reproches. Il voulait qu'elle le regarde uniquement avec désir.

— Beaucoup de frères et sœurs s'éloignent pendant l'adolescence, remarqua Clara en posant la joue sur sa poitrine. Ma sœur et moi nous disputions tout le temps.

— Je me demande pourquoi cela ne m'étonne pas, plaisanta-t-il en lui volant un autre baiser pour se donner des forces. En réalité, Oscar était mon héros. Il était intelligent, drôle, et il remportait toujours nos courses en scooter de neige.

Clara sourit avec indulgence.

— Qu'est-ce qui a pu changer cette entente ?

Andreas fit courir ses doigts sur le dos de Clara, depuis sa nuque jusqu'au bas de ses reins. Sa peau douce le réconfortait, même lorsqu'il mettait en lumière les événements les plus sombres de son passé.

— J'avais quatorze ans et Oscar seize, quand notre mère est

morte. À partir de cette nuit-là, nous avons arrêté de tout faire ensemble. Il était désormais trop occupé pour les courses. Il était toujours fourré dans le bureau de notre père, ou bien il prenait des cours de sciences politiques, ou encore il rencontrait de hauts dignitaires.

— Et tu t'es senti abandonné, murmura Clara. C'est compréhensible.

— Au début, je n'ai pas vraiment compris. Évidemment, Oscar était formé pour assumer ses fonctions futures. Je ne le lui ai pas reproché, après tout sa position d'aîné le lui imposait. Mais je n'étais qu'un gosse, et j'aurais voulu que notre père m'accorde un peu d'attention.

— Je crois que tu fais erreur. Tu pleurais ta mère et d'une certaine façon, tu avais le sentiment de perdre aussi ton père et ton frère, dit simplement Clara en pressant ses lèvres sur sa poitrine.

Avait-elle raison ? Cela semblait évident, maintenant.

— Au bout d'un certain temps, reprit-il, j'ai cessé de lutter. Oscar se concentrait sur le rôle pour lequel il était né et le prince Henrik était absorbé par la formation de son héritier.

— Peut-être que ton père pleurait aussi son épouse, remarqua tranquillement Clara.

— Peut-être. Pendant un temps, je me suis conduit comme un imbécile, j'ai fait la fête et considéré que je pouvais faire tout ce que je voulais.

— J'ai vu des photos sur Internet.

— Ensuite, je suis revenu à la raison et j'ai compris que même si je n'étais pas aussi important qu'Oscar, j'avais la liberté de choisir comment vivre ma vie. Je suis allé à l'université, j'ai fait des études de médecine et rejoint les forces armées.

— Tu es aussi important que n'importe qui, dit Clara en s'appuyant sur ses coudes pour le fixer avec une sincérité évidente. Même si tu avais choisi la version play-boy de toi-même et rien de plus.

Andreas la serra contre lui et l'embrassa, touché qu'elle

comprenne ses motivations alors que lui-même avait agi en aveugle, peut-être même jusqu'à cette seconde précise.

— Vous êtes d'une sagesse exceptionnelle, mademoiselle Lund.

— Nous avons dû grandir vite, tous les deux.

Sa perspicacité le transperça.

Il n'avait jamais vu les choses sous cet angle. Mais il était évident que la perte de sa mère, l'éloignement de son frère et l'indifférence apparente de son père avaient fait de lui un adolescent solitaire et troublé. Il n'était pas étonnant qu'il se soit comporté comme un abruti ou que plus tard il se soit engagé dans une profession médicale dont il pouvait être fier, comme s'il avait quelque chose à prouver à son père et au frère aîné qu'il aimait.

Et cela avait marché… jusqu'au moment où il avait été incapable de sauver Oscar.

— Il doit être très difficile pour toi d'abandonner ton travail, continua Clara avec une certaine hésitation. Je ne pourrais jamais renoncer à être infirmière.

— J'ai toujours su que ma famille devrait être ma priorité.

Mais tandis que Clara pourrait continuer à exercer son métier, il prendrait un autre chemin et il ne la verrait plus. Refusant d'y réfléchir, il continua :

— Mais naïvement, je n'ai jamais pensé à ce que cela impliquait au niveau de cette profession que j'aimais et dont j'étais fier jusqu'à l'accident qui a tué Oscar. J'étais là, quand il est mort. J'ai essayé de le sauver et c'est de cette façon que j'ai perdu ma jambe.

— Je suis désolée, dit Clara en déposant un baiser dans son cou.

— Le palais souhaitait que j'abandonne la médecine aussitôt après les funérailles d'Oscar, reprit Andreas, se rappelant la dispute qui l'avait opposé à son père. Je me suis réveillé à l'hôpital pour découvrir que mon frère ne s'en était pas sorti et que j'avais été amputé. Je suis content de ne pas avoir cédé à la pression. J'avais besoin d'avoir une raison pour fixer cette prothèse chaque jour, pour apprendre à marcher de nouveau. D'une certaine façon, la perspective de retourner travailler m'a sauvé.

— Il te fallait une motivation très forte. Cette période a dû être horrible, pour toi.

— Bien sûr. Maintenant que je vais perdre aussi mon père, nos conflits passés n'ont plus aucune importance. Ils rendaient ma mère folle, ainsi que notre entêtement et nos divergences d'opinions. Nous n'avons même pas pu parler de ce qui était arrivé à Oscar, mais quelle importance, aujourd'hui ?

Andreas s'en voulut de s'apitoyer ainsi sur son sort. Après tout, ce n'était pas la fin du monde, s'il devait renoncer à la médecine. Il s'adapterait comme il s'était adapté auparavant lorsqu'il avait perdu sa jambe. Il pourrait mettre toute son énergie dans le gouvernement de son pays. Il le ferait pour Oscar et il s'efforcerait d'être un aussi bon souverain que son frère l'aurait été.

Clara noua ses bras autour de ses épaules et le serra très fort.

— Je suis navrée, Andreas, mais je pense que tu te trompes. Je crois que ce qui vous oppose, ton père et toi, *est* important. Tu as l'occasion, que beaucoup de gens n'ont pas, de parler avec lui de tout ce qui a affecté votre relation avant qu'il soit trop tard.

Andreas se raidit.

— Les hommes de notre famille ne discutent pas vraiment de leurs sentiments. C'est une règle tacite. Quand mon père m'a annoncé le diagnostic des médecins, il n'a montré aucune émotion. Et quand je lui ai demandé de me fournir davantage d'informations, il m'a dit en gros de m'occuper de mes affaires.

Le prince Henrik ne lui avait jamais dit expressément qu'en tant que second fils, il n'était pas l'héritier qu'il avait espéré. C'était inutile car il le savait déjà.

— J'apprécie ton avis, continua-t-il d'une voix neutre. Mais certaines choses ne doivent pas changer. Mon père est un homme fier, il ne supportera pas d'être interrogé et je ne veux pas le bouleverser pendant le temps qui lui reste. Je ne veux pas non plus redevenir le jeune garçon qui cherchait son approbation. Notre relation est complexe, *sötnos*, conclut-il en déposant un baiser sur le front de Clara pour adoucir la dureté de ses propos.

Se redressant brusquement, elle le repoussa.

— Ne fais pas cela ! Ne me traite pas avec condescendance. Je sais tout des relations complexes entre parents et enfants.

— Je ne voulais pas te blesser, dit-il, un peu penaud. Tu veux bien m'en parler ?

Le chagrin assombrit le regard de Clara.

— J'avais seize ans quand mon père est parti. Durant les trois années suivantes, j'ai travaillé dur pour aider ma mère, mais nous étions heureuses toutes les trois. Quand maman est tombée malade, j'étais morte de peur. Un jour, j'ai ravalé mon orgueil et je l'ai appelé. Je l'ai supplié de revenir à la maison pour prendre soin de son épouse et subvenir aux besoins de Freja, qui n'avait que quinze ans. Tu sais ce qu'il a fait ? Il m'a donné tout un tas d'excuses, a écarté mes inquiétudes et prétendu qu'il essaierait mais qu'il avait une transaction importante à l'horizon. C'était tellement humiliant ! Avant qu'il raccroche, je savais qu'il ne viendrait pas. Il n'en avait rien à faire, de nous.

Andreas aurait voulu effacer sa tristesse. Il regrettait d'avoir été trop direct.

— Je suis désolé.

— J'ai repris le cours de ma vie, continua Clara comme s'il ne l'avait pas interrompue. Je n'ai plus jamais compté sur lui ni eu besoin de lui. Mais en coupant les ponts avec lui, je n'ai plus jamais eu l'occasion de lui dire à quel point il m'avait blessée et je n'ai jamais pu lui pardonner.

Prenant sa main, Andreas la porta à ses lèvres.

— Si tu pouvais l'affronter, aujourd'hui, qu'est-ce que tu lui dirais ?

— Que je n'ai plus besoin de lui, qu'il ne peut plus me faire de mal ou me décevoir, que je suis désolée qu'il n'ait pas été un homme meilleur.

Andreas fut submergé par l'instinct de protection. Il voulait prendre soin de Clara, lui donner autant qu'elle lui avait donné et empêcher que quiconque lui fasse du mal.

— Je crois aussi que tu te trompes, *sötnos*. Il y a quelque temps, tu m'as dit que nous étions issus d'univers différents. En réalité, nous nous ressemblons davantage que nous aurions pu l'imaginer.

Ils avaient dû gérer des émotions similaires, bien qu'ils l'aient fait différemment.

— Peut-être, admit-elle. Et peut-être aussi devrions-nous faire autre chose que parler avant de revenir à la réalité.

Elle l'embrassa avec une passion renouvelée, lui faisant perdre le fil de ses pensées.

— J'aime ta façon de penser, dit-il avec soulagement.

En réalité, il aimait tout en elle… *absolument* tout. Il la fit basculer sur le dos et s'empara de sa bouche pour réprimer les doutes et le chagrin, le passé et le futur.

Mais il n'oublierait pas les confidences de Clara. En l'amenant dans ce chalet, un endroit qu'il chérissait, il se sentait plus proche d'elle que jamais. Maintenant qu'il savait combien elle avait été blessée par son père, il se jura de prendre grand soin d'elle jusqu'à ce qu'ils doivent se séparer.

11

Une semaine plus tard, Clara travaillait au Nordic Care, bel et bien rattrapée par la réalité. Elle était en train de vérifier les constantes de Mme Kaase, une patiente âgée et fragile. Après avoir noté sa tension dans son dossier, elle demanda l'intervention d'un médecin car elle avait besoin d'un second avis.

Depuis cette journée magique au chalet, elle n'avait pas eu l'occasion de parler avec Andreas, qui se trouvait dans un service éloigné du sien. Et lorsqu'elle allait au palais, il était pris par ses engagements de futur souverain.

Malheureusement, il y avait eu une fuite dans la presse à propos de l'état de santé du prince Henrik. Le palais avait été forcé d'annoncer publiquement le diagnostic.

Une vidéo avait circulé sur les réseaux, montrant Andreas dans un gala de charité au bénéfice des enfants. Clara l'avait regardé une centaine de fois, juste pour voir son sourire. Mais elle n'en était que plus consciente de leur éloignement. Andreas était intouchable, et elle avait beau se sentir très proche de l'héritier du trône, il ne lui appartenait pas.

La porte de la chambre s'ouvrit et Clara leva les yeux, s'attendant à voir le Dr Nilsen.

Mais c'était Andreas.

Leurs regards se croisèrent. Clara eut la chair de poule, comme si sa peau se rappelait leurs caresses. Elle s'aperçut alors qu'il n'était pas seul. La surveillante se tenait à son côté, visiblement mécontente.

— J'ai appelé le Dr Nilsen, s'excusa Clara en lui jetant un coup d'œil nerveux.

— Le Dr Cronstedt est très occupé, mademoiselle Lund, dit la surveillante comme si elle protégeait Andreas contre les prédatrices. Il y a une équipe de journalistes qui ne va pas tarder à arriver.

— Merci, l'interrompit Andreas. J'ai tout le temps d'examiner la patiente de Mlle Lund. Je ne suis pas censé travailler aujourd'hui, mais je voulais absolument voir mon infirmière préférée.

Il se tourna vers la surveillante, qui rougit de plaisir. Et lorsqu'il regarda de nouveau Clara, un petit sourire étirait ses lèvres. Immédiatement excitée, elle se rappela cette bouche sur sa peau, et en particulier entre ses jambes.

Maudissant sa propre faiblesse, elle se força à regarder ailleurs. Il avait suffi d'une seule journée dans le lit d'Andreas pour qu'elle oublie tout professionnalisme. Mais elle finirait par vaincre ce besoin qu'elle avait de lui.

— Dites-moi ce qui vous inquiète, Clara, demanda-t-il en s'approchant du lit.

— L'essoufflement de Mme Kaase me préoccupe, répondit-elle.

— C'est tout ? intervint la surveillante. Vous auriez pu faire appel à moi avant de solliciter un médecin.

— Je suis là, maintenant, dit Andreas. Poursuivez, Clara.

Elle remarqua les cernes qui soulignaient ses yeux. Il paraissait fatigué, distrait. Forcément, elle était la dernière de ses priorités, et c'était bien ainsi.

Sauf qu'il s'agissait de leur patiente.

— Elle a fait une inflammation du myocarde il y a une semaine, expliqua Clara.

— Et vous craignez une insuffisance cardiaque ?

Il lui adressa un signe de tête approbateur, comme s'il avait une confiance totale dans son approche clinique.

— Oui. Elle présente un œdème périphérique et elle s'est plainte d'une douleur abdominale.

— Je suis d'accord. Cela ressemble bien à une insuffisance cardiaque. Je vais l'examiner.

Posant délicatement la main sur l'épaule de la patiente, il la réveilla doucement.

— Madame Kaase, j'ai besoin d'écouter votre cœur et vos poumons, d'accord ?

La vieille dame hocha la tête et Clara l'aida à s'asseoir. Après l'avoir auscultée, Andreas palpa son abdomen, encourageant Clara à en faire autant et à se focaliser sur le cadran supérieur droit. Elle sentit un gonflement au niveau du foie, indiquant sans nul doute une hépatomégalie.

— La pression sanguine est élevée au niveau de la veine jugulaire, dit Andreas. Je vais installer une ligne centrale pour surveiller la pression veineuse centrale et demander une échographie. Madame Kaase, continua-t-il à l'intention de sa patiente, Mlle Lund et moi, nous pensons que votre cœur ne fonctionne pas correctement.

La vieille dame tendit le bras vers lui. Andreas prit la petite main fragile dans la sienne. Émue, Clara songea que la profession médicale allait perdre un excellent médecin quand il monterait sur le trône. Mais cette perte serait un gain pour la nation. Tout comme le frère qu'il admirait tant, Andreas excellait en toutes choses.

L'estomac noué, elle réalisa une fois de plus que bientôt ils ne travailleraient plus ensemble.

— Je vais prévenir l'unité de soins de longue durée, dit-il. Elle est sous diurétiques ?

Hochant la tête, Clara lui tendit le dossier de la patiente.

Un instant plus tard, Andreas installait habilement le cathéter veineux. Ensuite, il accompagna Clara et la patiente jusqu'à l'unité de soins de longue durée. Après avoir confié Mme Kaase à l'équipe médicale, ils quittèrent le service ensemble.

— Tu m'as manqué, dit-il.

Ses yeux bleus brûlaient d'un désir qui enflamma Clara. Ce n'était plus le médecin dévoué ou le prince royal, mais l'homme complexe qu'elle connaissait intimement.

— Toi aussi, murmura-t-elle.

Un sourire triomphal étira la belle bouche.

— Viens me voir ce soir.

C'était un ordre pur et simple, empreint d'une assurance sensuelle.

Clara inspira profondément, souhaitant désespérément accepter, pourtant elle hésita. Ils s'arrêtèrent devant la porte du service où elle travaillait. Andreas s'adossa au mur, attendant sa réponse. Entre eux, l'air semblait empli de phéromones bien qu'ils respectent une distance professionnelle tout à fait correcte.

Clara jeta un coup d'œil au couloir, en proie à un conflit intérieur. Son corps lui disait une chose, sa raison une autre.

— Et si quelqu'un me voit au palais, alors que je ne suis pas de service ?

— On se retrouvera quelque part à la nuit tombée, répliqua Andreas. Je t'enverrai un SMS pour te dire où. On s'arrangera pour que personne ne voie ta voiture et je t'emmènerai dans la mienne au palais.

Clara réfléchissait. Depuis qu'on connaissait l'état de santé du prince Henrik, les spéculations de la presse et son intérêt pour Andreas avaient décuplé. Si quelqu'un avait vent de leur liaison… si on faisait le lien avec son père, ses dettes, son incarcération, non seulement elle revivrait cette humiliation, mais la réputation d'Andreas en serait entachée.

Elle devait lui en parler avant qu'il l'apprenne par une autre voie, mais pas ici et pas maintenant.

— Ça semble… risqué, dit-elle.

Elle devait retourner dans son service et reprendre ses fonctions, sauf qu'il la contemplait comme si elle avait été nue sous ses yeux.

Comme s'il se lassait d'attendre, Andreas entra en action. Lui prenant la main, il l'entraîna dans une salle de soins libre. Dès que la porte fut refermée derrière eux, il l'attira dans ses bras. Leurs bouches se pressèrent l'une contre l'autre, leurs langues entamèrent un duel sensuel, leurs mains agrippèrent les vêtements de l'autre.

Andreas plaqua Clara contre la porte. Elle se pressa contre le corps puissant qui allumait en elle un véritable brasier. Il lui semblait que son uniforme était trop serré, elle ne pouvait pas écarter les jambes pour l'accueillir là où elle voulait qu'il soit. Nouant les bras autour de son cou, elle lui rendit ses baisers avec ardeur.

Il émit un grondement, puis il lui caressa les hanches, la taille et les seins.

— Je t'en prie, *sötnos*, je ne peux pas passer une nuit de plus sans toi. Je n'arrive pas à te sortir de ma tête. *Tu es* la seule raison pour laquelle je suis venu ici aujourd'hui.

Sans lui laisser le temps de répondre, il l'embrassa avec une sorte de sauvagerie, d'abord sur les lèvres, ensuite dans le cou. Clara tenta de s'accrocher à des arguments, mais son cerveau était paralysé par le plaisir. Elle haletait, enivrée, prête à accepter tout ce qu'il suggérerait.

Andreas caressait ses seins à travers son vêtement. Elle rejeta la tête en arrière et offrit sa gorge à ses baisers.

C'était fou. Ils étaient au travail, cette salle était régulièrement utilisée, mais elle ne trouvait pas la force de le repousser.

Elle posa la main sur son sexe dressé, sous la tenue médicale. Il poussa un gémissement et frotta son menton contre la joue de Clara, la faisant frissonner. Mais elle ne pouvait pas retourner au travail, le visage irrité par sa barbe.

— D'accord, dit-elle, on se voit plus tard, mais l'endroit doit être absolument sûr. Si je pense qu'on peut nous voir ensemble, je poursuivrai ma route au volant de ma voiture sans m'arrêter.

Posant la main sur la porte, au-dessus de la tête de Clara, il la fixa intensément.

— Apporte ta brosse à dents, parce que tu resteras toute la nuit. J'ai besoin de me remplir de toi au cas où on ne pourrait pas se revoir pendant une semaine, comme cette fois.

À l'idée de passer une nuit entière avec lui, Clara frissonna de nouveau.

— J'ai hâte, mais maintenant, je dois partir.

Se dressant sur la pointe des pieds, elle déposa un dernier baiser sur la bouche d'Andreas étirée par un sourire satisfait. Elle recula et jeta un coup d'œil à son reflet dans le miroir au-dessus du lavabo.

Une débauchée : voilà à quoi elle ressemblait avec ses lèvres gonflées par les baisers et sa peau rougie.

— Tu n'es pas attendu quelque part ? demanda-t-elle.

Adossé à la porte, les bras croisés sur la poitrine, il ne la quittait pas du regard. Elle eut l'impression qu'il allait encore l'attirer contre lui.

— L'interview est dans une heure, dit-il. Je vais être filmé à l'hôpital pour que le public puisse voir l'héritier du trône exercer son métier... du moins pendant qu'il le peut encore.

— Je suis désolée.

— Tout va bien, dit-il en haussant les épaules. Mais notre rendez-vous de ce soir est la seule chose qui m'aidera à tenir le coup cet après-midi.

Ne sachant que dire, Clara hocha la tête.

— Je te laisse retourner au travail, dit Andreas en passant la main dans ses cheveux. À ce soir.

Il ouvrit la porte et adressa un clin d'œil à Clara lorsqu'elle se glissa dehors. Elle regagna son service, très excitée à l'idée de cette soirée qui pourrait être la dernière.

Andreas avait le droit de connaître son secret le plus honteux. Il avait le droit de connaître les risques que leur liaison lui faisait courir.

12

Andreas gara la voiture dans le parking souterrain situé en dessous du palais. Il percevait les battements affolés de son cœur dans ses oreilles. Il n'était qu'un homme et pendant qu'il conduisait, savoir que Clara était toute proche sans pouvoir la toucher l'avait soumis à rude épreuve.

— Tu es certain que personne ne m'a vue, demanda-t-elle, encore recroquevillée devant le siège passager.

— Absolument. Les vitres sont teintées.

Il ne précisa pas que Nils les avait précédés pour éviter toute mauvaise surprise. Mais il comprenait la prudence de Clara. À l'idée qu'elle pourrait susciter la curiosité de la presse, il était glacé jusqu'aux os.

— Viens là, dit-il en défaisant sa ceinture de sécurité.

Il se pencha pour prendre le visage de Clara entre ses mains et l'embrasser comme il en rêvait depuis huit longs jours. Il déposa une pluie de baisers sur ses paupières closes, sur le bout de son nez, son menton et son cou.

— Tu m'as tellement manqué ! murmura-t-il contre ses lèvres.

Bientôt son existence serait bouleversée. Chaque seconde de sa vie serait programmée, il serait sans cesse entouré de gens, il ferait des apparitions en public ou accorderait des interviews comme cet après-midi. Pour l'instant, Clara était la seule à rendre cette situation supportable.

Il l'attira contre lui, si bien que le levier de vitesse s'enfonça dans ses côtes

— On a été très occupés, répondit-elle. Il faut qu'on reste prudents, à l'hôpital. Plus d'épisodes enflammés dans une salle de soins, mais de toute façon la surveillante ne laissera personne t'approcher.

— Pour l'instant, je ne vois rien de plus important que de t'embrasser.

Elle était bien trop loin de lui, bien trop habillée et elle parlait trop !

Mais les paroles de Clara avaient touché un point sensible. Selon la Constitution, il appartenait à Varborg. Il était obligé de se marier et de produire un héritier. Il avait toujours su qu'il lui faudrait une femme exceptionnelle à son côté. Mais depuis qu'il connaissait Clara, ce souhait s'était cristallisé. Il ne voulait pas d'une épouse de pacotille. Il voulait une vraie relation avec quelqu'un qui le comprenne au-delà de son rôle public. Quelqu'un qu'il pourrait respecter, aimer, et dont il prendrait soin.

La peau de Clara exhalait un parfum qu'il respirait avec délice. Il caressa sa cuisse qui était recouverte d'un épais bas noir et disparaissait sous une jupe de laine étroite.

Saisissant sa cravate, elle l'attira vers elle.

— J'adore ta tenue, dit-elle. Tu es à la fois canon et intouchable. C'est ce que tu portais pendant l'interview ?

— Tu peux toucher tout ce que tu veux, *sötnos*.

Ayant repéré un centimètre de peau nue, au niveau de la taille, Andreas sourit.

— Mais oui, continua-t-il, c'est le costume que je portais pendant une partie du reportage. Ils m'ont aussi filmé en tenue d'hôpital, en train d'examiner des patients. C'est une façon de rendre sympathique l'héritier du trône.

Clara glissa ses doigts dans ses cheveux et les repoussa en arrière avant de scruter son visage d'un air songeur.

— Tu es déjà sympathique, il n'y a rien à ajouter.

— Tu devrais peut-être faire partie de mon équipe chargée des relations publiques.

Lui prenant la main, Andreas embrassa chacun de ses doigts. Elle voyait ce que les autres ne voyaient pas...

— Si on ne bouge pas tout de suite, dit-il en posant la main sur la poignée de la portière, tu seras bientôt à califourchon sur moi, avec le volant dans ton dos.

Elle poussa un petit cri qui ne fit que l'exciter davantage. Il sortit de la voiture et quelques secondes plus tard, il entraînait Clara vers l'ascenseur menant directement à la suite réservée aux hôtes, qu'il occupait toujours.

Une fois dans la cabine, elle l'embrassa. Il crut devenir fou lorsque la langue de Clara caressa délicatement la sienne.

— Tu ne pourras pas toujours me faire rentrer chez toi en catimini, dit-elle en s'écartant de lui, surtout quand tu occuperas ton appartement royal.

Agrippés l'un à l'autre, ils faillirent trébucher en sortant de l'ascenseur.

Clara tira sur la veste d'Andreas, qui s'en débarrassa avant de la laisser tomber par terre.

— Je creuserai un tunnel menant jusqu'à ta maison, plaisanta-t-il à moitié. Tu pourras venir me voir chaque fois que tu le voudras.

Il refusait de penser à leur séparation, alors que tous les autres aspects de sa vie étaient totalement incertains.

Il *avait besoin* d'elle.

— Pourquoi perdre du temps à discuter, alors que nous devons rattraper ces huit journées atroces.

La prenant par la taille, il l'entraîna vers le lit. Clara sortit le bord de sa chemise de son pantalon, puis elle glissa ses mains dans son dos et se cambra contre lui. Il lui retira son sweater et dégrafa son soutien-gorge pour caresser ses jolis seins de ses mains avides.

— C'est parce que tu m'as manqué, dit-elle simplement.

Andreas sentit se réveiller en lui un instinct de possession qui le prit par surprise. Elle ne lui appartenait pas. Ce n'était qu'une liaison, même s'il voulait bien davantage. D'ailleurs, *elle* ne le souhaitait pas. Désormais, ses fonctions lui imposaient des devoirs qui devenaient sa priorité. Quelqu'un d'aussi exceptionnel et honnête que Clara n'avait pas sa place dans un univers soumis aux contraintes d'un protocole archaïque. Elle chérissait son indépendance et son métier. Pour rien au monde il n'aurait voulu changer quoi que ce soit en elle.

Il lui ôta ses derniers vêtements et prit le temps de contempler son corps nu de façon à graver chaque courbe dans sa mémoire.

— Tu es si belle que j'en ai le souffle coupé, dit-il en la serrant contre lui. Plus tard, j'aimerais te porter dans ma grande baignoire, sur la scène de notre première rencontre. Mais pour l'instant… j'ai besoin de toi.

Il taquina les mamelons de Clara de ses pouces, souriant lorsqu'elle gémit en prononçant son prénom et rejeta la tête en arrière pour offrir sa gorge à ses baisers.

— Moi aussi, j'ai besoin de toi.

De nouveau, elle saisit sa cravate pour l'attirer vers le lit. Elle s'assit et défit rapidement la ceinture d'Andreas, un petit sourire aux lèvres. Avec détermination, elle ouvrit sa braguette et s'empara de son sexe dressé. Après l'avoir léché sur toute sa longueur, elle le prit dans sa bouche en laissant échapper un murmure de plaisir. Andreas ferma les yeux, proche de l'explosion.

Clara avait quelque chose de sauvage, ce soir. Était-ce parce qu'ils avaient été séparés pendant huit jours ? Ou se préparait-elle à leur rupture inévitable ?

Non, il ne voulait pas y penser.

Il s'écarta pour se déshabiller et enlever sa prothèse, puis il allongea le corps nu de Clara sur le lit. Il embrassa sa bouche, ses seins et son ventre avant de plonger entre ses jambes pour goûter à son intimité. Il ne pouvait plus se passer de cette saveur délicieuse, tout comme il ne pouvait plus se passer du piercing qu'elle avait au nez, de sa vive intelligence et des gémissements qu'elle poussait au moment de l'orgasme.

Elle criait son prénom, maintenant, les doigts enfoncés dans ses cheveux. Se redressant, il suça les mamelons durcis tandis qu'elle se tortillait sous lui.

— Nous ne dormirons pas cette nuit, lui dit-il. Je veux compenser ces huit jours de disette par autant d'orgasmes qu'il est humainement possible d'avoir.

Il glissa ses doigts entre ses jambes en la fixant dans les yeux. Elle enfonça ses doigts dans ses épaules et écarta les cuisses.

— Oui, articula-t-elle.

— Je ne suis jamais rassasié de toi, dit-il d'une voix haletante.

Jamais une femme ne l'avait excité à ce point. Ces huit jours avaient accru son besoin d'elle et l'expression enivrée de Clara lui disait qu'elle éprouvait la même chose.

Posant ses paumes sur les fesses d'Andreas, elle l'attira contre elle jusqu'à ce que leurs hanches se rencontrent. Il s'enfonça en elle en poussant un cri de profonde satisfaction.

— Andreas !

Il s'appuya sur ses coudes et prit un mamelon dans sa bouche. Elle noua ses jambes autour de son torse pour qu'il la pénètre plus profondément encore. Leurs corps se mirent à bouger à un rythme frénétique tandis qu'ils s'efforçaient d'étancher la soif qu'ils avaient l'un de l'autre.

Comment parviendrait-il à la laisser partir, alors qu'il lui avait fallu un temps infini pour rencontrer quelqu'un d'aussi remarquable ? À cet instant, il aurait juré que Clara lui était aussi indispensable que l'air qu'il respirait

Il bascula sur le dos, l'entraînant avec lui. À califourchon sur lui, elle le chevaucha, ses cheveux emmêlés encadrant son visage rougi. Lorsqu'il pinça ses mamelons avec ses pouces, elle explosa sans le quitter du regard et ses cris emplirent la pièce.

Poussant un rugissement, il l'attira contre sa poitrine et se répandit en elle.

Le dos appuyé contre la large poitrine d'Andreas, Clara se sentait si détendue, dans ce bain moussant, qu'elle aurait pu s'endormir si elle n'avait pas été si sensible aux caresses d'Andreas. Ils avaient allumé au moins cent bougies autour de la baignoire et laissé les volets ouverts afin de contempler les montagnes enneigées et le ciel d'un noir d'encre.

Même après cet incroyable orgasme, elle n'était pas encore rassasiée. Comment supporterait-elle de perdre un tel plaisir quand leur liaison prendrait fin ?

— Je suis désolé pour le préservatif, *sötnos*, dit Andreas en déposant un baiser dans son cou.

— J'en suis désolée aussi, mais bien que je n'aie eu qu'une seule relation, je prends toujours la pilule.

Dans l'ardeur du moment, ils avaient oublié de se protéger.

— Normalement, je suis très attentif, précisa Andreas en lui caressant les cuisses. Tu me rends insatiable.

Clara eut un sourire satisfait.

— Tu as bien dit *insatiable* ?

Maintenant qu'ils étaient enfin seuls, elle pouvait lui parler de l'incarcération de son père, mais elle avait du mal à se concentrer sur autre chose qu'Andreas.

— Tu comptes regarder mon interview ? demanda-t-il. Tu me diras à quel point j'ai été mauvais.

— Bien sûr, mais je doute que tu l'aies été. Tu es prince, médecin et célibataire. La moitié de la principauté va tomber amoureuse de toi.

Andreas émit un petit rire, tandis que Clara ressentait l'aiguillon de la jalousie.

— J'ai interdit toute question relative à la mort d'Oscar, dit-il. Mais ils m'ont demandé si je cherchais actuellement une princesse à épouser. Apparemment, ma vie privée est considérée comme propriété publique.

Légèrement crispée, Clara préféra aborder un autre sujet.

— Est-ce que tu me parleras d'Oscar ? souffla-t-elle. J'aimerais savoir comment il était.

Andreas prit une profonde inspiration.

— Son portrait n'est pas facile à faire… il était tellement de choses !

— Comme toi, alors.

— Il excellait en tout, mais il restait humble. Il pouvait skier comme un champion, il parlait cinq langues et il avait toujours une blague en réserve qu'il lâchait dans la conversation au bon moment.

Clara déposa un baiser sur la bouche d'Andreas.

— Ce sont des qualités très utiles, pour un politicien. Et toi, combien de langues parles-tu ?

— Seulement trois, malheureusement.

— C'est médiocre, plaisanta Clara. Tu es canon, intelligent et bon. Le palais devra peut-être installer des barricades une fois que cette interview sera diffusée.

Une fois de plus, elle sentit une pointe de jalousie faire son chemin en elle.

Andreas sembla réfléchir un instant.

— La mort d'Oscar a été une grande perte pour l'avenir de Varborg. Il avait des plans ambitieux pour moderniser la principauté. Nous discutions souvent de ce qui serait différent pour nos enfants.

Clara se refusa à imaginer les enfants d'Andreas.

— Quelle sorte de plans ? demanda-t-elle.

Andreas haussa les épaules.

— Nous comptions défier la vieille garde traditionaliste,

établir une distribution plus égalitaire des fonctions entre les enfants royaux, ce genre de choses.

— Tu pourras les accomplir toi-même, si c'est ce que tu veux.

— Sans doute.

— Est-ce que tu veux me parler de l'accident ? murmura Clara. Je te promets de n'en parler à personne.

— Je n'ai pas le moindre doute à ce sujet, *sötnos*. Je connais ta loyauté et j'ai confiance en toi.

Clara sentit les larmes lui picoter les yeux. Il avait confiance en elle mais elle lui cachait son secret de famille le plus honteux. Il fallait qu'elle parle très bientôt.

— Oscar et moi étions tous les deux dans l'armée, mais dans des régiments différents, commença Andreas. Nous étions soumis au même entraînement. Il s'agissait d'exercices tout à fait standard jusqu'à ce qu'ils ne le soient plus. Oscar se trouvait dans un véhicule qui roulait sur une route accidentée. Le chauffeur n'a pas vu un fossé dissimulé par des feuillages et le véhicule s'est retourné.

Clara frissonna bien que l'eau soit encore tiède.

— J'ai été informé par la radio, continua Andreas. L'équipe médicale était toute proche, aussi nous nous sommes précipités sur le lieu de l'accident. Nous avons réussi à sortir le chauffeur, mais Oscar, qui occupait le siège passager, était inconscient et piégé dans la tôle froissée.

Clara serra très fort la main d'Andreas.

— Nous avons enlevé les débris du pare-brise. J'ai pu m'introduire à moitié dans la cabine et tenter de protéger les voies aériennes de mon frère en attendant l'intervention des hommes qui allaient découper le métal pour le libérer. Il avait une blessure à la tête et saignait abondamment. Mais tout ce que je pouvais faire, dans cette position, c'était stabiliser sa nuque et panser sa plaie.

Les larmes coulaient sur les joues de Clara à l'idée qu'il s'était senti totalement impuissant.

— J'ai refusé de le quitter quand il a fait un arrêt cardiaque. J'étais en train de le masser quand mon officier supérieur m'a ordonné de laisser quelqu'un d'autre prendre ma place. Et même quand quelqu'un a remarqué la fuite d'essence, j'ai refusé de quitter mon frère.

Clara se tourna vers Andreas, épouvantée.

Il hocha la tête comme s'il revivait l'accident.

— L'épave a pris feu. On a pu me sortir de là, mais mes deux jambes étaient brisées.

— Pardon, murmura Clara.

Pourquoi l'avait-elle interrogé ? Pour satisfaire égoïstement son besoin de tout savoir sur lui !

— Tu aurais pu mourir, toi aussi.

— Il était mon frère aîné, l'héritier du trône, et je n'ai pas pu le sauver.

Clara prit le visage d'Andreas entre ses deux mains.

— *Personne* ne pouvait le sauver. Tu as fait tout ce qui était humainement possible.

Il eut un sourire triste... il ne la croyait pas.

— Une part de moi en a conscience, pourtant je me sens coupable. Je suis *médecin* et je l'ai abandonné. Pourquoi a-t-il fallu que je survive, et pas lui ?

— Tu le sais bien. La vie n'obéit à aucune logique et elle est souvent injuste.

— *Il* devrait être là, aujourd'hui, s'entêta Andreas comme s'il ne l'avait pas entendue. Il était destiné à succéder au prince Henrik.

Clara secoua violemment la tête.

— Tu te sens responsable à cause de ton métier et parce qu'il était ton grand frère, un homme que tu aimais et respectais, mais ce n'était pas ta faute.

Les yeux d'Andreas révélaient sa douleur, mais aussi autre chose... le besoin. Il enveloppa Clara de ses bras et la serra contre lui. Se retournant vers lui, elle lui caressa les cheveux en silence.

S'il pouvait comprendre que personne d'autre ne le blâmait, y compris son père, il pourrait commencer à se pardonner.

Mais tout comme Andreas n'avait pas pu sauver Oscar, Clara ne pouvait pas sauver Andreas, il devait le faire lui-même.

— Comment pourrais-je t'aider ? demanda-t-elle, le cœur saignant pour lui.

Il resserra son étreinte.

— Ta seule présence est une aide précieuse. Tu me comprends et tu vois en moi l'homme que je suis vraiment. Selon toi, je devrais parler à mon père du passé et d'Oscar, et peut-être as-tu raison. Mais avec mes nouvelles fonctions et le fait que je dois assumer les engagements de mon père et planifier des funérailles royales, lui et moi avons autre chose en tête.

— Je suis désolée, fit Clara d'une petite voix, je ne voulais pas me mêler de ce qui ne me regarde pas.

— Et je ne voulais pas me décharger sur toi de tous mes soucis, dit-il en l'embrassant. Pardonnons-nous mutuellement. J'ai donné mon préavis de départ au Nordic Care.

— C'est bien. Tu dois avancer.

Mais elle comprenait sa réticence à abandonner son poste de médecin. Il s'accrochait à la seule chose qu'il pouvait contrôler, à la seule chose dont il était sûr… à savoir qu'il était un excellent praticien.

— Tu es comme ton frère, Andreas, reprit-elle d'une voix implorante. Tu es bon dans tout ce que tu fais, ce qui inclut le gouvernement de la principauté.

Andreas la fixa avec émerveillement.

— Tu m'as demandé comment tu pouvais m'aider. Il te suffit d'être toi-même. Ne change jamais, *sötnos*.

Il effleura les lèvres de Clara des siennes, puis il s'écarta en soupirant pour chercher son regard.

— Tu es la seule bonne chose dans ma vie, actuellement. J'ai besoin de toi, Clara. J'ai envie de toi.

Posant la main sur sa nuque, il attira son visage contre le sien et l'embrassa sur la bouche tout en parcourant son corps de ses mains, comme s'il tentait de graver dans sa mémoire chacune de ses courbes.

Clara lui rendit son baiser avec passion.

Dans le temps qui leur était imparti, désormais, leur connexion était tout ce qui importait.

Andreas lui prit les hanches sous l'eau et l'attira contre lui. Son sexe était dur, entre les jambes de Clara. Se mettant à genoux, elle le guida en elle. Les yeux dans les yeux, ils laissèrent échapper tous les deux un soupir de soulagement.

Pour l'instant, il lui appartenait… son Viking.

13

Trois jours plus tard, Clara s'apprêtait à quitter le palais après sa garde de nuit, lorsqu'elle reçut un SMS de sa sœur, Freja.

Tu as vu ça ?

Clara ouvrit le lien qui accompagnait le message. Il s'agissait d'un magazine people spécialisé dans les ragots. Il y avait une photo d'Andreas et d'elle qui s'embrassaient pour se dire au revoir après la nuit qu'ils avaient passée ensemble au palais.

L'estomac noué, elle lut le gros titre :

Jusqu'à quand l'héritier du trône compte-t-il papillonner ?

Horrifiée, Clara sentit son cœur s'emballer. Un tel article ne pouvait que nuire à Andreas. Pire encore, si son identité était révélée, si le scandale causé par son père ressortait, le passé humiliant de sa famille affecterait la réputation de l'héritier du trône.

Les larmes picotèrent les yeux de Clara.

Il était temps de révéler toute la vérité à Andreas.

À son tour, elle rédigea un SMS.

Il faut qu'on parle.

Ensuite, elle examina de nouveau la photo. Elle avait été prise de loin, on ne voyait que son dos, mais sa voiture était visible en arrière-plan. L'immatriculation avait été floutée, mais il ne faudrait pas longtemps à un journaliste fouineur pour trouver son identité.

La réponse d'Andreas ne tarda pas.

Rejoins-moi dans le salon vert, dans l'aile familiale. Désolé, je ne peux pas sortir.

La gorge serrée, Clara se rendit dans cette pièce qu'elle connaissait, bien qu'elle n'y soit jamais entrée. Par bonheur, son uniforme lui en donnait le droit.

Son pas rapide faisait écho au rythme accéléré de son cœur. Que se passerait-il si le pauvre prince Henrik avait vu cette photo ? Ou si le service chargé de la communication au palais reconnaissait la mystérieuse femme qu'Andreas embrassait ? Serait-elle licenciée ? Ne pourrait-elle plus jamais voir Andreas ?

Il lui sembla qu'un poignard s'enfonçait entre ses côtes. Mais elle avait toujours su que ce jour arriverait... elle avait juste espéré avoir un peu plus de temps.

Après avoir frappé à la porte, elle attendit qu'on l'invite à rentrer.

Andreas n'était pas seul.

Malgré son angoisse, sa vue coupa le souffle de Clara. Son costume bleu marine impeccablement taillé épousait son corps athlétique à la perfection. Il était en train d'ajuster ses boutons de manchettes en onyx et lorsqu'il leva les yeux vers elle, son regard la brûla.

— Laissez-nous, ordonna-t-il au valet.

Celui-ci cessa aussitôt de brosser d'invisibles poussières sur la veste d'Andreas et s'empressa de partir.

— Que se passe-t-il, *sötnos* ? demanda-t-il en fronçant légèrement les sourcils.

Clara ne le quittait pas des yeux, submergée par le désir. La veille, elle avait regardé son interview à la télévision en compagnie de sa mère et de sa sœur. Les yeux scotchés à l'écran, fascinée, elle avait suivi le reportage sur Andreas le médecin, Andreas le vétéran, Andreas l'héritier.

Et maintenant, glacée jusqu'aux os, elle se demandait comment elle avait pu espérer posséder ne serait-ce qu'une partie minime de cet homme magnifique.

— Tu me fais peur, Clara, dit-il en la prenant par le bras. Tu as été blessée ? C'est le prince Henrik ?

Elle secoua la tête.

— Il y a une photo de nous qui circule sur Internet.

Elle réprima ses larmes car cette révélation serait peut-être le point final mis à leur relation.

Andreas serra les dents, mais il ne parut pas étonné.

— J'en ai été informé. La nouvelle de la fin prochaine de mon père a causé un intérêt accru pour ma vie privée.

— C'est *moi*, qui suis désolée, répliqua-t-elle, plus consciente que jamais de l'abîme qui les séparait.

Il fronça de nouveau les sourcils.

— Je ne vois pas pourquoi tu t'excuses. Je suis leur cible, pas toi. Je devrais te demander de me pardonner pour t'avoir exposée à l'aspect le plus minable de la vie publique. Je sais que tu voulais garder notre liaison secrète, mais pour l'instant ils n'ont pas l'air de connaître ton identité.

La prenant par les coudes, il pressa ses lèvres contre la bouche de Clara.

— Tu ne comprends pas, dit-elle en lui échappant.

— Je ne comprends que trop bien. C'est une intrusion inadmissible dans ma vie privée et la tienne. Je m'y attendais, mais ils n'ont pas le droit de s'en prendre à toi. Cela ne se reproduira plus. Je te le jure, Clara, je te protégerai.

— Il faut que je te dise quelque chose.

Clara tenta de reprendre le fil de ses pensées, mais le choc et le désir l'empêchaient de réfléchir. Andreas s'approcha d'elle et l'enveloppa dans ses bras. L'espace de quelques secondes, elle s'imprégna de sa chaleur et de son odeur.

— *Sötnos*... ne t'inquiète pas. Je vais m'en occuper. Mon personnel veillera à ce que ton identité ne soit pas dévoilée. Ces gens vont à la pêche aux renseignements. Ils ne me connaissent pas, mais ils pensent que je devrais être marié ou ce genre de foutaises.

Tout en parlant, il caressait la bouche de Clara du bout des doigts. Elle détourna la tête, anéantie à l'idée qu'il soit avec une autre femme. Mais bien sûr, cela arriverait tôt ou tard. Il épouserait une princesse sophistiquée du même monde que lui.

Maudissant sa propre faiblesse, elle répondit sèchement :

— Je n'ai pas besoin que tu me protèges, je peux me défendre toute seule.

— Si je comprends bien, tu veux bien m'aider mais je n'ai pas le droit d'en faire autant pour toi.

— Je ne peux pas t'en empêcher, mais j'ai besoin que tu m'écoutes. Je t'ai dit que mon père nous avait quittées, ma mère, ma sœur et moi. Mais tu ignores que c'était un escroc criblé de dettes qui a hypothéqué notre maison dans le dos de ma mère. Mais le pire, c'est qu'il a volé beaucoup de gens grâce à un système de vente pyramidale. Il a été incarcéré et il est mort en prison. Je n'ai jamais eu l'occasion de l'affronter car j'ai refusé de lui rendre visite.

— Clara...

— Je sais, j'aurais dû t'en parler avant, mais je n'en suis pas vraiment fière. Je pensais que si nous étions prudents, le scandale n'éclaterait jamais.

— Ça n'a aucune importance, affirma Andreas.

— Bien sûr que si ! Je n'ai jamais voulu tout ça. Tout ce que je voulais, c'était *toi*.

— Et je suis là.

Prenant la main glacée de Clara, Andreas la posa sur sa poitrine, là où battait son cœur.

— Tu ne vois pas que tu pourrais aussi bien être sur la lune ? cria-t-elle. Un abîme nous sépare et maintenant le monde entier va le savoir. Tu vas en être affecté, tout comme ton père. Vous n'avez besoin de cela actuellement ni l'un ni l'autre.

Lui arrachant sa main, Clara s'écarta d'Andreas.

— Je vais sans doute perdre mon poste, continua-t-elle. Et ma mère a subi suffisamment d'épreuves pour ne pas être de nouveau confrontée à cette histoire sordide.

— Tu veux rompre ? s'enquit furieusement Andreas. Je t'ai dit ce dont j'avais besoin. Je t'ai dit que c'était toi.

— Rompre ? Je ne sais même pas si nous avons vraiment commencé quoi que ce soit. Mais cette photographie complique certainement les choses.

— Je te répète que je vais m'en occuper.

— Comment ? Si le peuple découvre que tu fréquentes la fille sans le sou d'un criminel, ta réputation en sera entachée.

Andreas prit le visage de Clara entre ses mains.

— Ne fais pas ça ! Ne laisse pas des étrangers s'insinuer entre nous.

Sur ces mots, il l'embrassa passionnément sur la bouche comme s'il pouvait la convaincre qu'il résoudrait le problème.

Elle entrouvrit les lèvres, laissant le passage à la langue d'Andreas, parce qu'elle n'avait jamais été capable de s'opposer à leur désir mutuel. Son esprit cessa de fonctionner tandis que son corps s'abandonnait au plaisir de ce baiser.

Cet homme magnifique, qui pouvait avoir n'importe quelle femme, la voulait, *elle*.

Glissant ses doigts dans les cheveux de Clara, Andreas défit son chignon. La chaleur de son corps la brûlait, sa poitrine solide écrasait ses seins sensibles, l'une de ses cuisses s'introduisait entre les jambes de Clara tandis qu'il la poussait contre une table. Quelque chose tomba, peut-être une lampe, mais elle était trop excitée pour s'en soucier.

— Andreas..., gémit-elle.

Il passa la main sous sa jupe d'uniforme avant de la glisser dans son slip.

— Tu dois partir, articula-t-elle avec difficulté.

— Je m'en fiche, répliqua-t-il en défaisant sa ceinture. Il n'y a que toi qui comptes, Clara. Seulement ça. Seulement nous. Tu ne peux pas me quitter, pas encore.

Poussant un grognement, il la prit par la taille, la souleva et la déposa sur le bord de la table. Ensuite, il se remit à l'embrasser tout en lui caressant les seins à travers sa tenue et son soutien-gorge.

— Je ne te quitterai pas, cria-t-elle lorsqu'ils s'écartèrent l'un de l'autre.

Elle remonta sa jupe et écarta les cuisses. Andreas fit glisser son pantalon le long de ses jambes et se libéra de son boxer.

— Je te laisserai partir bientôt, dit-il.

Tout en la regardant dans les yeux, il s'enfonça en elle.

— Je te veux, Clara, gronda-t-il. Tu m'as demandé de quoi j'avais besoin et je te réponds. De *toi*.

— Moi aussi, soupira-t-elle.

— Dis-moi que tu m'appartiens, *sötnos*, marmonna-t-il entre deux baisers. Dis-moi que nous sommes toujours ensemble... différents mais égaux. Dis-le-moi.

Il accélérait le rythme, sa bouche se fit plus passionnée, plus exigeante.

— Je suis à toi, dit Clara.

Il étouffa ses cris de ses lèvres pendant qu'elle s'abandonnait au plaisir. Dans les yeux d'Andreas, elle eut le temps de voir un éclair de triomphe, puis ils jouirent ensemble. L'espace de quelques secondes, ils restèrent liés l'un à l'autre, hors d'haleine et le cœur battant la chamade.

Ce fut Andreas qui bougea le premier et se retira d'elle. Reculant d'un pas, il l'aida à se mettre debout. Pendant qu'il se rhabillait, Clara remit son slip, totalement bouleversée.

Que faisait-elle ? Cet homme lui faisait perdre toute maîtrise d'elle-même. Elle lui faisait des promesses qu'elle n'aurait pas la force de tenir. Elle se donnait à lui alors qu'elle s'était promis de se protéger.

Il lui toucha la main et elle leva les yeux vers lui. Malgré ses cheveux légèrement en désordre et ses pommettes rougies, il avait toujours l'allure d'un prince.

— J'ai toujours su la vérité à propos de ton père, Clara, lui dit-il avec une pointe de tristesse.

Horrifiée, elle sentit son sang se glacer.

La belle bouche d'Andreas était pincée.

— Personne ne travaille pour ma famille sans une enquête de police préalable.

Il était au courant… pendant tout ce temps ?

Elle frissonna, comme si ce qu'ils venaient de faire la laissait salie. Soudain, leurs différences brillaient dans son esprit à la façon d'un néon.

— Pourquoi ne m'as-tu rien dit ?

L'humiliation lui brûlait les yeux, tandis qu'elle s'efforçait de le regarder. Elle avait cru qu'à un certain niveau ils étaient égaux, mais en réalité Andreas avait toujours eu le pouvoir, dans leur relation.

— Ça n'avait pas d'importance pour moi. *Tu* n'as rien fait de mal. Comme tu me l'as dit, le premier soir, nos cicatrices ne définissent pas qui nous sommes.

Une grosse boule se forma dans la gorge de Clara. Comment avait-elle pu être aussi naïve ?

Andreas passa un doigt léger sous son menton.

— Si tu m'aimes un peu, ne laisse pas tout cela nous séparer. Nous savons qui nous sommes, ce que nous valons, et nous nous connaissons mutuellement. Tu me connais, Clara, si je te dis que cela n'a aucune importance pour moi, cela n'en a aucune.

Comme engourdie, Clara hocha la tête. Elle ne *connaissait pas* cet homme. Elle connaissait les sentiments qu'il lui inspirait et qui la rendaient vulnérable. Elle savait aussi que si elle ne protégeait pas son cœur, elle tomberait amoureuse de lui et il pourrait la détruire.

« Je te laisserai partir bientôt. »

Au moment où Andreas avait prononcé ces mots, elle était trop concentrée sur son plaisir pour les analyser. Mais maintenant, elle les détestait.

De toutes ses forces, elle voulait redevenir l'ancienne Clara, celle qui pouvait prendre soin d'elle-même, n'avait besoin de personne et dont la vie était toute tracée.

Elle s'éclaircit la voix.

— Je dois partir. Il faut que je repasse chez moi et que je me change avant de retourner à l'hôpital. Je suis de garde, cette nuit.

Andreas prit son visage entre ses mains.

— Je te promets de m'occuper de la presse.

De nouveau, elle acquiesça, puis elle l'embrassa et se dirigea vers la porte. Elle avait vraiment confiance en lui, mais cela ne changeait rien. Elle lui avait permis de l'approcher de trop près. Ils s'étaient désirés mutuellement, et leur liaison avait semblé sans risque. Mais le danger était partout, irrésistible.

Au moment de sortir, elle se retourna pour le regarder une dernière fois. Il lui tournait le dos et regardait sa montre tout en tirant sur ses manchettes. Il pressa un bouton sur la table, sans doute pour rappeler son valet.

Il était incroyablement beau. Les charges qui pesaient sur lui étaient accablantes. Clara souhaitait alléger son fardeau, pas l'alourdir. Elle voulait être là pour lui, pas compter sur lui. Elle voulait que leur liaison soit légère et ensuite elle s'éloignerait, le cœur indemne.

Mais comme il le lui avait dit un jour : « On n'a pas toujours ce qu'on veut. »

14

Le remplacement d'Andreas au Nordic Care prit fin deux jours plus tard, plus tôt que prévu. Le cœur lourd, il rentra dans le service de Clara et la chercha du regard. Mais maintenant, alors que chacune de leurs rencontres était teintée de tension, il avait terriblement besoin d'elle, comme d'une drogue.

Des rideaux avaient été tirés autour du lit de l'un de ses patients. À en croire les allées et venues du personnel médical, il devait y avoir urgence. Curieux, Andreas pénétra dans l'espace protégé. Clara, la surveillante et le Dr Nilsen se tenaient au chevet d'un vieil homme qui respirait difficilement.

— Bonjour, monsieur Hagen, dit-il au patient diabétique qu'il avait fait hospitaliser une semaine auparavant pour un ulcère veineux de la jambe.

Il jeta un coup d'œil interrogateur à Clara pour qu'elle lui dise en quoi consistait l'urgence.

Leurs regards se croisèrent, faisant monter la tension d'Andreas. Elle lui avait tellement manqué ! Son inquiétude visible pour le vieil homme réveilla en lui son instinct de protection. Il aurait voulu la réconforter, l'emmener au chalet pour tenter de résoudre le malaise qui régnait entre eux depuis qu'elle avait été prise de panique à cause de son père.

— Que se passe-t-il ? demanda-t-il en regardant le moniteur.

La détresse respiratoire du patient était évidente et sa saturation en oxygène était à 94.

Clara fronça les sourcils comme s'il n'avait pas le droit d'être là.

— Essoufflement aigu, répondit-elle. J'ai appelé le Dr Nilsen, qui se trouvait dans le service, précisa-t-elle en lui tendant le résultat de l'électrocardiogramme.

— Vous avez eu raison, mais je connais bien ce patient.

Réprimant un sentiment d'abandon irrationnel, Andreas prit le pouls du vieil homme, qui était rapide mais régulier. Le fait que Clara avait appelé un autre médecin n'aurait pas dû l'affecter, mais c'était la preuve qu'elle avait moins confiance en lui.

— Je crois qu'il s'agit d'une insuffisance ventriculaire gauche, intervint le Dr Nilsen.

— Pas de douleur poitrinaire ? demanda Andreas en prenant son stéthoscope.

— Non, répondit Clara.

Le Dr Nilsen inséra un cathéter dans la fosse antécubitale du patient. De son côté, Andreas l'auscultait, reconnaissant les sifflements symptomatiques de l'œdème pulmonaire.

— Nous allons lui injecter par intraveineuse des diurétiques et de la morphine, mademoiselle Lund.

Aussitôt, Clara alla chercher deux flacons et une seringue qu'elle tendit au Dr Nilsen. Ce dernier s'empressa d'administrer les produits grâce à la canule qu'il venait d'insérer.

Clara évitait de croiser le regard d'Andreas, qui réprima un soupir et lui tendit son stéthoscope.

— Vous voulez écouter les poumons du patient ? Monsieur Hagen, l'infirmière va vous ausculter.

Le vieil homme commençait à mieux respirer grâce aux injections.

— Je veux une radio du thorax, une analyse sanguine et une échographie, ordonna Andreas à l'équipe. Il faut aussi contrôler son débit urinaire. Je vais parler au cardiologue. Nous devons exclure un infarctus du myocarde silencieux.

Aussitôt, l'équipe médicale se répartit les tâches pendant qu'Andreas prenait place derrière un ordinateur pour reporter ses observations dans le dossier du patient.

Il gardait un œil sur Clara, sans pouvoir croiser son regard. Il venait de parler au cardiologue, lorsqu'il la vit se diriger vers la sortie du service, son sac en bandoulière à l'épaule.

Il la rattrapa au moment où elle passait la porte.

— Clara, est-ce qu'on peut parler ?

Jetant un coup d'œil inquiet autour d'elle, elle gagna la cage d'escalier, suivie par Andreas.

— Pourquoi ne m'as-tu pas prévenu au sujet de M. Hagen ? demanda-t-il.

— J'ai pensé que tu devais être occupé, vu que c'est ton dernier jour au Nordic Care. Les rumeurs vont vite, comme tu le sais.

Andreas fit la grimace et tendit la main vers le bras nu de Clara. Au contact de sa peau douce, il éprouva une bouffée de désir.

— J'avais l'intention de te le dire, mais j'ai été coincé aux urgences pendant toute la matinée.

— Pas de souci.

La gorge serrée, il haussa légèrement la voix.

— Tu sais combien je suis affecté à l'idée d'abandonner mon métier. J'ai tenté de reculer l'inévitable le plus longtemps possible.

— Je comprends. Tu n'as pas à me donner d'explication.

— Bien sûr que si !

Elle était en train de lui glisser entre les doigts...

— On a atteint un point critique, ce matin. Il y a eu davantage d'articles dans la presse au sujet de la radiothérapie de mon père. On fait des spéculations sur le temps qui lui reste. Le service de communication du palais fait des pieds et des mains pour contrôler le flot d'informations, mais les tensions augmentent.

Soulagé de voir de la compassion dans les yeux de Clara, Andreas l'implora :

— Tu peux venir me voir, ce soir ? On pourra discuter en privé.

— Je termine mon service à 18 heures, mais... on devrait peut-être cesser de se voir un certain temps.

Pris de panique, Andreas posa la main sur la taille de Clara, comme pour l'empêcher de fuir.

— Écoute... la presse finira par se calmer. Je sais que tu as peur, mais je vais m'en occuper.

Ne voyait-elle pas qu'il aurait soulevé des montagnes, pour elle ?

— Il y a eu... des rumeurs, dans l'hôpital. Je pense que certaines personnes m'ont reconnue, sur la photo. Je devrai continuer à travailler après ton départ, Andreas.

Elle avait raison. Dès le lendemain, il ne serait plus à l'hôpital pour travailler à son côté ou la protéger. Malheureusement, il ne pouvait lui faire aucune promesse.

— Je suis désolé, dit-il simplement. Tu dois te protéger, c'est évident.

La peur lui glaça le sang. Il avait beau savoir que c'était inévitable, il refusait de la perdre.

— Tu sais bien que tous ces reportages, les photos, la presse... ce n'est pas le vrai moi. Ce n'est qu'un rôle.

— Je sais. Et j'ai toujours compris que tu avais d'autres priorités, en dehors de moi. Je me suis engagée de mon plein gré dans notre relation.

— Et ce n'est pas parce que je quitte l'hôpital plus tôt que prévu que je m'éloigne de *nous*. Nous pouvons encore nous voir.

— Je m'efforce simplement d'être réaliste, répliqua-t-elle. Nous savions que ce serait temporaire.

— Au diable le réalisme ! Donne-moi un peu plus de temps, *sötnos*.

À l'étage en dessous, une porte s'ouvrit et des pas résonnèrent dans l'escalier.

Clara s'écarta d'Andreas.

— J'essaierai.

Lui lançant un dernier coup d'œil indéchiffrable, elle descendit les marches et disparut. Andreas serra les poings. Il avait toujours su que seule une femme exceptionnelle pourrait tolérer sa vie. Depuis le début de leur liaison, il lui était arrivé de penser que Clara pouvait être cette femme.

Mais maintenant... faisait-il preuve d'un égoïsme monstrueux en lui demandant de rester ? Un homme dans sa position, observé par le monde entier et portant le poids d'une nation sur ses épaules, sans oublier l'obligation de faire honneur à son père et à son frère, ne pouvait se permettre aucune erreur, et cela incluait Clara.

15

Tard dans la soirée, encore bouleversée par la puissance de son orgasme, Clara serra Andreas contre elle, certaine de ne jamais l'abandonner. Il émit un dernier gémissement contre son cou, là où il l'avait embrassée avec tant de passion qu'il avait laissé des marques sur sa peau.

Elle les accueillait avec bonheur, comme la preuve qu'elle lui appartenait.

Se redressant, il se retira d'elle. Clara était étendue sur le canapé. Cette fois, ils n'étaient même pas parvenus jusqu'à la chambre. Même lorsqu'ils parlaient de leur séparation future, ils ne pouvaient s'empêcher de se toucher.

Mais Clara était réaliste. Le temps qui leur était imparti était terminé. Malgré sa douleur et la peine qu'elle lisait dans les yeux d'Andreas, elle lui sourit tristement.

— Ce n'est pas fini, Clara, affirma-t-il. Pas avant longtemps.

Il se leva pour se rhabiller. Proche des larmes, Clara ramassa ses sous-vêtements et les enfila.

— Peut-être pas, dit-elle, mais nous savons tous les deux que cela ne durera pas toujours. Nous étions *d'accord*.

— Je comprends que tu aies peur pour la réputation de ta famille, répliqua-t-il, mais je peux vous protéger toutes les trois.

— Comment ? J'ai peur, bien sûr. Ma famille a subi suffisamment d'épreuves, tout comme la tienne. Je travaille ici. Je soigne toujours le prince Henrik et je ne veux pas que ma mère revive l'humiliation qu'elle a éprouvée quand mon père a été condamné. Je crains que ce ne soit qu'une question de temps avant que notre liaison soit révélée au public.

— Je possède des demeures, dans la principauté. Vous pouvez vous y installer jusqu'à ce que l'intérêt pour ma personne s'éteigne.

Clara fronça les sourcils, horrifiée.

— Est-ce que tu t'entends ? Ce serait la confirmation que je suis ta maîtresse. Ma mère et moi, nous devrions toujours aller travailler et ma sœur est inscrite à l'université.

Andreas prit son visage entre ses deux mains.

— J'ai davantage d'argent que je ne peux en dépenser. Je peux entretenir ta famille indéfiniment.

Clara s'écarta brusquement de lui.

— Tu suggères que j'abandonne mon travail, moi aussi ? Que j'attende dans un cottage bien caché des visites clandestines, chaque fois que tu as une pause dans ton emploi du temps ou que tu as envie de faire l'amour ?

— Arrête ! Ce ne serait pas ainsi. Et je ne dis pas que cela durerait toujours. J'essaye seulement de trouver une solution parce que je tiens à toi.

— Moi aussi, je tiens à toi. Mais je t'ai dit dès le début combien j'ai besoin de mon indépendance, dit-elle en lui adressant un regard empreint de défi. J'ai vu ma mère se plier aux désirs de mon père, poser son repas sur la table pendant qu'il poursuivait rêve après rêve, projet après projet, nous endettant chaque jour davantage. Je n'ai jamais compris comment elle pouvait lui pardonner encore et encore. Pourquoi rien ne semblait pouvoir détruire son amour pour lui.

— Je ne suis pas ton père, répliqua Andreas en passant la main dans ses cheveux ébouriffés. Je n'essaye pas de te priver de ton indépendance. Je ne veux simplement pas que tout s'arrête entre nous à cause de cette photo. Je pensais que tu me comprenais, que tu comprenais ma vie, mes rêves, la part de moi inconnue du public. Je t'ai tout dévoilé.

— Je te comprends vraiment, dit-elle en se précipitant vers lui. Je ne veux pas non plus que ça finisse !

Les larmes lui brûlaient les yeux. En dépit de toutes les recommandations qu'elle s'était faites à elle-même, elle était tombée amoureuse d'Andreas. Et maintenant, elle avait tellement peur !

Il l'attira dans ses bras et l'embrassa avec une passion désespérée. Elle lui rendit son baiser en fermant les yeux comme si elle pouvait ignorer le reste du monde, être seule avec lui, sans pression, sans attente et sans crainte.

Lorsqu'ils faisaient l'amour, tout semblait avoir un sens. Mais dès que c'était terminé, Clara prenait conscience qu'elle se leurrait elle-même.

Elle n'était pas une femme pour lui.

Au bout d'un long moment, ils s'écartèrent l'un de l'autre, hors d'haleine. Clara secoua la tête.

— Je ne peux pas devenir cette version amoindrie de moi-même, être sans cesse en manque de toi, dépendre de toi, tu ne peux pas le comprendre ?

— Tu ne le peux pas ou tu ne le veux pas ? Tu peux rester toi-même et me vouloir tel que je suis. Je n'essaye pas de te changer, te contrôler ou te couper les ailes.

À cet instant, une voix parla dans l'Interphone :

— Votre Altesse Royale, il y a eu un accident dans la salle du banquet. Quelqu'un est tombé d'une échelle en la décorant pour la réception de Noël. Vous pouvez venir ?

Sans hésiter, Andreas appuya sur un bouton.

— J'arrive. Appelez une ambulance.

Se ruant dans sa chambre, il revint quelques secondes plus tard avec sa sacoche médicale.

— Je t'accompagne, dit Clara.

Quels que soient leurs problèmes personnels, ils restaient

une équipe. Andreas s'arrêta devant la porte et elle devina qu'il pensait à la même chose qu'elle : sa présence dans le palais alors qu'elle n'était plus de service pouvait faire naître des soupçons. Mais il ne dit rien.

Clara écarta ses propres craintes. Elle aimait Andreas, mais elle ne pouvait pas l'avoir. Comparée à cela, une petite humiliation sur son lieu de travail n'était pas grand-chose.

Deux énormes sapins de Noël trônaient dans la salle du banquet, décorée de multiples guirlandes. La victime, une femme d'une cinquantaine d'années, était entourée de membres du personnel, visiblement inquiets.

Clara et Andreas s'agenouillèrent auprès d'elle.

— Elle est inconsciente, observa Clara en se penchant pour savoir si elle respirait.

— J'ai un pouls, répondit Andreas.

— Elle respire à peine, ajouta Clara.

La femme présentait une fracture ouverte en bas de la jambe gauche.

Andreas sortit un masque à oxygène de sa sacoche et le plaça sur la bouche et le nez de sa patiente, puis il la ventila manuellement.

— Tu peux stabiliser sa nuque ? demanda-t-il. La colonne vertébrale est peut-être touchée.

Clara maintint la tête de la femme pendant qu'Andreas continuait de la ventiler. Ils échangèrent un regard préoccupé. S'il y avait une fracture vertébrale, elle risquait d'être instable et sensible au moindre mouvement. Mais jusqu'à ce que les ambulanciers arrivent avec une minerve, ils ne pouvaient rien faire.

— Est-ce qu'on a appelé une ambulance ? demanda Andreas.

Plusieurs membres du personnel hochèrent la tête.

— Quelqu'un peut aller me chercher une serviette propre ? ordonna-t-il, le visage pâle et soucieux.

— Tu la connais ? chuchota Clara.

— Elle s'appelle Kari. Elle travaille ici depuis vingt ans. C'est toujours elle qui s'occupe des décorations de Noël. Je... je connais même ses petits-enfants.

Levant les yeux, il ajouta à l'intention des autres employés :

— Merci pour votre aide, mais je vous demande de partir, à l'exception de Jens et de Magda.

Ces deux derniers restèrent à quelque distance d'Andreas et de Clara.

— Merci d'être là, lui dit-il, visiblement peiné. J'apprécie ton soutien.

Elle savait qu'il se torturerait lui-même, si quelque chose de grave arrivait à cette femme qu'il avait connue presque toute sa vie.

Reprenant conscience, Kari remua et tenta d'enlever le masque qui couvrait son visage.

— Ne bougez pas, Kari, dit Andreas. Vous avez fait une chute et vous vous êtes cogné la tête.

Pendant que Clara s'efforçait de l'immobiliser, quelqu'un arriva avec une serviette propre qu'Andreas posa sur la fracture ouverte pour éviter une infection.

Les ambulanciers arrivèrent avec de l'oxygène, une attelle cervicale et une civière. Pendant que Clara mettait en place une canule nasale, Andreas expliqua ce qui s'était passé aux ambulanciers. Ils lui mirent la minerve, puis ils l'installèrent sur la civière et lui administrèrent des antalgiques. Andreas et Clara les aidèrent à éclisser la jambe fracturée pour qu'elle puisse être transportée à l'hôpital.

— Je l'accompagne dans l'ambulance, dit Andreas.

— Bien sûr. Tu pourras m'appeler pour me dire comment elle va ?

Il hocha la tête et leurs regards se croisèrent, les choses qu'ils ne s'étaient pas dites restant en suspens entre eux.

Le désespoir serra la gorge de Clara.

Pendant que les ambulanciers emmenaient Kari, elle regarda Andreas partir, le cœur gonflé par l'amour qu'elle éprouvait pour lui. Elle retourna dans l'aile réservée aux hôtes, sentant sa résolution faiblir. Elle pourrait lui accorder un peu de temps, peut-être jusqu'à Noël, mais ensuite ce serait terminé. Elle lui cacherait ses sentiments, parce que son amour ne changeait rien. Si elle acceptait de faire tous les sacrifices, elle finirait par ne plus l'aimer. Mieux valait rester seule avec le cœur brisé, que d'accepter une relation inégale.

Après tout, son instinct de survie était chez elle une seconde nature.

16

Une semaine plus tard, Clara rentrait chez elle après une nuit de garde au palais. Elle comptait prendre un long bain, appliquer du vernis sur ses ongles et se faire un élégant chignon.

La réception de Noël organisée pour le personnel avait lieu le soir même et elle voulait se faire belle pour Andreas. Depuis l'accident de Kari, ils avaient réussi à se voir à deux reprises. Les deux fois, Andreas l'avait introduite discrètement dans le palais et ils avaient fait l'amour comme si c'était la dernière fois, bien qu'ils aient soigneusement évité d'aborder la question de leur séparation.

Une fois dans la salle de bains, Clara vida le contenu du sac à pharmacie qu'elle avait avec elle : un spray volumateur pour les cheveux et… un test de grossesse.

Ses règles, d'ordinaire très régulières, avaient trois jours de retard, ses seins étaient sensibles elle était plus fatiguée que d'habitude.

Tout en préparant son bain moussant, elle se demanda ce qu'elle ferait si le test était positif. Mais plus important encore, quelle serait la réaction d'Andreas.

Elle se déshabilla, le regard braqué sur le test qui affichait déjà deux traits roses. Elle posa les mains sur son ventre, le cœur battant… elle portait l'enfant d'Andreas.

Après le bain, elle enfila la robe vintage verte prêtée par sa mère, puis elle mit des boucles d'oreilles en verre assorties de ses mains tremblantes. Dans le miroir, elle échangea un regard étonné avec son reflet. La couleur de la robe lui allait parfaitement au teint, elle était radieuse et son port de tête était fier, comme si elle endossait déjà son nouveau rôle de mère.

Son téléphone vibra… c'était un SMS d'Andreas.

J'ai hâte de te voir.

Clara réprima les larmes qui lui montaient aux yeux.

Elle allait devoir lui annoncer sa grossesse… ce soir.

Assise sur son lit, elle pianota une réponse :

Moi aussi.

Elle l'effaça presque aussitôt. Ce n'était pas entièrement vrai. Qu'est-ce qu'Andreas attendrait d'elle, dorénavant ? Souhaiterait-il une garde partagée ou serait-il contraint par la Constitution de désavouer ce bébé ? Après tout, ils n'étaient pas mariés.

Au bord de la nausée, Clara glissa ses pieds dans ses escarpins à talons hauts, tandis que de multiples implications se pressaient dans son esprit. Elle allait devoir réduire ses horaires, ensuite prendre un congé de maternité. Il y avait une crèche excellente, près du Nordic Care, dont ses collègues lui avaient parlé, mais Andreas serait-il d'accord ?

Est-ce que leur enfant deviendrait la cible des médias à son tour ? Comment assurerait-elle sa sécurité tout en préservant sa propre indépendance ? Que faire, si les droits d'Andreas, en tant que prince, l'emportaient sur les siens ?

Elle lissa le tissu soyeux de sa robe avec ses paumes. Elle ne permettrait pas qu'on fasse du mal à son enfant. Sa propre mère en avait élevé deux toute seule, et elle en ferait autant. Qu'Andreas s'implique ou non, elle protégerait son bébé au prix de sa vie.

— Je suis content que vous vous sentiez mieux, dit Andreas à Kari pendant la réception. Merci d'avoir décoré cette salle. C'est magique !

La présence de Kari, appuyée sur ses béquilles, lui remontait le moral. Mais pourquoi Clara n'avait-elle pas répondu à son message ? Depuis l'accident, ils n'avaient pas abordé la question de leur séparation. La semaine avait été très chargée. Clara avait dû remplacer une collègue malade et Andreas avait été occupé par une visite officielle en Finlande et la préparation de cette réception. Il avait même supervisé la rénovation de sa future suite, bien décidé à apposer sa propre empreinte lorsqu'il dirigerait la principauté. La première étape consistait à se sentir suffisamment à l'aise pour assumer son rôle.

C'était aussi en pensant à Clara qu'il avait fait décorer son appartement...

Il se déplaça dans la salle pour accueillir un autre groupe, jetant un coup d'œil au prince Henrik qui en faisait autant de son côté. Son père avait insisté pour être présent et pour l'instant, il semblait aller bien.

Andreas venait de terminer une conversation avec les employés chargés de l'entretien du palais, lorsqu'il aperçut Clara en train de discuter avec d'autres infirmières et le médecin de son père. Bien que ce dernier ait une cinquantaine d'années et que son mariage soit heureux, Andreas ne put s'empêcher d'être jaloux à la vue du sourire de Clara.

Depuis quand ne lui avait-elle pas souri de cette façon ?

Était-ce parce qu'il froissait son désir d'indépendance ?

Mais chaque fois qu'il s'imaginait sans elle, il ne pouvait s'empêcher d'insister lourdement pour qu'ils ne se séparent pas.

S'approchant de lui, Nils l'aborda :

— Votre Altesse Royale...

Andreas reprit ses esprits, réalisant qu'il s'était immobilisé pour la regarder. D'un pas décidé, il rejoignit l'équipe médicale.

— Je voulais vous remercier toutes et tous personnellement d'avoir aussi bien pris soin de mon père. Comme vous pouvez le constater, il paraît en pleine forme, ce soir, et c'est grâce à vous.

Clara n'avait pas encore croisé son regard et il ne pouvait pas être vu en train de favoriser un membre de l'équipe plutôt qu'un autre, d'autant qu'il y avait eu des rumeurs après l'accident de Kari.

S'il n'avait tenu qu'à lui, il l'aurait entraînée dans ses nouveaux appartements et il lui aurait fait l'amour toute la nuit, jusqu'à ce qu'il la convainque qu'elle le voulait, lui, le vrai Andreas, plus que sa carrière, son indépendance et son anonymat.

Enfin, il s'autorisa à poser les yeux sur elle. C'était douloureux, de voir sa beauté sans pouvoir la toucher. Mais en l'observant de plus près, il la trouva pâle. Était-ce parce qu'elle avait pris sa décision et qu'elle lui dirait bientôt que tout était fini entre eux ?

Sentant le malaise de Nils, parce qu'il avait d'autres personnes à voir, Andreas se prépara à s'éloigner, submergé par la panique. Mais à la dernière seconde, Clara leva les yeux vers lui et le temps s'arrêta.

Il la fixa avec intensité, s'efforçant de lui faire comprendre combien il tenait à elle, combien il la désirait et combien il aurait voulu n'être qu'un homme libre qu'elle pourrait aimer en retour.

Elle se détourna.

Très abattu, Andreas plaqua un sourire sur son visage et se dirigea vers un autre groupe, non sans avoir auparavant donné ses instructions à Nils.

— Conduisez-la dans la chambre bleue à la fin de la réception.

La soirée allait être très longue.

Pendant le reste de la soirée, Clara observa Andreas de loin, un sentiment de déjà-vu la glaçant jusqu'aux os. La première fois qu'ils avaient dansé dans cette même salle, elle avait su qu'il était un leader-né. Ensuite elle avait compris qu'il n'avait pas été éduqué pour assumer le rôle de souverain et qu'il était déchiré entre son devoir envers la nation et sa vocation de médecin. En outre, il portait une lourde culpabilité parce qu'il se croyait responsable de la mort de son frère.

La gorge serrée, elle gagna la fenêtre de la chambre bleue, la pièce où on lui avait ordonné de se rendre pour rencontrer Andreas. Au loin, les montagnes enneigées qui séparaient Varborg du reste de la Scandinavie se dressaient contre le ciel nocturne.

Comment Andreas allait-il prendre la nouvelle ? Comment lui annoncerait-elle qu'elle portait son bébé ? Et enfin, comment trouverait-elle la force de s'éloigner ?

Un bruit, derrière elle, la fit se retourner.

Andreas l'observait, le visage sombre.

— Tu es belle à couper le souffle, ce soir, lui dit-il. Le vert te va bien, *sötnos*. Tu devrais le porter plus souvent.

— Merci. Cette robe appartenait à ma mère. Je fais du recyclage. Quant à toi, tu incarnes de la tête aux pieds le futur souverain que tu vas être.

— Mais pour toi, je suis seulement Andreas, répliqua-t-il en fronçant les sourcils.

Clara hocha la tête, sentant son cœur se briser un peu plus parce qu'elle était tombée amoureuse de lui, mais que cela n'impliquait pas qu'il serait à elle. Il avait besoin d'une femme qui accepterait de vivre dans son ombre.

— Je dois te dire quelque chose, commença-t-elle.

— Je t'écoute.

— Je suis enceinte.

Il se détendit, visiblement soulagé et excité. Trébuchant presque, il la rejoignit et la prit dans ses bras.

— Tu en es certaine ?

— Mes règles sont en retard de trois jours et j'ai fait un test qui est positif, mais c'est peut-être un peu précoce.

Elle haussa les épaules. La joie qu'elle avait éprouvée diminuait car au plus profond d'elle-même, elle avait imaginé que si elle avait un enfant ce serait avec un homme qui l'aimait et qu'elle aimerait librement en retour.

Mais ce n'était pas un conte de fées et elle craignait que ses droits de mère soient restreints par l'identité du père.

Visiblement fou de joie, Andreas la souleva de terre et la serra contre sa chemise d'un blanc immaculé. Clara posa la tête sur son épaule et ferma les yeux. Luttant contre ses larmes, elle respira son odeur.

— C'est une merveilleuse nouvelle !

Il recula pour baisser les yeux vers le ventre de Clara.

— Comment te sens-tu ? demanda-t-il.

— Je vais bien… un peu fatiguée, peut-être.

— Tu veux t'asseoir pendant que nous parlons ?

Elle secoua négativement la tête.

— Je voulais te mettre au courant tout de suite, mais nous n'avons rien à régler pour l'instant.

L'espace de quelques secondes, il y eut une lueur de doute dans les yeux bleus étincelants.

— Qu'est-ce qu'il y a à régler ? Tu portes un prince ou une princesse et je vais être père.

La vision de Clara se brouilla.

— Je me réjouis de ton bonheur, mais je te rappelle que nous ne sommes pas mariés et que je ne suis qu'une vulgaire roturière.

Andreas éclata de rire et la serra de nouveau contre lui.

— Il y a une centaine d'années, ce genre de détail aurait compté mais aujourd'hui ton enfant est mon héritier. Et d'ailleurs, nous allons nous marier.

— Vraiment ? Tu décides et je n'ai pas mon mot à dire ? Tu ne penses pas que tu devrais me demander ce que je veux ?

Elle aurait aussi bien pu être une poulinière. Allait-elle accepter cette demande en mariage purement pragmatique, abandonner son métier et n'exister qu'en tant qu'accessoire royal, sous prétexte qu'elle était folle d'amour ?

Il pressa ses épaules et posa sur elle un regard troublé.

— Pardon. Dis-moi ce que tu veux. Je supposais que cette nouvelle t'enthousiasmait, mais tu dois être sous le choc.

— Je *suis* heureuse, affirma Clara. Cependant il y a beaucoup de points à régler. Je veux que nous élevions cet enfant ensemble, mais remettons cette conversation à plus tard. Prenons le temps d'intégrer la perspective de cette grossesse, ensuite nous discuterons.

Et peut-être aurait-elle la force de lui avouer ses sentiments pour lui.

Le visage d'Andreas s'assombrit.

— Il n'y a qu'une seule façon d'envisager les choses, Clara. Je suis un Cronstedt. Mon enfant, *notre* enfant gouvernera un jour Varborg. Je suis désolé, mais il n'y aura pas de discussion à ce sujet.

— Je comprends, mais je ne veux pas d'un mariage fondé uniquement sur les conventions.

S'il l'avait aimée, s'il lui avait fait une demande romantique plutôt que de cette façon réaliste, elle aurait tout accepté. Mais elle n'avait jamais envisagé d'être piégée dans une union sans amour.

— En ce cas, nous vivrons ensemble et nous élèverons notre enfant ensemble. C'est un peu inhabituel dans ma famille, mais je ferai en sorte que tout se passe bien. Après tout, je compte moderniser la principauté. Et quoi de plus moderne que la cohabitation et la coparentalité ?

— Tu ne m'écoutes pas, Andreas. Je ne peux pas vivre de cette façon, comme toi tu vis.

Si elle n'avait pas tout de lui, y compris son cœur, la relation peu conventionnelle qu'il lui proposait serait vouée à l'échec dès le départ. Elle ferait tous les sacrifices sans même obtenir l'amour d'Andreas en retour.

— Je ne peux pas perdre tout ce que j'ai, continua-t-elle calmement. Mon travail, mon indépendance et mon autonomie.

— Tu peux tout avoir en vivant avec moi. Je prendrai soin de toi et de notre enfant, je vous protégerai tous les deux et je subviendrai à tous vos besoins. Mais peut-être, c'est de *moi*, que tu ne veux pas ?

Cette question atteignit Clara en plein cœur. Portant la main à sa bouche, elle réprima un sanglot. Elle le désirait de toutes ses forces, mais il était temps d'être réaliste, d'écarter les fantasmes et de se concentrer sur l'avenir de leur enfant. Il ne serait pas obligé de grandir aussi vite qu'ils y avaient été contraints tous les deux.

— Tu m'as dit une fois qu'on n'a pas toujours ce que l'on veut, chuchota-t-elle, souhaitant qu'il puisse l'aimer aussi fort qu'elle l'aimait. Que parfois nous devons être ce que les autres ont besoin que nous soyons.

Il s'immobilisa et la regarda fixement. Clara eut un moment d'hésitation, mais il fallait qu'elle soit forte pour eux trois… elle-même, Andreas et le bébé.

— Tu as besoin d'être le prince Andreas Cronstedt, reprit-elle. Tu as besoin de gouverner Varborg parce que c'était ton destin dès ta naissance.

— Cette description est un peu simpliste, rétorqua Andreas. Et toi, de quoi as-tu besoin ?

— D'être mère, souffla Clara.

— Et nous ?

Cette fois les larmes jaillirent des yeux de Clara et coulèrent le long de ses joues.

— Je suis désolée, mais je ne peux pas.

Elle s'enfuit et ne s'abandonna aux larmes que lorsqu'elle fut à l'arrière du taxi qui roulait dans la nuit.

17

Trois jours plus tard, quand Andreas descendit du jet privé de la famille Cronstedt, un vent froid piqua son visage. Une minute plus tard, il s'installa à l'arrière de sa voiture, à côté de Nils.

Il avait été contraint par ses engagements de se rendre à Oslo, mais maintenant qu'il était rentré, après lui avoir accordé autant d'espace qu'il pouvait le supporter, il ne pensait qu'à Clara.

Mais elle ne voulait pas de lui.

Il était 23 heures passées et son humeur était aussi sombre que le paysage. Le rejet de Clara et son manque de confiance en lui étaient douloureux. Submergé par un sentiment d'échec, il serra les poings. Depuis qu'elle s'était enfuie, le soir de la réception de Noël, il semblait à Andreas que le monde avait perdu ses couleurs.

C'était sa faute ! Il n'avait pas dit les mots qu'il fallait et il avait renoncé trop facilement. Exactement comme il ne s'était pas battu suffisamment pour sauver Oscar, il ne s'était pas battu suffisamment pour retenir Clara. Il ne lui avait pas dit qu'il l'aimait et il ne l'avait pas suppliée de rester.

Il payait lourdement ses erreurs. Le rire de Clara lui manquait, ainsi que l'odeur de sa peau et ce petit piercing dans son nez. Sa passion, son cœur immense et la façon dont elle l'avait rendu meilleur lui manquaient.

La voiture s'arrêta devant le palais. Dès qu'il franchit la porte, Moller émergea de l'ombre.

— Votre Altesse Royale, le prince Henrik souhaite que vous lui rendiez visite.

— Il ne va pas bien ?

— Non, Sire.

— Très bien.

Andreas trouva son père dans sa bibliothèque, derrière le bureau imposant qui avait toujours intimidé Andreas lorsqu'il était enfant.

— Tu voulais me voir, papa ?

Le prince Henrik se leva et le rejoignit près de la cheminée, une liasse de documents à la main.

— Assieds-toi, fils.

Andreas prit place dans un fauteuil, en face de son père.

— Tout est en ordre, dit ce dernier en tapotant le dossier qui contenait ses volontés concernant ses funérailles. Je t'en donne une copie pour ton approbation finale.

Andreas prit le dossier, puis il contempla le feu. Il respecterait les souhaits de son père, mais cela ne rendait pas la perspective de son décès plus facile.

— Tu es une source d'inspiration pour moi, papa, dit-il d'une voix étranglée par l'émotion. J'essaierai d'être digne de toi, tu as ma parole.

— J'ai fait mon devoir, tout comme tu feras le tien. Varborg aura de la chance, de t'avoir comme souverain.

Tout en parlant, le prince s'était dirigé vers le minibar et remplissait deux verres du meilleur whisky de Varborg.

Surpris par cette déclaration, Andreas prit celui que son père lui tendait. Il avait toujours vu en lui un homme fier et distant. Clara avait-elle raison ? Sa culpabilité à cause de la mort d'Oscar l'avait-elle aveuglé ? Aurait-il dû surmonter ses propres démons et parler avec son père plus tôt ?

Le prince s'assit à son tour.

— Je n'ai pas toujours pris les bonnes décisions. Nous ne

sommes que des êtres humains, après tout. Après la mort de ta mère, j'ai craint de t'avoir accordé trop de liberté. Elle me manquait terriblement et elle m'avait fait promettre de vous donner à tous les deux une enfance la plus normale possible. En ce qui concerne Oscar, ça n'a pas toujours été faisable. Je devais le préparer à la réalité de sa situation, mais avec toi... j'ai fait de mon mieux. Et regarde ce que tu as accompli.

Le prince Henrik jeta un coup d'œil à son fils.

— Je suis incroyablement fier de toi, docteur Cronstedt.

Andreas retint son souffle.

— Même quand ce devrait être Oscar, assis près de toi aujourd'hui, à discuter de la succession ?

— La vie ne fonctionne pas toujours ainsi. Il n'y a aucune garantie et nous jouons avec les cartes qui ont été distribuées.

Andreas serrait si fort son verre de cristal, dans sa main, que ses articulations étaient blanches. Il allait être père... il était temps d'être l'homme dont son enfant aurait besoin.

— Je veux que tu saches une chose : j'ai fait tout ce qui était en mon pouvoir pour sauver Oscar. J'aurais seulement voulu faire davantage.

La panique le submergea, comme s'il était encore à l'intérieur de cette épave.

— Bien sûr, que tu l'as fait ! Tu es médecin, tu as sauvé des centaines de vies.

Andreas croisa le regard de son père.

— Sauf que je n'ai pas sauvé la personne la plus importante pour moi, pour notre famille et pour Varborg.

Le visage du prince exprima une succession d'émotions.

— J'aurais pu vous perdre tous les deux, ce jour-là. J'ai lu le rapport officiel de l'accident et je sais combien tu as tenté de sauver ton frère. Tu as été incroyablement courageux et déterminé. *Personne* n'aurait pu faire davantage.

— Je me suis reproché sa mort pendant très longtemps, répliqua Andreas, la gorge trop serrée pour avaler une gorgée de whisky.

— J'en suis certain, mais personne ne te blâme. Tu me fais honneur, ainsi qu'à Varborg. J'aurais dû te le dire avant. Il est temps de laisser Oscar reposer, peut-être, et de vivre ta vie.

— Comment ? fit Andreas d'une voix brisée.

Son père le regarda avec compassion.

— Le signe d'une vie réussie est d'avoir moins de regrets que de raisons de se réjouir. J'ai eu cette chance à bien des égards. J'ai épousé l'amour de ma vie et elle m'a donné deux fils. Qu'est-ce qu'un homme peut demander de plus ?

Andreas réfléchit. Pourrait-il être digne de son père, de son frère, de sa famille et de son pays tout en recherchant ce dont il avait besoin pour être heureux ?

— Papa, j'ai quelque chose à te dire... tu vas être grand-père.

Le prince Henrik sourit.

— Une bénédiction de plus. Toutes mes félicitations.

— Tu ne veux pas savoir qui est la mère ?

— Quelle importance ? Si tu as trouvé l'amour, c'est tout ce qui importe. Tout sera plus facile pour toi, si quelqu'un que tu aimes est à ton côté.

Andreas vida son verre d'un coup. Sortant son téléphone de sa poche, il consulta son emploi du temps le lendemain. Une visite des casernes était prévue, mais elle pouvait être reprogrammée. En revanche, il fallait qu'il trouve Clara et qu'il lui dise qu'il l'aimait.

Clara ouvrit la porte de la maison de famille, ôta ses chaussures et s'effondra sur le canapé, totalement épuisée. Elle aurait dû enlever son uniforme froissé et pleurer sous la douche mais elle était incapable de bouger.

Tendant la main vers le châle que sa mère avait fait au crochet pendant son cancer, elle se pelotonna en dessous en position fœtale.

Alma sortit de la cuisine, deux chopes remplies de chocolat chaud dans les mains.

— Tu as l'air frigorifiée. La météo annonce davantage de neige, cette nuit.

Elle déposa les chopes sur la table basse, s'assit sur le canapé et prit l'un des pieds de sa fille pour le masser.

— J'ai été serveuse, autrefois, dit-elle. Le soir j'avais tellement mal aux pieds que j'en aurais pleuré.

— Quel est ton secret pour être si forte, maman ? murmura Clara.

Alma haussa les épaules.

— Je suis une femme et nous sommes toutes nées fortes. Regarde-toi, par exemple.

Les larmes aux yeux, Clara sourit. Si seulement elle avait été assez forte pour résister à Andreas ! Mais non ! Elle ne regretterait jamais de l'avoir rencontré et d'être tombée amoureuse de lui. Il lui avait offert le plus précieux des cadeaux, *leur* bébé.

— Mais pour être forte, continua Alma, tu dois être toi-même et heureuse. Je vous ai toujours appris, à toi et Freja, de vous aimer vous-mêmes sans vous en excuser.

Clara soupira.

— Être heureuse est... compliqué. Qu'est-ce qui se passe, si tu aimes quelqu'un et que son bonheur te paraît plus important que le tien ?

Alma lâcha le pied de Clara et s'empara de l'autre.

— La solution est de trouver quelqu'un qui t'aime autant en retour.

— Exactement.

L'expression blessée d'Andreas lorsqu'elle l'avait repoussé lui revint en mémoire.

— C'est compliqué, répéta-t-elle.

— Tu penses à ton père ? demanda Alma. Tu sais, il n'a pas toujours été l'homme qu'il est devenu à la fin. Nous étions fous l'un de l'autre et nous nous sommes aimés passionnément pendant plusieurs années. Nous avons fait deux filles magnifiques, avant que nous ne formions plus un couple.

Clara se figea, le cœur battant. Elle avait du mal à imaginer ses parents jeunes et amoureux.

— Donc, tu ne regrettes pas de l'avoir aimé ?

— Je sais que Lars nous a abandonnées. J'aurais voulu qu'il soit là pour toi et Freja. Mais ce que *je* regrette le plus, c'est que tu aies eu trop de responsabilités quand je suis tombée malade. Tu étais à peine une adulte. Lars et moi, nous aurions dû te protéger.

Les larmes jaillirent des yeux de Clara et coulèrent dans ses cheveux et le long de ses tempes.

— Je suis amoureuse, maman, chuchota-t-elle, et j'attends son bébé.

Alma poussa un petit cri de joie.

— Et il t'aime ?

— Je n'en sais rien. En fait, il a d'autres priorités.

— Rien n'est plus important que l'amour, Clara. Tu t'en apercevras bien vite quand mon petit-fils ou ma petite-fille sera là.

Clara sourit avec indulgence. Gouverner Varborg était très important.

— Tu dois lui dire ce que tu ressens, reprit Alma. Tu es bien plus forte que moi et il n'y a rien dont tu ne sois capable, y compris être honnête envers cet homme. S'il est digne de ton amour, parle-lui et vois où cet amour te mènera. Ce sera peut-être une aventure que tu ne regretteras jamais, même si elle n'est pas parfaite ou ne dure pas toujours.

— Tu as raison, dit Clara en reniflant. Je devrais lui dire, d'autant qu'il prétend adorer ma franchise.

— Tu vois ? Il me plaît déjà. Invitons-le à dîner.

Clara se mit à rire. Elle avait hâte de voir la tête de sa mère quand le prince Andreas franchirait sa porte.

— Un petit-enfant ! s'exclama Alma en applaudissant. Je n'arrive pas à y croire, ajouta-t-elle en prenant son nécessaire à tricoter.

— Tu ne vas pas te coucher ? demanda Clara en se levant péniblement. Je vais prendre une douche et aller directement au lit, je suis épuisée.

— Tu as besoin de repos. Pour ma part je vais commencer à tricoter et coudre des vêtements pour le bébé.

Clara sourit avec affection à sa mère et monta à l'étage. Elle n'avait pas le cœur de lui dire que cet enfant allait être un prince ou une princesse. Cela n'aurait d'ailleurs pas empêché Alma de se lancer dans ses travaux de couture.

Une fois dans sa chambre, Clara fit une promesse à son enfant. Andreas avait le droit de savoir qu'elle l'aimait, qu'il était son seul et unique choix et que pour elle et le bébé, il n'y avait pas de meilleur homme ou père possible.

18

La barrière de métal était froide. Clara s'y agrippait, refusant de laisser sa place au premier rang de la foule qui attendait. Elle savait déjà que l'héritier du trône de Varborg était populaire, mais si quelqu'un criait encore son nom dans ses oreilles, elle allait perdre l'audition.

Personne, parmi ces gens, ne savait qui il était vraiment. Ils ne voyaient que le Viking sexy qui vivait dans un palais, alors qu'elle connaissait ses passions et ses rêves. Elle connaissait l'odeur de sa peau, le rythme de son cœur et ses regrets les plus secrets.

Elle l'aimait et elle avait besoin qu'il le sache.

Sauf que peut-être il était déjà trop tard.

Les portes de la caserne s'ouvrirent et la foule se mit à hurler avant même l'apparition d'Andreas. Clara sentit ses jambes la trahir. Il portait son uniforme de cérémonie dont la veste bleu marine ornée d'épaulettes blanches soulignait la largeur de sa poitrine. Une rangée de médailles témoignait de sa bravoure. Il arborait un sourire de vedette de cinéma et agita la main en direction du public avant de serrer les mains des personnalités présentes.

Autour de Clara, les gens l'acclamaient et agitaient des drapeaux, réclamant à grands cris son attention. Clara les comprenait car elle aussi, elle aurait voulu qu'il regarde de son côté. L'espace d'un instant, elle crut que son vœu allait être exaucé, mais Andreas remarqua une petite fille qui lui tendait un bouquet et il s'approcha d'elle pour lui adresser quelques mots.

Clara retint son souffle, les larmes aux yeux. Il ferait un excellent père et elle ne lui avait pas donné l'occasion de se réjouir de cette nouvelle... tout cela parce qu'elle avait peur qu'il ne puisse jamais l'aimer comme elle l'aimait.

— Prince Andreas, cria la voisine de Clara tandis qu'il longeait la barrière et serrait les mains.

Remarquant les cernes qui soulignaient ses yeux, comme s'il n'avait pas dormi, Clara se figea. Elle aurait tellement voulu le serrer dans ses bras ! Elle posa le pied sur le rebord inférieur de la barrière et se pencha quand il approcha.

Andreas tendit le bras pour prendre la main de la femme. Dans un flot de paroles, cette dernière lui dit combien elle l'admirait, combien il était beau dans son uniforme et combien elle était désolée d'apprendre que son père était en phase terminale.

Autour de Clara, le bruit diminua. Il était assez proche pour la toucher, maintenant...

Il tourna la tête et l'aperçut.

— Clara...

Elle battit des paupières pour empêcher ses larmes de couler. Visiblement secoué par sa vue, Andreas retira sa main à son admiratrice. Il donna quelques instructions à Nils sans jamais quitter Clara du regard.

Elle aurait voulu lui dire qu'elle aimait le vrai lui et toutes ses autres versions, et aussi lui demander de lui accorder une seconde chance. Mais à cet instant, elle sentit un poids s'affaisser contre elle.

Se détournant d'Andreas, Clara vit avec horreur la fanatique excitée glisser vers le sol, évanouie. Elle écarta les bras pour empêcher la foule de piétiner la malheureuse, mais c'était comme si elle avait voulu empêcher la marée de monter avec ses mains nues. Elle se pencha pour soutenir la tête de la femme, tâchant de ne pas penser aux risques potentiels pour son bébé et elle.

Soudain, il y eut une bousculade, la barrière fut soulevée, des soldats criaient des ordres et les gens reculèrent. Andreas apparut et s'agenouilla de l'autre côté de la femme.

— Tu vas bien ? demanda-t-il en écartant à son tour les bras pour protéger Clara et l'inconnue d'une ruée de curieux.

Elle acquiesça d'un signe de tête.

— Elle s'est évanouie.

Clara retira son écharpe pour la glisser sous la tête de la femme. Andreas lui prit le pouls, puis il ordonna au soldat le plus proche de surélever ses jambes de façon à ce que le sang remonte plus facilement vers le cerveau. En quelques secondes, Nils organisa une protection autour de la scène.

La femme remua légèrement et revint à elle.

— Prince Andreas...

— Tout va bien, lui dit-il. Vous vous êtes évanouie et nous vous avons porté secours. Détendez-vous.

La femme tenta de s'asseoir et passa une main dans ses cheveux pour s'assurer qu'elle n'était pas trop décoiffée, ce qui fit sourire Clara.

Andreas se tourna vers elle, visiblement abasourdi.

— Tu es venue.

Elle hocha la tête.

— Il faut qu'on termine cette conversation.

Quand les ambulanciers arrivèrent pour prendre en charge la femme, Andreas prit la main de Clara.

— Viens avec moi, *sötnos*.

Il se leva et l'aida à se mettre debout, ensuite Nils les escorta jusqu'à la voiture. Lorsqu'elle s'installa sur la banquette arrière avec Andreas, l'espoir gonfla le cœur de Clara.

En proie à une vive émotion, Andreas posa les mains sur les épaules de Clara.

— Dis-moi que tu vas bien.

— Je suis juste un peu jalouse de l'effet que tu fais aux femmes, mais à part ça, je suis en pleine forme.

Ayant perdu tout sens de l'humour, il la serra dans ses bras et posa ses lèvres sur sa tempe.

— Je n'ai jamais eu aussi peur que lorsque je t'ai vue disparaître au milieu de cette foule. J'aurais aussi bien pu fracasser cette barrière de mes mains nues pour t'atteindre. Le bébé va bien ?

— Il me semble.

— Clara..., commença-t-il d'une voix brisée, je t'aime.

Elle était venue le voir. Peut-être cela signifiait-il qu'elle était prête à lui accorder une seconde chance ?

— Je t'aime, répéta-t-il en prenant le visage de Clara entre ses mains. J'ai besoin de toi et je te veux.

Elle battit des paupières sans répondre.

— J'ai essayé de te donner du temps, continua-t-il, mais je n'y tiens plus. J'ai besoin que tu comprennes que je ferais n'importe quoi pour t'avoir dans ma vie.

Elle agrippa ses poignets et l'espace de quelques secondes de panique, il crut qu'elle allait le repousser.

— Je sais que la perspective de partager ma vie te fait peur, mais je suis prêt à abdiquer s'il le faut. Tu n'as pas à abandonner ta carrière, ou bien nous pourrions travailler ensemble. Je veux créer un hôpital consacré aux vétérans blessés. Tu peux m'aider. Nous pouvons construire quelque chose dont nous serons fiers ensemble... égaux.

— Andreas..., murmura Clara, les yeux humides.

— Nous pourrons élever notre enfant tous les deux et nous ne sommes pas obligés de nous marier, si ce n'est pas ce que tu veux. Je te jure que toi et lui, vous serez ma priorité.

— Andreas, je t'aime aussi.

Il sursauta et fixa ses lèvres, comme s'il craignait d'avoir mal entendu.

— Je t'aime, répéta-t-elle. Je suis venue aujourd'hui pour te le dire. J'aurais dû le faire le soir de la réception de Noël. Je suis désolée pour tout ce que je t'ai dit. Le problème, ce n'est pas toi, c'est moi, tous mes blocages dus à mon passé. Tu es tout ce que je veux. Tu n'es pas mon père, tu es toi et je t'ai choisi, même s'il n'y avait pas de bébé, pas de trône et pas de palais.

— Tu es au courant qu'il y a plusieurs palais ?

— Super. Mais de toute façon, je t'aurais choisi parce que je *te* connais. Tu es un homme passionné et intègre. Varborg a de la chance de t'avoir.

Submergé par la joie, Andreas l'embrassa.

— Clara, dit-il en s'écartant pour la regarder dans les yeux. Sache que tu peux me faire confiance. Je ne te blesserai pas, je t'aimerai, te respecterai et te chérirai chaque jour. Même si nous devions nous séparer pour une raison quelconque… et je ferai tout pour que cela n'arrive pas… je continuerai de t'aimer, de te respecter et de prendre soin de toi.

Clara se mit à rire.

— Non, c'est moi qui prendrai soin de toi.

Après qu'ils se furent embrassés de nouveau, elle demanda :

— Où allons-nous ?

— Au lit, j'espère. Ou si tu préfères, dans mon immense baignoire ou n'importe quel lieu qui te ferait plaisir.

— En ce cas, j'ai une requête à te faire.

— Je suis tout ouïe, *sötnos*.

— Est-ce qu'on pourrait aller au chalet ? J'aimerais bien essayer un de ces tapis en fourrure, devant la cheminée.

Fermant les yeux, Andreas caressa de ses lèvres le lobe d'une oreille de Clara. Il appuya sur l'Interphone pour s'adresser au chauffeur.

— Conduisez-nous au pavillon de chasse, s'il vous plaît, et prévenez la gouvernante. Dites-lui d'allumer le feu, j'amène ma princesse.

— Très bien, Votre Altesse Royale.

Clara s'empara de la cravate d'Andreas et l'attira vers elle. Arborant une expression concentrée, elle déboutonna sa veste et sa chemise pour poser sa bouche sur sa poitrine.

Andreas appuya de nouveau sur le bouton.

— Et, Tor ? marmonna-t-il en dégrafant le soutien-gorge de Clara. N'allez pas trop vite.

Épilogue

Cinq mois plus tard

Étendue sur une chaise longue confortable, Clara contemplait Andreas en train de nager dans la piscine du palais d'été, non loin de la capitale.

Le corps mince et musclé de son mari causait à peine une ride à la surface d'un bleu azur, tandis que ses bras puissants fendaient l'eau.

Il y avait un lien particulier entre lui et l'eau. Les paumes de Clara fourmillaient à l'idée de se poser sur lui, de sentir sa peau et la toison blonde qui recouvrait sa poitrine. Elle brûlait d'enfoncer ses ongles dans ses larges épaules et de crier son nom avec cette passion qui n'était jamais loin lorsqu'ils étaient ensemble.

Ils s'étaient mariés le jour de l'an en présence du prince Henrik, d'Alma et de Freja.

Désormais elle était princesse.

Clara baissa les yeux vers la liasse de papiers posée sur ses genoux. Fermant le dossier, elle le posa sur le côté. Leur projet d'un centre de réadaptation consacré aux vétérans avançait bien puisqu'il devait ouvrir trois mois plus tard. Avec un peu de chance, elle serait présente lors de la cérémonie d'ouverture, après son accouchement. Mais ils avaient d'autres objectifs : une assistance aux personnes en deuil, un hôpital offrant des soins gratuits en l'honneur d'Oscar, un autre établissement hospitalier ultramoderne en l'honneur du prince Henrik qui avait malheureusement perdu sa bataille contre le cancer après Noël.

Clara et Andreas avaient trouvé de multiples façons d'utiliser leurs compétences médicales pour aider les autres. C'était un véritable bonheur, que de continuer à travailler ensemble.

Elle entendit un *plouf*. Andreas hissait son corps athlétique sur le bord de la piscine, ses muscles magnifiques tendus.

Faisant semblant de dormir sous ses lunettes de soleil, elle le regarda essuyer son torse et mettre sa prothèse avant de nouer une serviette autour de sa taille, ce qui cacha son sexe aux yeux gourmands de Clara.

Le cœur battant, elle le vit repousser négligemment ses cheveux en arrière. Il lui jeta un regard affamé qui l'emplit de joie. Fascinée par son beau Viking, elle l'observa tandis qu'il avançait vers elle.

Un incendie se déclara entre ses jambes.

— Je sais que tu es réveillée, *sötnos*. Je sais parfaitement que tu me regardais.

Il s'arrêta près de la chaise longue et parcourut des yeux le corps de Clara, uniquement vêtu d'un bikini minuscule. Il s'arrêta sur les seins, puis sur le ventre arrondi et plus bas sur le triangle de tissu qui dissimulait combien elle le désirait.

Mais bien sûr, il le savait. Ils étaient toujours fous l'un de l'autre. Clara mordit sa lèvre inférieure, observant une gouttelette d'eau qui glissait le long de la poitrine bronzée.

— Est-ce que c'est ma faute, si je t'adore tout mouillé ? soupira-t-elle.

Avant qu'il puisse répondre, elle posa les pieds par terre et se leva. Face à lui, elle suivit le parcours de la goutte du bout des doigts. Vif comme l'éclair, Andreas saisit son poignet et guida sa main plus bas pour la poser sur son sexe dressé, sous la serviette.

— Doucement, *sötnos*, murmura-t-il. Je ne voudrais pas t'épuiser et nous avons déjà fait l'amour deux fois, aujourd'hui.

Clara noua ses bras autour de la taille d'Andreas et se cambra contre lui.

— Tu sais ce qu'on dit… jamais deux sans trois.

Il l'embrassa passionnément et leurs deux langues se caressèrent, allumant un feu dans tout le corps de Clara. Elle se recula, consciente que la serviette avait glissé sur le sol et qu'il se tenait nu, fier et beau sous les rayons du soleil.

— Ce que veut ma princesse, elle l'aura, dit-il en prenant le visage de Clara entre ses mains.

Lorsqu'il lui caressa les seins, la taille et les hanches, elle soupira de plaisir, le cœur rempli d'amour pour le seul homme qui pouvait faire de sa vie un conte de fées.

— C'est *toi* que je veux, Andreas, toujours.

RESTEZ CONNECTÉ AVEC HARLEQUIN

Harlequin vous offre un large choix de littérature sentimentale !

Sélectionnez votre style parmi toutes les idées de lecture proposées !

www.harlequin.fr

- **Découvrez** toutes nos actualités, exclusivités, promotions, parutions à venir...
- **Partagez** vos avis sur vos dernières lectures...
- **Lisez** gratuitement en ligne
- **Retrouvez** vos abonnements, vos romans dédicacés, vos livres et vos ebooks en précommande...

L'application Harlequin

- Des **ebooks gratuits** inclus dans l'application
- **+ de 50 nouveautés tous les mois !**
- Des **petits prix** toute l'année
- Une **facilité de lecture** en un clic hors connexion
- Et plein d'autres avantages...

Téléchargez notre application gratuitement

Télécharger dans l'App Store

DISPONIBLE SUR Google Play

SUIVEZ-NOUS !

facebook.com/HarlequinFrance
twitter.com/harlequinfrance

TRE COLLECTION PRÉFÉRÉE DIRECTEMENT CHEZ VOUS

0€*

Vos **2** premiers **livres** découverte

+ 1 cadeau surprise

L'amour vous transporte, on vous l'apporte !

*+4,95 € de frais de traitement.

Collections au choix	1ers Envois	Envois suivants
AZUR	2 livres **0 €* + 1 cadeau**	6 livres par mois **32,70 €**
BLACK ROSE	2 livres **0 €* + 1 cadeau**	2 livres par mois **20,00 €**
BLANCHE	2 livres **0 €* + 1 cadeau**	2 livres par mois **18,20 €**
VICTORIA	2 livres **0 €* + 1 cadeau**	3 livres tous les 2 mois **29,45 €**

REDER SAS au capital de 1 500 000 € - RCS Paris B 410 714 885.
Renseignements au 0 892 680 181 (0,40 €/min + prix appel).

OFFRE DÉCOUVERTE

À compléter et à retourner sans affranchir :

LIRIADE-HARLEQUIN - Libre-réponse 40181 - 27039 ÉVREUX CEDEX

☐ **OUI**, je profite de votre **Offre Découverte Harlequin** gratuitement (+ 4,95 € de frais de traitement).

Je choisis de recevoir la collection :

☐ **AZUR** Club **3A02E** /Clé **E3788**
☐ **BLACK ROSE** Club **3R01J** /Clé **E3789**
☐ **BLANCHE** Club **3B01E** /Clé **E3790**
☐ **VICTORIA** Club **3V01G** /Clé **E3791**

Ci-joint mon règlement pour les frais de traitement de 4,95 € par :

☐ **Chèque** à l'ordre de **HARLEQUIN**

☐ **Carte bancaire** (Carte Bleue, Visa, Eurocard Mastercard)

N° :

Date de validité :

Cryptogramme au dos de ma carte : (indispensable)

Date limite : 31 décembre 2025. Envoyez-moi sans obligation selon la lettre jointe à mon envoi les colis suivants de la collection que j'ai choisie. Mon premier colis de 4,95€ me sera livré sous 6 jours environ selon les délais postaux. Si je ne suis pas satisfaite, il me suffira de le retourner sous 30 jours dans son emballage d'origine. Je serai alors remboursée.

Mme/M. :

Prénom :

Adresse :

Code postal :

Ville :

Indispensable pour le suivi de votre commande :

Téléphone :

E-mail :

Signature obligatoire ▼ Date : J J M M A A

Offre valable pour la France métropolitaine et Monaco. Conformément à la loi informatique et libertés du 06.01.1978 (Art. 27) et au Règlement européen du 27 avril 2016, vous disposez d'un droit d'accès et de rectification aux données personnelles vous concernant. Notre politique de traitement des données personnelles est consultable sur demande. Les prix sont garantis dans la limite des stocks disponibles, offres valables jusqu'au 31 décembre 2025. En cas d'épuisement, seul le remboursement de la somme versée, majorée des intérêts légaux, peut être exigé. Par notre intermédiaire, vous pouvez être amené à recevoir des propositions de nos partenaires, si vous ne le souhaitez pas, il suffit de cocher ici ☐ ou de nous contacter en nous indiquant vos nom, prénom et adresse. Offre réservée aux personnes majeures. Ce délai est valable uniquement pour les articles disponibles. Pour les commandes passées par courrier, il convient d'ajouter le délai d'acheminement et de traitement de votre bon de commande.

PAPIER BAC DE TRI

REDER SAS au capital de 1 500 000 € - RCS Paris B 410 714 885.

vo